レイン十二邦を統べる王の宮殿。その真下にある王立図書館で，ネペンテスは育った。捨て子だったが司書たちに拾われ，めずらしい文字を読み解く仕事をしていたのだ。ある日，魔法学校の学生から預かった一冊の本。そこには互いに巻きついてもつれあう，茨のような謎の文字が綴られていた。ネペンテスは憑かれたように茨文字の解読を始める。書かれていたのは，かつて世界を征服したという王と魔術師の古い伝説。おりしも年若い女王の即位に揺れるレイン十二邦は，次第に運命の渦に巻きこまれていく。名手マキリップが織りなす，謎と伝説の物語。

登場人物

ネペンテス……王立図書館で養われている孤児。書記、翻訳者
オリエル……王立図書館で養われている孤児。書記
レイドリー……王立図書館の書記
デイモン……王立図書館の司書
クロイソス師……学者
ボーン……空の学院の学生。シール侯の甥
テッサラ……レイン十二邦の女王
ザンティア……テッサラの母
フェイラン……魔術師。空の学院の運営者
ヴィヴェイ……魔術師。レイン王の相談役
ガーヴィン……レイン軍の元司令官
アーミン……レインの第二邦シールの大守
マーミオン……レインの初代の王
アクシス……伝説上の皇帝
ケイン……アクシスの顧問。魔術師

茨《いばら》文字の魔法

パトリシア・A・マキリップ
原　島　文　世　訳

創元推理文庫

ALPHABET OF THORN

by

Patricia A. Mckillip

茨《いばら》文字の魔法

1

　レイン女王の戴冠式に際して、夢見人の平原に集っているレイン十二邦の使節団は、まるで侵略軍のようだ。訪問中の学者を待ちながら、窓の外をながめていた年若い書記は、そう考えた。王宮の図書館のこれほど高い位置まで上ったのははじめてだったし、こんなにぬくぬくしていられることもめったになかった。ふだんなら、朝のこの時間は、下で石造りの建物に埋もれ、筆記作業ができるように指に息を吹きかけてあたためているところだ。外では広大な平原を風が駆けめぐり、旗をはためかせ、あちこちの使節団に随行してきた軍隊や召使い用の天幕をゆるがせていた。少し前に、雨を伴った春の突風が海から吹きこみ、平原を渡っていったところだった。乾きかけた色あざやかな天幕が、風でふいごのようにふくれあがっている。侵略軍などというものは、自分で翻訳した叙事詩のなかにしか見たことのない書記は、目を細めてその集まりを見おろし、さまざまな可能性を思い描いた。おのおのの天幕のそばには囲いがあり、馬が入っていた。雨のあとで遠目にもつやつやと毛皮が輝き、白や灰色や栗色が互いにくっきりと映えて、タペストリーに縫いとった模様のようだった。その数を数えていたとき、ようやく学者が到着した。

熊を思わせる学者は、湿気と独特な煙草のにおいがする毛皮のマントを脱いだ。革にくるんだ写本をかかえており、生まれたばかりの赤子でも置くように、そっと司書の机に載せる。包みをひらいているとき、窓ぎわに音もなく立っている書記の姿が、その目に映った。手が止まり、学者はまじまじと娘を見つめた。それから、大きな黒いもじゃもじゃ頭が、部屋に案内してきた司書のほうに勢いよく向いた。

「これは誰だ?」

「ネペンテスと呼ばれております」司書はいつもの厳粛な口調で答えた。デイモンという名で、書記とは物心つく前からの知り合いだった。ネペンテスを見つけ、名前を与えたのはこの司書だったからだ。そう名付けられる前の赤ん坊については、どちらもなにひとつ知らなかった。それからの十六年間で、ネペンテスは見分けがつかないほどの変化を遂げたが、デイモンはまったく変わらなかった。骨ばった手で赤ん坊を拾いあげ、王立図書館の拾得物のひとつとして書物の袋にしまいこんだときと同じ、冷静沈着で髪の薄い、痩身の男そのものだった。「こちらでもっとも腕のいい、独創的な翻訳者のひとりです。めずらしい文字を読み解く勘があるのですよ。希少な品をお持ちとおっしゃいましたか、クロイソス先生?」

「こんなしろものは、かつて一度も目にしたことがなくてな」クロイソス師は言った。写本の包みをひらきながら、なおもちらちらと視線を投げてくる。静かに立ったネペンテスは、ゆったりした黒い袖に長い指を隠し、なるべく腕のいい独創的な人物に見えるようつとめながら、どうしてこの学者はじろじろ見てくるのだろう、と首をひねっていた。「魚のような文字に見えるのだが。おまえはどこの出身かね？」

「この子の若さに欺《あざむ》かれませんように」デイモンがつぶやいた。学者は上の空で頭をふると、眉根をよせて視線をそそいできた。ネペンテスは口をひらいて答えた。

「どこでもありません、クロイソス先生。宮殿の外の崖っぷちに捨てられてたのを、図書館の人が見つけてくれたんです。その前に拾われた子はマールって名前でした。だから、次に使う字はNだったんです」

クロイソス師は信じられないといいたげに鼻息を吹き出し、ラッパのような音をたてた。「この顔は見たことがある」と、いきなり言う。「レインそのものより古い羊皮紙の上にな。なんの写本だったのか思い出せんが、十二邦の歴史をはるかに遡り、もはや紙の上にしかその姿をとどめていない古代王国の文書だった」

司書は興味深げにこちらを見た。自分の首をとりはずして自分で観察できたらいいのに、とネペンテスは思った。

「さすらい人の一団では」デイモンがほのめかした。「いまおっしゃった、忘れ去られた王国の末裔《まつえい》かもしれません。ちょうどネペンテスが生まれたころに、その一団がレインを通っていったのではありませんか」

「誰も――？」

「誰も」デイモンはあっさりと肯定した。「この子を捜しにはきませんでした」言葉を切り、くわしく説明して話を終わらせようと、つけくわえる。「あの危なっかしい場所にネペンテスを置いていったのが何者にせよ――おそらく母親でしょうが――なんらかの理由で海に身を投げたようでした。せめて子どもはもっとましな人生を送ってほしい、という願いをこめてその場に残したのではないか、とこちらでは判断しました。なにしろ、この子は生きていたばかりでなく、発見したときには実に元気よく泣きわめいておりましたので」

学者は低くうなり、この話題は打ち切ることにしたらしい。写本をひっぱりだすと、手招きした。

ネペンテスは机に近づいた。三人とも、几帳面に書きとめられた風変わりな細長い楕円形をじっと見つめた。見たこともない素材に記してある。獣の皮らしいが、樺《かば》の木のように白く、妙になめらかだった。

「なんでしょう、これ？」ネペンテスは当惑してたずねた。

学者は、たんなる気まぐれという以上の好奇心をこめて、しげしげとこちらを見た。「よい質問だ。誰も知らんのだよ。中身に読み解く鍵が示されていないかと期待しているのだが」つかの間口をつぐみ、濃い眉を問いかけるようにあげてから、司書のほうを向く。「あいにく、戴冠式が終わり、第九邦の使節団が帰途につくまでしか、ここにはいられんのだ。バーナム侯と同行してきたのでな。侯はあいさつをすませたあと、なるべく早く文明社会に戻るおつもりだ。レインの始祖の宮殿で戴冠するというのは、意思表示としても効果的だし、心に訴えるしきたりでもある。しかし、たとえ野望に満ちた初代の王といえども、十二邦の太守全員が、この古い宮殿で一堂に会することは想像していなかっただろうな」

「バーナム侯と王宮にご滞在なのですか?」デイモンが遠まわしに訊いた。

「いや」クロイソス師は嘆息した。「雨漏りのする天幕だ」

「よろしければ、図書館にもお泊まりになれますが」

クロイソス師はふたたび息をついたが、今回は安堵の吐息だった。「そうしてもらえれば、たいそうありがたい」

「では、手配いたしましょう。そのあいだに、ネペンテスが下へお連れして、その写本の作業をおこなう場所にご案内します。書記たちは地下に住んでおりますので。お断りしておきますが、滞在される学者の方々も同じ場所にお泊まりいただくことになります」

「地下に雨がもることはあるまい」

「はい」

「それでは、喜んで石に埋もれて寝ることにしよう」学者は写本をまた革で包み、自分は毛皮にくるまると、ネペンテスのあとについていった。

下へ、下へ、漆喰《しっくい》で接合した石材が一枚岩に変わり、緑の平原さえ頭上に残して、明かりといえば海に臨《のぞ》む窓からさしこむ光だけになるまで進んでいく。そのあいだじゅう、学者は質問を続けた。ネペンテスはぼんやりと答えながら、相手がかかえこんでいる魚の文字について思いをめぐらした。

「司書に拾われる前のことは、なにも思い出せないのかね？」

「どうやって？　歯も生えてなかったんですよ。言葉なんかひとつも知りませんでした。それどころか――」足を止めて、蠟燭に火をともす。岩を掘りぬいた人工の穴に、階段がおりていくところだったからだ。「ひとつだけ憶えてることがあります。でも、いったいなんなのかわからないんですけど」

「どういうものだね？」

ネペンテスは肩をすくめた。「ただの顔、だと思います」

「誰の？」学者は問いただした。

「知りません。あたしは孤児ですよ、クロイソス先生」と、辛抱強く思い出させる。「捨て子なんです。図書館の人たちはいつでもそういう子を受け入れてます。教育して、写字生や翻訳者に育てて。あたしたちにとっては、すごく小さいころから、空と海の狭間に突き出してる岩のなかで暮らして仕事をすることがあたりまえなんです」

「では、ここの生活に満足していると？」

ネペンテスはためらいがちに目をやり、どういう意味だろう、とあやぶんだ。「そういうことは考えません」と答える。「自分のものはひとつも持ってないし。なにもかも図書館から借りてるんですから。名前まで。ほかに選べる道なんてあったのかどうか」

「仕事は好きかね？」

ネペンテスはほほえんだ。本の香が漂ってきたのだ。地下の住みかを自分と分け合っている書物の革表紙、かびくさい羊皮紙、ぼろぼろになった巻物のにおい。「ここには、時間ってものがないんです。過去も未来もありません。どこにでも行けるし、どんな失われた領土へも旅することができます。文字を解読できさえすれば」

それから、学者に仕事場を案内した。書物がずらりと並んだ壁のくぼみは、蜂の巣状にかたまった扉のない小部屋のひとつだった。そのまとまり自体が、高々と海から突き出した絶壁にへばりついた、石の壁や柱や塔からなる巨大な蜂の巣の穴の一部なのだ。レインの歴代君主の宮殿は、何百年もかけてほんの若木から大木へと育った。はるか昔は、世界のふちにある砦にすぎず、深い森と草原の一部をほかの小君主たちから守っているだけだった。数世紀を経て、宮殿はそれ自体が海と空の中間に存在する小さな国と化し、断崖に深く食いこんで、地上から屹立《きつりつ》するようになった。晴れた日にもっとも高い塔に上れば、レインの女王は支配下にある十二邦のうち、九つまでを見渡すことができる。初代の王は第一邦を手に入れた——砦のたったひとつの塔から見晴らせるかぎりの土地を。死ぬ前には、境を接したふたつの邦国を領土に加えた。いまや邦国は十二となり、王がどんなに想像をたくましくしても思いつかなかったような高い塔から、はてしなく四方へ広がっている。そして本人は、宮殿の礎《いしずえ》となっている崖の奥、秘密の洞窟のなかで眠りにつき、レインを守護しているのだ。

それほど広大な版図は、あまたの言語を生み出した。数世紀のうちに、そうした各種の言葉が次から次へと王立図書館にもたらされた。図書館は、宮殿の基部である崖にまるごと掘りぬかれたひとつの街だった。巻物や写本がまる一世代もどこかにまぎれこみ、次の王の代になってようやく見つかるほど古びた箇所もあった。十二邦を出入りするにつれて、言語はたえず変化していく。そんな謎を解くには、柔軟な精神が必要なのだ。まさしく世界の涯《はて》に置き去りにされた赤ん坊を、ひとりの司書が発見し、図書館の人々がその子どもをひきとった。その判断は賢明だったことが判明した。ネペンテスは単語の上によだれをたらし、話しかけてはかじりつこうとしたすえ、文字を口からではなく目で吸収することを学んだ。偶然と死が導いた知識の宝庫にびっしりと囲まれ、ほかの世界などは思いつきさえしなかったのだ。

宮殿の石に取り巻かれて、ネペンテスは雑草のようにひょろひょろと育ち、若い娘になった。背が高く強靭で、踏み台なしでも高い棚に手が届いた。腰までのびた鴉《からす》の濡れ羽色の髪は、数本の革紐で首筋にまとめていたが、一日のどこかで必ずその紐をほどき、しおりとして使うことになった。日の射さない地下にいても、皮膚はしばしばみ色を保っている。毎朝洗面台の鏡から見返してくるひとみは、ときに緑、ときに褐色だった。クロイソス師がその顔になにを見たのか、まったく心あたりがない。おおむねどんなことにでも関心を持つたちのネペンテスは、いまも興味津々だったが、質問するのは待たなければならないだろう。

学者はちっぽけな仕事場を検分した。せまい小部屋には書棚がぎっしりつめこまれており、隙間に机を入れるのがやっとで、廊下に腰かけを出して座らなければならないほどだ。完成させた作品、自分のイニシャルがついた色とりどりのまるいインク入れ、きっちりと削ったペン先などに視線が移る。とうとう納得したらしく、ふたたび写本をとりだした。ふたりは記された文字について論じ合った。楕円形で、でたらめに目玉やえらがくっついた魚のようだ。学者は自分の意見を披露し、ネペンテスはこれまでに解読した文字をひっぱりだしてきた。ひとつは小枝を思わせ、もうひとつは蠟の上に残った鳥の爪痕めいている。デイモンが現れて寝室へ連れていくころには、クロイソス師は貴重な宝を預けてもかまわないという気分になったようだった。

その夜は魚の夢を見た。あざやかにちらちらと入り乱れる群れが、渦を巻いたり矢のように進んだり、あちらこちらへ向かったりするようすは、魚文字において決定的な意味を持っている。だが、どんな意味なのか。ひらひらと蝶のように舞う小さな魚たちに囲まれて、ネペンテスは不恰好な人間の体を軽やかに動かそうと懸命に努力した、そしてついに、夢のなかで水中にきらめく輪を描き、魚と一緒にすいすい泳いだ。目には見えない魚の言葉を話したのだ。

地下深く石に埋もれ、魚と戯れていたおかげで、頭上の戴冠式のことはほとんど意識に上らなかった。クロイソス師は一、二日姿を現さず、その次の日の昼前に、煙のにおいを漂わせ、髪をぼさぼさにして、謎の解明が進んだかどうか確かめにきた。ネペンテスの作業には満足したふうだったが、地上の複雑怪奇な王宮で起こっている事柄に関しては、いくぶん不満があるようだった。

「たいそうお若いのだ」と、新女王についてぶつぶつ言う。「おまえよりお若いうえ、ずっと――ずっと――」

ずっとなんなのか、言葉が見つからないらしい。図書館の外のできごとをめったに気にとめないネペンテスは、勝手になんとかなるものだろうと結論を出し、どんどん魚の作業を進めた。

その晩、名前を呼ぶ声にはっと目が覚めた。

ネペンテスは即座に応じ、夢の深みから体を起こした。「はい」

それから、当惑して目をあけた。あたりはひっそりと静まり返り、まるで世界がみずからの過去か未来にのみこまれてしまったかのようだった。その名はすでに薄れかけている。頭の奥で残響が渦巻き、こだましているだけだ。部屋の外の石の廊下はしんとしていた。誰もネペンテスを呼んではいない。火鉢でまどろむ熾《おき》も、高い位置にあるせまい窓のなかにひとつだけ見える星も、この問題に光を投げかけてはくれなかった。だが、たしかに誰かが、錘つきの糸を落とすように、まっすぐ心に言葉を投げこんできて、それが自分の名前だとわかったのだ。

なおも耳をすましながら、ネペンテスはまた横になった。聞こえてくるのは、次第に落ちついてきた鼓動だけだ。闇からふたたび声を発するものはなかった。とうとう、空の学院からやってきた魔術師だろう、と判断する。戴冠式の祝宴で騒ぎすぎ、どこに届くかということなどかまいもせず、夜の奥に言葉を投げ出したに違いない。まぶたを閉じて眠りに沈みこみ、夢の境にある記憶に手をのばした。唯一自分が所有していると主張できるもの、司書に拾われる以前から持っていた思い出へと。

記憶に現れる顔はぼんやりとかすんでいる。緑の上をはてしなく流れ、彼方にそそぎこむ空の青を押しのけて、ひとりでに現れてくるかのように思われる。当時は色の名も知らなかったし、びょうびょうとうなりをあげて駆け去り、きらきら光りながら緑野を渡って吹きぬけていく力の名も知らなかった。その顔は、自分自身の顔ではないかというほど近々と迫ってきて、骨や目にとけこもうとする。それから、体がゆっくりと落下しはじめ、顔はぐんぐん遠ざかっていく。相手との距離は、終わりなく続く寒さのように、なにか物理的な存在として感じられる。やがて、ひとつの単語が泣き声となってしぼりだされるが、その言葉が意味するものは青のなかにとけてしまう。

そして、すべてが消え失せた。

またもやこだまが響いてきて、ネペンテスは目を覚ました。食堂で巨大な銅鑼《どら》が鳴っている。真夜中の不可解な言葉のことを思い出して混乱し、いきなり身動きしたせいで、寝台から転がり落ちてしまった。ぶつぶつ言いながら身を立てなおし、亜麻布の下着を身につけると、よろよろと廊下をぬけて浴室へ向かう。そこで湯気のぬくもりに包まれたまま、また目をつぶって、笑いと抗議の声の渦に身をまかせた。大きな書物のように身をこわばらせて湯舟にもぐったせいで、両側に大波が立ち、ぷかぷかと浮かんでいる頭をひとつならず沈めてしまったのだ。

表面にあがっていくと、誰かが頭に手をかけてきて、もう一度湯のなかに押しこまれた。「ネペンテス!」という声が耳に入り、石鹸の泡を吐き出す。「もう、空から落ちてきた鯨みたいにお湯に飛びこまなくちゃいけないわけ?」

「今朝はこうしないと目が覚めなかったの」ネペンテスは答えた。ようやく目があいた。少し体を浮かせると、母がさっきの自分とそっくり同じ真似をしたはずだ、と理解したのはいつだったか、思い出そうとした。へんてこな魚のように、世界のふちから身を投げたのだ。下の海はあまりに遠く、崖に打ち寄せて砕ける波の音も、途中までは母の耳に届かなかったに違いない。

だが、どうしてそんなことをしたのだろう、と首をひねる。眠りに落ちて記憶がよみがえるときには、いつもその疑問がわいた。

まわりに湯のうねりを感じた。濡れてつるつるした、貝殻のように白い頭がひょっこり突き出す。オリエルだ。ネペンテスのすぐあとに拾われた娘だった。なにかを調べていた学者に発見されたのだが、使われていない部屋で本に囲まれ、火のついたように泣いていたという。華奢で器量よしのオリエルなら、上の宮廷の高貴な女官がちょっとしたあやまちを犯した結果、という可能性は大いにあった。淡い色の髪は、ペン先を削る小刀で短く切ってあり、牡丹《ぼたん》の花びらのようにふんわりと顔を取り巻いている。その髪と同様に色が白く、嘘のように繊細な指が、思いがけないほど強くネペンテスの手首をつかんだ。

「ねえ、一緒にきて」

「ほんとに不思議」ネペンテスは頭をふった。「どうしてオリエルの手って、お風呂のお湯のなかでも汗ばんでる感じがわかるのかな」

「こわいと思うと、絶対手のひらに汗をかいちゃうのよ」

ネペンテスは相手をのぞきこみ、これは重要な用件なのだろうかといぶかった。オリエルはなんにでもすぐ動揺してしまうのだ。「どうしたの？」たぶん嵐でもくるのだろう。でなければ月が変化したのか、訳した文章を司書長が点検するところなのか。だが、三つとも間違っていた。

「空の学院から本をもらってこなくちゃいけないの。ひとりで行きたくないのに。あそこ、こわくてしょうがないのよ。つきあって」

ネペンテスは髪に石鹸を塗りつけた。魅力的な誘いだ。目のさめるような天幕のあいだをぬって馬で平原を通りぬけ、その先の森に入っていく。どんなことでも起こり得るといわれている、あの謎めいた森に。そこで、ふと首をかしげた。なんの本だろう？

「どうしてむこうが持ってこないの？」

「みんなここにきてるから」オリエルは曖昧《あいまい》に言った。「それに学生たちは、なにかしら魔法に取り組んでるし。交易商が本を持ちこんだんだけど、魔術師たちには読めなかったのよ。その交易商が言うには、誰に見せても読めなかったから、魔法の品じゃないかと思ったんだって。ゆうべ魔術師が司書たちにその話をしたから、みんな見たくてうずうずしてるの。それであたしがとりに行かなきゃならなくなったわけ。ほかの人はみんな、仕事してるかお祝いしてるかだから――」

「あたしもそう」ネペンテスは思い出した。「仕事してるの。お客の学者先生から頼まれた用事」

オリエルは必死のおももちで見つめてきた。「大切なことなの？」

「まあ、あっちはそう思ってるけど」

「どんなもの？」

「どうも在庫表みたい」

「在庫表！」

「それを書いた人は、隊商を組んで旅に――」オリエルはきっぱりさえぎった。「目をつぶってたって仕上げられるじゃないんでしょ」

「叙事詩じゃないの」

「何千年も昔の文書なの！　それに、十二邦内ではまったく知られてない獣の皮に書いてあるんだから」

「魚なのかもしれないわよ」オリエルがむっつりと意見をのべた。

「そうかも」ネペンテスは興味を惹かれて言った。「でなければ、アザラシの一種か――」

「ネペンテス！　お願いだからつきあってよ。学者先生だって半日ぐらい待てるでしょ。どうせ、きのうの祝宴のせいで遅くまで寝てるだろうし。ねえ、お願い」ネペンテスがためらっていると、オリエルはぬけめなく言い添えた。「みんなに渡す前に本を見せてあげるから」

ネペンテスは髪の泡を落とそうと湯にもぐった。首をふって、黒髪をゆらゆらと広げながら思いをめぐらす。空の学院から図書館に本が送られてくることはまずない。魔術師たちは独自のやり方で言葉を識別するからだ。それに、クロイソス師についてもオリエルが言うとおりだった。祝宴の昂奮《こうふん》のなか、地下にやってくるひまがあるとしても、午後遅くなってからだろう。

唐突に身を起こして頭をそらしたので、長い髪が勢いよく背中に戻り、後ろにいた誰かにぴしゃっとあたりそうになった。「わかった」言葉を切ると、ほっとしたオリエルが盛大にはねかけてきた水を鼻から噴き出す。「じゃあ」と鼻にかかった声でつけたした。「朝ごはんのあと、図書館用の厩《うまや》で」

暗くせまい寝室で、ネペンテスはすばやく乗馬用の簡素な服装に着替えた。長い羊毛のチュニックとブーツだ。まだ春は浅く、平原では風が強いに違いない。それから、朝食に行った。食堂は天井が高く広々としており、ときどき燕《つばめ》が壁に巣をかけるほどだった。ここならアーチをぬけて外の明るい場所に出られるし、海より高い位置を歩きまわることもできる。明け方の霧が海上をきれぎれに漂い、紫と薄墨色の細い筋や羽毛となって浮かんでいた。沖には第三邦である小高い島がくっきりと浮かび、白い崖が朝日をあびて骨の色に光っている。ばかでかい大釜いっぱいに、お決まりのオートミールが煮えていた。碗に盛って、木の実と干した果実を加える。それを持って、外のバルコニーに面したアーチ形の扉をくぐった。南部にある一邦から取り寄せた大理石を使ってあり、太い柱で支えた高い壁や手すりはたいそう分厚かった。そこでは、晴れた静かな日にじっと耳をすませば、ときおり砕け散る波の音が聞こえる気がした。

今朝は違う。耳に入るのはクロイソス師の声だけで、早朝にしては妙に元気がいい。バルコニーの片隅に立ち、ふたりの司書に話しかけている。ゆうべから寝ていないのは一目瞭然だった。目が血走って隈ができているうえ、冷たくやつれた月のおもてもかくやというほど蒼ざめている。

「あの方は集中してものを考えることもできんというぞ。まるで心ここにあらずという状態でな。それでも、あの父上のご息女には違いない。目も髪も、なにもかもお父上譲りだ。ただし、休みなく活動する十二の邦国を統治するにあたって、必要なことを理解する能力をのぞいてはな」学者はもじゃもじゃ頭をふりたて、オートミールをもうひとさじすくった。「憂慮すべきことだ」

「相談役として、ヴィヴェイ殿がついておりますから」司書のひとりが指摘した。

「それどころか、空の学院全体がついとるが、ありとあらゆる手助けが必要だということを、ご本人は認識しておられんようでな」

戸口で躊躇《ちゅうちょ》していたネペンテスは、姿を見られないようそっと一歩さがって、誰かの足を踏んでしまった。ふりかえると、レイドリーにすぎなかった。どうやら、あとをついてきていたらしい。

ネペンテスが謝ると、レイドリーは遠慮がちに頭を上下させた。まっすぐな麦藁《むぎわら》色の髪が、中央に寄りすぎた薄い灰色のひとみにかぶさっている。じっと視線をそそいでくるせいで、いくらか寄り目に見えた。猫背の若者で、髪ははや薄くなりかけており、しっかり中身のつまった大きな頭の形があらわになっている。たいていの書記よりたくさんの言語を知っているのに、ネペンテスの前では、何語でもろくに言葉が出てこないのだ。

だが、その朝は、ネペンテスがオートミールを食べはじめると口をひらいた。「オリエルが言っていたけど、ふたりで空の学院まで行って、魔術師たちが訳せなかった写本を持ってくるそうだね」

うしろめたく感じつつ、ネペンテスはうなずいた。壁のすぐむこうにいる学者は、ちゃんと起きているのに、こちらには気づいていないのだ。「なんで？　かわりに行きたいの？」

レイドリーは困ったようにもじもじした。「一緒に、と思っていたんだ」

「でも、それならあたしが行かなくてもいいのに」

「でも、そうしたら――」レイドリーは黙った。目の色やくちびるのゆがみ方で、残りの台詞《せりふ》が読みとれた。そうしたら、きみと一緒に行けないじゃないか。

ネペンテスは無言でオートミールをのみこむと、相手の顔つきを変えようと努力した。このところ、自分を見るときにはいつも暗い表情をしている気がする。「司書に渡す前に、本を見てみたい？　むこうで解読できるまで、何カ月も見せてもらえないかもよ」

レイドリーはまた寄り目になったが、今度は熱意によるものだった。「うん。すごく」

「じゃあ、図書館の南階段の近くで作業して、あたしたちが戻ってくるのを待ってて」

また頭が上下に動き、レイドリーは言葉をのみこんだ。それから、ふっとほほえんだ。やさしい微笑が意外にも魅力的だったので、ネペンテスはまじまじと見つめてしまった。「ありがとう、ネペンテス」

ふたりの書記が石に囲まれた地下からぬけだし、地上へ到達したころには、午前のなかばがすぎているように思われた。図書館用の厩から引き出した二頭は、オリエルでさえびくびくしないですむほどおだやかな老馬だった。宮殿の城壁から出たあと、天幕や馬の囲い、召使いたち、荷馬車、雑多な旅の道具などをよけて崖ぎわの道をたどりながら、ネペンテスはふりかえった。巨大な石の迷宮は、螺旋《らせん》状の城壁や何層にも重なってそびえる無数の塔をそなえ、小山のように絶壁にへばりついていた。崖を半分下ったあたりまで、傾斜した屋根やくぼみ、林立する塔にはさまれた胸壁などが並び、バルコニーや橋が岩壁から突き出している。石に囲まれた窓は、幾千もの眼《まなこ》が睥睨《へいげい》しているようだった。足を止めたとき、いちばん外側の城壁にある東門がひらいた。護衛か兵士の一隊が、空色と銀の服装で馬に乗って出ていく。建物の壮大な規模と比較すれば、虫のようにちっぽけな姿だ。王宮から遠ざかって天幕のあいだに入っていくと、ようやく人間の大きさを取り戻した。ネペンテスは風に乱れた髪を目の上から払いのけ、向きを変えて海から森へ向かったオリエルに追いついた。

踏みこむこともできないほど鬱蒼《うっそう》とした森は、夢見人の平原の一辺を薄暗くふちどっている。どういう手段を用いているのか、ときおり梢《こずえ》の上に浮かんでいる学院は、今朝はどこにも見あたらない。その歴史は森におとらず謎に包まれていた。王立図書館より新しいとも古いとも、レインの初代の王の治世にはそれ自体が実は図書館だったともいわれている。伝説によれば、数世紀を経て複雑化する一方の宮殿から分かれて飛び去り、森の奥に平穏と静けさを求めたのだという。また、ある戦のさい、学院を森に隠して保護したのだ、という説もある。さらに別の話では、そもそもあれは森などではなく、幾世紀もかけて学院の周囲にめぐらした最高の魔法で、望むままの形をとることが可能なのだ、ということになっている。ネペンテスの知るかぎりでは、たいていふつうの木に見える。しかし、こんもりと生い茂った木立は、影に包まれて薄気味悪い。誰もそこで狩りはしなかった。噂によると、この森の動物たちは人間のようにものを考え、やたらにおしゃべりらしい。

ふたりが接近するにつれ、石の隙間から塗料がもれてくるように、暗い森から色がにじみだしはじめた。その光景にオリエルは馬を止め、こちらに手をのばしてきた。木々の狭間で光がちらちら躍り、まばゆい色彩がだんだらの筋を描いている。そんな色合いは、廷臣の一行が平原の先へ狩りに出かけるときぐらいしか目にしたことがなかった。あでやかな絹をまとい、目のさめるような金や紅、紫、夏空の青に包まれた姿は、風にさらわれて平原を渡る花々を思わせたものだ。ふたりの書記があっけにとられてながめていると、繻子《しゆす》の生地が波打つように、木立の上空に炎と光の矢がふっと現れたかと思うと、草の表面を転げまわり、すうっと消えていった。

「あたし、あんなところ行かないわ」オリエルはきっぱりと言った。手首をつかんできた指はじっとりと汗ばみ、氷のように冷たかった。

「なんでもないじゃない」すっかり心を奪われたネペンテスは、小声でつぶやいた。「ただの魔法、幻。なにもないところから創っただけ」

「それでお互いを殺しちゃうことだってあるかもしれないのよ！」

「学生なんだから」ネペンテスは反論したが、あまり説得力はなかった。「お互いに魔法をかけあったりしないでしょ」

「死なないとしたって、気持ち悪いものに変身させられるのがおちよ」

「あたしたちがくるのは見えてただろうし。書記ふたりを蛆虫に変えたりはしないと思うけど」オリエルはしりごみした。「いや。だいたい、あれがなんなのか、誰が創ってるのか、どうしてわかるの？　あのなかで戦いの真っ最中かもしれないのよ。本をとりにいくためにのこのこ入っていって、死ぬような目に遭うかもしれないんだから」

「わかった」ネペンテスは応じた。「じゃあ、あたしが行く」

「だめよ」

ネペンテスはおとなしい馬をなだめ、一、二歩進ませた。「この馬には見えてさえいないようだけど」と言ってみたが、オリエルはかたくなに座ったままだった。

「待ってるわ」とぶっきらぼうに言う。「急いでよ」

魔術師たちは、しばらく前から近づいていくふたりに気づいていたに違いない。そう察しがついたのは、長衣をまとった姿が木立から現れて出迎えたからだ。その若者は、片手になにか持っていた。黄金の葉を思わせる髪の色は、さっき謎の森から派手にあふれだした色彩とそっくりだ、とネペンテスはなんとなく目にとめた。そちらへ馬を進めていくと、若者は半分おもしろがるように苦笑した。

離れたところにいる人影にあごをしゃくってみせ、馬の向きを変えて手綱を引いたネペンテスに話しかけてくる。

「どうやら、おびえさせちゃったみたいだな」

「あの子はすぐこわがるから」

「こわがる必要はないよ」若者はネペンテスを見あげ、先を続けようと口をひらいたが、つかの間、声を出さなかった。風の音だけが、ふたりのあいだを勢いよく吹きぬけていく。とうとう、言おうとしていた台詞が出てきた。「きみは違うな。すぐこわがるわけじゃない」

「まあね」返事がなぜか喉にからまった。ネペンテスは咳払いしたものの、生まれてはじめて、意味のある言葉が見つからなかった。

「それ、何色なんだ?」と声がした。

「どれ?」

「きみの目だよ。茶色に見える。それなのに、馬を海のほうに向けると、水みたいな緑になるんだ」

「うん、そうなの」と答える。「ほんとにそう」相手のひとみは髪と同じで、朝の光に満ちているようだった。なんて豪華なの、とぼうっとして考える。もっとも、学生の着る茶色い羊毛の服は質素だったし、清潔ともいいがたかった。

「きみの名前は?」

「ネペンテス。王立図書館で育ったの」口がきけない状態から、いきなりぺらぺらしゃべりだす。「崖っぷちであたしが見つかったとき、名前の候補はNまで行ってたから」

「ネペンテス」若者の目がわずかに細まった。まなざしに惹きつけられる。まるで魔術でもかけられているようだ。魔法に満ちた世界で、ネペンテスは馬をおりた。若者と向かい合って草の上に立つ。堅くてきらきらしたものが爪につまった、優美で力強い手が動き、ふれてこようとする……

いや、違った。その手はまだ書物をかかえている。ネペンテスは馬の背に乗ったまま、まばたきした。その刹那《せつな》、むこうも思い出したようだった。

「ああ。ほら」と本をさしだしてきたので、受けとる。ひどく地味ですりきれており、金色のインクや宝石などの飾りもない。表紙は蠟と古びた革のにおいがした。「交易商の荷馬車に載っていたんだ。つぎつぎ持ち主が替わって、十二邦の端から端まで移動してきたらしい。たぶんもっと遠くからきたんだろうと交易商は言っていた。誰も中身が読めないから、ただで学院にくれたんだよ。もし図書館のほうで、魔法を扱っている品だとわかったら、こちらに戻してほしいそうだ。そうでない場合、適当な説明がもらえればいい」

「伝えておきます」拾われたときから書物に囲まれて育ったネペンテスは、とくに注意もせずに本をひらき、奇妙な文字をながめた。

「俺の名はボーンだ」と話しかけてくるのが聞こえた。「シールのボーン。図書館に行ったら、きみに会わせてもらえるかな？」

見慣れない文字は、茨《いばら》のように見えた。互いに巻きついてもつれあい、鋭い棘《とげ》で結びつけられた茨。「大丈夫」と答える。そのとき、ふいに本からひとつの言葉が発された。重厚な響きには聞き覚えがあった。毒蛇のようにすばやく心臓に牙を立て、からみついてくる。

ネペンテスは思いがけない宝にぼうっとなって、ボーンと名乗った若者を見た。黄金の双眸《そうぼう》、その名前、自分の手の内で命を得た書物。「大丈夫」とくりかえし、目をあわせたまま、マントを探り、チュニックの大きなポケットに本をすべりこませる。「会いにきて」

オリエルのことはすっかり忘れていた。足もとから四方へ広がっていく平原の真ん中に、ぽつんと立っている騎手。ネペンテスはそこまで戻っていったが、生えている草も目に入らないほどだった。話しかけられたときには、どちらかがいきなり宙から現れたかのようにぎょっとした。

「どうだった？」オリエルはたずねた。「もらってきたの？」

ネペンテスはろくに考えもしなかった。真実を語るようにすらすらと返事が出てきた。「あぁ。結局、むこうは本をよこさなかったの。なんとか謎の文字を解読したんだって、あの学生さんが言ってた」

オリエルは馬を返し、上の空のネペンテスに足並みを合わせた。「じゃあ、無駄足だったのね。まあ、晴れた日に平原を馬で走れたんだし。魔法の品だったの？　その本のことよ」

ネペンテスは顔をあげ、空からふりそそぐ黄金の光をいっぱいにあびた。「秘伝の料理の作り方だって」と、曖昧に答える。

「料理の本のために、はるばるこんなところまできたわけ？」

「そうみたいね」

ネペンテスは馬をせきたて、崖沿いの道をめざして疾走した。図書館の迷宮まで一気に駆け戻り、地下にこもって茨の文字の道筋をたどりたかった。背後でオリエルが叫んでいたが、そんなことはどうでもいい。ただの恐怖、世界の涯から墜落するかもしれないという不安にすぎない。そしてネペンテスは、みずからの名を手に入れる前から、崖っぷちで平衡を保っていたのだから。

2

空の学院のどこかで、ボーンは黙然と土に横たわっていた。夜のように暗く、時の流れが存在しないこうした日には、学院は地下にもぐっているのかと思われた。ここは墓場めいてひっそりとしている。たぶん香りも似ているのだろう。泥と石と根っこのにおいを嗅いで伝えることが死者に可能なら、という話だが。学生たちにはそれができたし、実際に体験してもいた。藁蒲団《わらぶとん》のかわりに小石のような感触の上で目覚めたのだ。前日に警告され、目標を与えられていたにもかかわらず、ボーンは意表をつかれた。藁が石に、昼が夜に変わり、学者たちの低い話し声や派手な事故の音など、学院内でおだやかなリズムを刻んでいる日常生活の響きが、ふいにぱたりと途絶えてしまった。これは幻、すべて幻影なのだとわかっている。大声を出せば、誰かがすぐさま応じるだろう。文目《あやめ》も分かぬ闇に向かって目をしばたたき、暗がりから逃れようと試みたとたん、漆喰《しっくい》で固めてもいない石と土のちっぽけな小部屋がぐんと広がって、のびてきた手が光のもとへひっぱりだしてくれるはずだ。そう聞いていた。目下のところ、おびえるというより好奇心をおぼえて、暗闇のなかでじっとしていた。いままでは、与えられた目標に集中しているということができた。この試験に合格しなければ、望む結果は得られない。

いままでは、だ。ボーンはあおむけになって、顔の間近にあるかたまりを感じていた。まるで箱につめこまれているようだ。身を起こしても、さえぎるものはないに違いない。だが、とらえどころのない幻影は執拗にのしかかってくる。なにもないのに、なにかがある。すぐそこに。今日指示されているのは、海の音を聴きとって、その言葉を解釈するということだった。平原の半分を隔《へだ》て、石と闇に埋もれているというのに、そんなことが可能だとはとても思えない。崖っぷちに立って、泡立ち渦巻く水を見おろしていてさえ、海の音など耳にしたためしがないのだ。

とはいえ、魔術師たちは不可能を求めるものだし、ときたま、自分でも驚くような真似ができることがある、ということはすでに学んでいた。

実のところ、秋からずっと学院にいるだけで驚きだった。兄たちも従兄たちも、一季ともたないほうに賭けたというのに。きっと空の学院が海に転がり落ちることになるぞ、と警告されたものだ。ロバに変身して、もとに戻る方法を忘れるに違いないとか、遅かれ早かれ魔術師たちに幽閉されることになる、とも言われた。しかし、そんなこともなく時は流れ、秋が冬になった。早春にシール侯が学院の門に乗りつけ、最年少の甥と話をさせろと要求した。隣人の娘が恋にやつれて泣き暮らし、ボーンの黄金の髪に捧げる詩を書いているらしい。ご自分でお捜しください、と魔術師たちは提案した。本人がそう望み、発見できるものならば、と。ボーンは沈黙の行で暗闇にうずもれており、見つからなかった。初見の単語を与えられ、解釈するようにと指示を受けていたのだ。はるか遠くに伯父の声を聞いたボーンは、その響きと言葉の解釈を結びつけ、単語が示すもの、つまり、大声でほえたてる荒々しく力強い獣をみごとに説明してのけた。

今回は、自分の呼吸や心音、血液の脈動しか耳に届いてこなかった。見ることも聞くこともできない海に意識を集中するだけでも難しいのに、そこから響いてくる音を想像するのはなおさらだ。しきりに浮かんでくるのはひとつの顔だった。ぴりぴりと魔法をはらんだ沈黙が、はじめてじれったくなった。起きあがって戸口まで歩いていき、森をぬけて、崖沿いの道をめざしたい。こちらへ向かってくる騎手の姿をふたたび見たかった。黒鳥《くろとり》の羽毛のようにつやつやと波打つ長い髪、どんな狩人にも負けずにぴんとのびた背、陽射しをあびた大地の色の肌を。

呼気が勢いよく吹き出した。一瞬、息を止めてから、静かに横たわったまま、一定の調子を保って深くゆったりした呼吸を続ける。吸って吐いて、吸って吐いて。やがて、やわらかなリズムが暗がりを満たした。ボーンはそこに、たえまなく満ち干をくりかえす潮の動きを認めたが、はっと目をみひらいて息を止めたため、拍子が乱れてしまった。

うれしくなって、闇のなかでほほえむ。なるほど、海は呼吸している。ごそごそみじろぎしながら夢を見ている、巨大な生き物さながらに。たしかに、話しているのだ。しかし、なにを言っているのだろう？　木々のつぶやき、風のささやきのように、訳すことのできない太古の言葉だ。聴きとっただけで充分だった。魔術師たちもそれ以上のことは期待するまい。

だが、まだあたりは暗かった。耳をすますますぐらいしかやることがない。耳の奥で、血が水音を奏でていた。泡立つ波のように息遣いが激しくなる。またあの声が聞こえた――ネペンテス。司書たちに育てられたNの字のみなしご。呪文めいて周囲を取り巻く不可解な沈黙から、少しかすれた低い声で、言葉をすくいだしていた。ちっぽけな世界。ふたりがともに呼吸している空気。また自分の息遣いが耳につき、あの双眸《そうぼう》を、ひとみの色が変化した瞬間を思い出した。栗色から、木の葉の色へ。くすんだ色合いが、海のほうへ向いたとたん輝いた。

図書館にきて。

レイン王国の諸侯のひとりにして第二邦の太守たる伯父、シールのアーミンに連れられて、宮殿に行ったことがある。自分の息子三人に加え、死んだ弟の息子三人の上にも君臨している伯父。その息子も甥もみな、ふさわしい相手と結婚しているか、金持ちの許嫁《いいなずけ》がいる。ボーンに関しては別のもくろみがあり、空の学院へ送りこんだ。別に、まれに見る才能があったからというわけではない。伯父にはまったくそんな幻想はなかった。心にいだいていたのは野望だ。若く経験の足りない女王が危難に満ちた玉座に昇ったとき、その野望はとほうもなくふくれあがった。魔術師の力は一族にとって大きな宝となる、とボーンは叩きこまれた。空の学院で力を得れば得るほど都合がいいということだ。孤児の書記が勉強の妨げになっていると知れば、伯父は決して喜ばないだろう。図書館で拾われたみなしごは、吹き散らされた木の葉のようにあらゆる場所からやってくるし、どの木から落ちてきたのか知るすべはない。生まれた国がどんな異質な言語を使っていたのかさえ、調べようがないのだ。

あの娘《こ》はどこで生まれたんだろう？　ボーンは思いをめぐらし、肩胛骨の下にある小石の位置を直そうと、少し身動きした。手足が長くて、独特の目をしたあの娘《こ》は？

海はなんと言うだろう？

ボーンは答えをささやいた。その言葉は頭上に打ち寄せ、体をつきぬけて扇状に広がると、分裂して白く繊細な泡の筋を残した。ボーンは不変の闇を見つめ返し、幻を透かして光をのぞこうとつとめた。

「ネペンテス」海が語りかけてきた言葉をボーンが説明すると、魔術師フェイランは興味深そうにくりかえした。沈黙の日の夕暮れ、汚れて腹を空かせて集まっていた学生たちから、押し殺したしのび笑いがもれた。詩を聴いた者もいたし、ひとりふたりは呪文を耳にしたらしい。その場で試してみたものの、昼の光のもとではなにも起こらなかった。なんらかの要素が欠けているのだろう、とフェイランはほのめかした。想像上の海ではなく、冷たく危険で無関心な本物の海なら、魔法の原動力となったかもしれないと。音などまったく聞こえなかったという者もいた。自分の呼吸さえもだ。

「海の音に耳をすますように、という指示だったじゃないですか」ひとりがあっけにとられた顔で言った。「どうして自分のたてる音なんか聞かなくちゃいけないんです?」

「すべてが結びついているのだよ」フェイランはおだやかに答えた。くよくよしている学生にほほえみかける。「気にしないでいい。ほかの日があるだろう」頭がつるつるにはげた、温厚な巨漢で、驚くべき力の持ち主だった。たとえ学生たちが魔力への自信を失い、空の学院を墜落させてしまいそうになっても、ひとりで支えることができるほどだ。「心で支えるのだよ」と告げたものだ。「両手ではなくてな。腕力とはなんの関係もない」

フェイランは新入りの学生を教え、学院を運営している。責任を負うべき相手は、十二邦の王と老魔術師ヴィヴェイのみだ。ある噂によれば、ヴィヴェイは一世紀かそこら学院の長をつとめていたという。いや、実は学院の創始者だ、それほど年老いているのだという説もあった。いまでは王宮に住んでおり、めったに学院を訪れない。ボーンは一度も会ったことがなかった。伝説化された不老不死の存在、美貌も魔力も永遠に衰えることがない、架空のヴィヴェイしか知らない。

「書記です」さらに質問を受けたので、フェイランに教える。「会いに行ってもいいと言ってくれました」

「では、そうすべきだろうな」大きな顔のどこにも微笑の影さえ浮かべず、フェイランは落ちついて言った。「海がそのように言ったのであれば」

そこで、次の休日に、ボーンは森をぬけて平原を歩いていった。その日の木立は静かで、女王の戴冠式に出るために通った日のように、びっしりからみあってはいなかった。あのときはしょっちゅうつまずくはめになった。藪《やぶ》ががさがさ鳴り、黄色っぽい粘液や目に見えない鳥など、頭の上にいろいろなものが落ちてきたものだ。まるで、こちらの新女王に対する意見を批判しているようだった。ボーンは無視した。自分にめざましい才能はないかもしれないが、人並みの頭があれば、誰でも心で思っただけで壁を吹き飛ばすことができるようになる。なぜ、うら若い女王がそれほど多くの邦国を支配する必要があるのか、理解できないのは伯父と同じだった。どう聞いても、たったひとつ治めるのがせいぜいというところだ。

森は、ネペンテスに会おうという目的には賛成しているらしい。そのことを考えていると、案内してくれているかのように、木々の隙間に小道がひらけていく。王宮のほうは、もっと複雑だった。衛兵から衛兵へとまわされ、憶えておくのが難しいほど入り組んだ門や階段や廊下を通りぬけるのに、一、二時間はかかった。ようやく宮殿から図書館へ入ると、ボーンは石と写本の迷路を長々とさまよいながら、あたりを覆う静寂、年代を経た濃い影、ふいに燃えあがる松明《たいまつ》の火などに囲まれて、海からもらった言葉を聴きとろうとした。

ようやく手がかりの糸が見つかった。こっちのほうで姿を見たな。あっちへ行ったかもしれない。ふだんはこのへんにいるよ。ここじゃなければ、むこうだろう。そうやって、司書から写字生へとたどっていき、どんどん石の奥に入りこんでいった。やっとのことで出会えたのは、そこにいるはずだと教わった場所ではなかった。たんに迷ってしまったのだ。かどをまがってひっそりとした廊下に入ると、書物の並んだ壁のくぼみに机があり、書記がひとりで座っていた。本を一冊机の上に広げ、研究に熱中している。

「失敬」と声をかけると、あのひとみがそこにあった。ぼんやりしたまなざしには、まだ頁に記された文字がまとわりついている。目の色がぐんと濃くなって、茶色から黒に変わっているように見えた。それから、こちらに気づいた。ネペンテスはほほえみ、ボーンは無意識に抑えていた息をふっと吐き出した。相手のなめらかな皮膚の下に、火明かりのような赤みが広がった。読んでいた本を閉じようとしたが、思いなおしたらしい。

かわりに、少しあえぐように言った。「あの、司書の人たちから訳してって渡されたの。あたし、古い文字が得意だから。小枝の刻み目とか、そういうの……」

なんのことかわからないまま、「へえ」とボーンはあいづちを打った。続いて、ネペンテスが片手を乗せている本に目をやると、冬枯れした木苺《きいちご》の蔓《つる》のようにぐるぐると頁を埋めつくしている、もつれた茨《いばら》模様が見えた。また無頓着に「へえ」と言ってから、魔法の品かもしれないということを思い出す。

「どうしてここがわかったの？」

「まったくの偶然だよ」ボーンは皮肉まじりに答えた。「自分がどこにいるのか、いったいどうやって外に出たらいいのか、見当もつかない」言葉を切る。「俺はただ――どうしても――」

「うん」ネペンテスはそっと言い、視線をそそいできた。いまやそのひとみは、茨ではなくこちらの姿を映している。「ボーン。ボーンだけ？　なにしてるの？　どこの人？」

「おかしな質問だな」とのべる。「孤児が訊くにしては」

「だって、空から落ちてきたのかもしれないし」身ぶりでさししめす。「廊下の先に隣の机があって、腰かけがあるの。持ってきて、そこに座って。誰も昼間はこんなところまでおりてこないから。くるとしたら、わからないことを調べにきてる学者の先生ぐらい。だから、ふたりで話せるでしょ」

「仕事の邪魔をしてるんじゃないか？」

ネペンテスは本を見おろした。「ううん。邪魔してるのはあたし。ぜんぜん違うものを訳してなきゃいけないのに、こっちのほうが気になって」

ボーンは廊下の先へ行き、腰かけを運んでくると、机のわきに腰をおろした。くぼみはせまかったので、体が半分廊下にはみだしてしまった。書物のはるか上にある広大な石の天井を、松明の光がかろうじて照らしている。あの天井部分は、何世紀も昔、想像もつかないような手段で崖の堅固な岩壁を掘りぬいたものだ。また地下だ、とボーンは思った。そして、今回も魔法に耳をすましている。

「シールのボーンだ」と返事をする。「うちの父は第二邦のシール侯の弟なんだ。何年か前に死んだ。伯父のアーミンが俺を魔術師の学院に送ったんだよ」

ネペンテスは片眉をあげ、なにげなく羽根ペンを本の頁にコツコツ打ちつけた。つかの間、表情の読めない目つきになる。自分の名前が秤にかけられているあいだ、ボーンはじっと待った。あらゆる事柄とつりあわせて考慮しているようだ。たとえば、厄介な事態になるかどうか、というのもひとつだろう。心の痛み、というのもあるといいが。自分の天秤にもその感情は載っているからだ。やがてネペンテスは、すべてに優るものを発見したらしく、検討するのをやめた。

「たしかにね」と、ぶっきらぼうに言う。「そんなこと知らなくていい。名前がわかる前に、心であなたが見えたの。そんなこと、いままで一度もなかった」

「ああ」ボーンはささやいた。「そうだ」

「まして、いっぺんに二回なんてね」

「二回？」

ネペンテスはまたペンで本にさわった。「二回」と応じたまなざしには、驚嘆の色が宿っていた。「まずあなたがいて——あの豪華な髪と目、あの金色——それから、受けとった本があったの。まるで、あの瞬間、あたしの心が本に書いてある言葉を見分けたみたいだった。それまで、持ってることさえ知らなかったぐらいなのに」

「持ってるって、なにを?」ボーンはぼうっとなって問いかけた。ネペンテスがまとった燃え立つような闇、その身にまつわる謎の数々が頭に浮かんだ。

「心」

「ネペンテス」と、海から発された言葉を口にする。「きみ——どこかに——どうしてもここで、本の山に会話を聞かせてやる必要があるのか?」

「当分はね。上に行ったら、人に見られるでしょ。あたしは仕事してるはずだから。しばらくいられる?」

「この迷宮のなかを、どうやったら迷わずに戻れるんだ?」ボーンはたずねた。「きみのお情けにすがるしかないよ」

その台詞《せりふ》に、ネペンテスは微笑した。「そんなものがあるかどうか、わからないけど。誰もあたしのお情けなんてほしがったことがないし。まあ、レイドリーは例外かもね」

「レイドリーっていうのは何者だ?」

「ただの知り合い。なんでもないの」ふたたび指がペンをはじいた。ネペンテスの注意がそれ、茨文字に惹きつけられる。「この本——」

「本なんかどうでもいいよ」ボーンは低くしゃがれた声で言った。「俺を先に見たんだろう」

「話をさせてよ」と訴えてくる。「ほかに聞いてくれる人がいないんだから」

「司書とか」

ネペンテスはかぶりをふった。またぱっと顔に血が上ったので、ボーンはそのほてりに手をあてたくてたまらなくなった。「あたし、嘘ついたの」と答えた声が喉にからんだ。ネペンテスは咳払いした。「さっき嘘をついちゃった」

「まだ会ったばっかりなのに」ボーンはびっくりして問い返した。「こんなに早く、どんな嘘がつけるっていうんだ？」

「本のこと。司書の人たちは、あたしが持ってるって知らないの。結局、学院で解読できて、こっちに渡さなくてもよくなったって、一緒にとりに行った書記に言ったから」

ふいに興味をそそられて、ボーンは本をながめた。「なぜだ？　それは魔法の品なのか？　きみがそんなふうに夢中になったってことは、きっとそうだぞ」

「そうなの？　魔法ってそういうもの？」

「魔法は誘いこみ、くぎづけにし、呪縛するものだ。これを少しでも理解できたのか？」

「たぶんね。この文字は茨に似てるの。お互いにからみあって言葉になってるけど、茨の枝みたいに、切り離すこともできる——ほら」いまや不安も見せず、熱心な口ぶりで本をこちらに押しやる。ボーンは身をよせた。ふんわりと香る長い黒髪が、くちびるにふれるほど近くに。

「茨が中心を囲んで、円を描いてるでしょ」

「車輪の中心みたいだな。心棒か」

「軸《アクシス》かも」ネペンテスは意見を出した。「ほとんど全部の頁で出てくるの。名前じゃないかと思うんだけど。それにここ——これはきっと著者の名前。最初の頁に出てくる、この枝分かれした茨。この頁にほかの単語は書いてないし、題名みたいに中央に置いてあるわけじゃないけど——」

「頁いっぱいに広がってるな」ボーンはつぶやいた。「警告みたいだ。司書に言ったほうがいいよ」

「うん」ネペンテスは上の空で答えた。「そうする。でも、まだだめ。本が話しかけてくるんだもの。あと少しだけ手もとに置いておきたいの」

「約束してくれ」ボーンはねばった。自分のひとみと、本の内側に隠された秘密のあいだに立ちはだかる、太くて棘《とげ》だらけの茨の蔓に視線をすえながら。

「約束する」

そちらを見やったボーンは、返答のおざなりな響きに気づくことはできても、ほんとうは相手のことをまったく知らないのだと実感した。ネペンテスにそのつもりがないなら、自分が伝えなければならない。近いうちに。どんな種類の魔法が本を制しているのか、説明してもらったあとでだ。そうすれば、魔術師たちが学生にふさわしいとみなすこと以外にも、なにか学べるかもしれない。

だが、今日ではない。ネペンテスは本を閉じ、ほかのものを見せてくれた。古い獣皮に記された魚のような文字だ。それから、一段落するまで作業をしてすごし、やっと魚文字をしまいこむと、さらに迷宮の奥深くボーンを導いていった。

3

「そういうわけで」ヴィヴェイはガーヴィンに言った。まわりでは蠟燭の炎がいまにも消えそうにゆらめき、燃えさしが眠たげなつぶやきをもらしていた。「当時、ふたりはたしかに存在していたのですよ。アクシスとケイン。王と魔術師。既知の世界すべての支配者。この世に生を享けて、その名を知らぬ者はおりませんでした。けれど、いまではどこへ行ったのか。雨水《レイン》のごとく消え失せてしまいました」

「レイン？」ガーヴィンはあくび越しに問い返した。

「雨水《レイン》です。地下にあるのですよ。割れた砂岩の銘板に、ふたつの名前が刻まれています。あまりに古く、もはや記憶している者すらいない言語で」

「あなたは憶えているではないか」

「ええ」と、軽く応じる。「わたくしはたいそう年をとっておりますから、きっとそのころから生きていたのでしょう」

またあくびの音が聞こえ、ヴィヴェイは愛情をこめて相手を見おろした。敷布や毛皮にくるまれて、ともに横たわっていた寝台の上で身を起こす。くすんだ真珠色の寝衣をまとい、さらに淡い真珠色の髪がマントのように体を覆っている。寄る年波にまぶたのたれた青灰色のひとみは、かつて詩歌に詠われたものだ。その手は壮大な叙事詩に霊感を与え、その行動は数えきれないほどさまざまな熱意を呼び起こした。それもすべて過去のことになった。こうしてレインの歴代君主の大宮殿の内部でくつろいでいると、どうやって以前の自分を克服することができたのかと、驚きと後悔の念をこめて首をかしげることがある。

ヴィヴェイは、しわだらけのかぼそい手をガーヴィンの裸の胸におろし、白い毛をなでた。その色も昔は黒かった。頭髪も、みがいた青銅の色をしていた。かつてこの男は軍の司令官で、自分は戦う王に仕える魔術師たちの相談役だった。

いまでは、と考える。レイン十二邦を受け継いだ、若く未熟な女王ひとりを導くだけでせいいっぱいだと。

「話はそれで終わりか?」ガーヴィンが問いかけた。目は閉じている。

「ほかになにがあるというのです? 生きて、死んで、忘れ去られた。それだけです」

「どんな死に方だった? ふたりを敬愛する者たちによって何日も葬儀が続き、宝で埋めつくされた墓が建立されたのか? それとも、最後に不名誉な戦いをすることになったか、庶子か成りあがり者とでも」

ヴィヴェイは腕を組み、立てた膝にかけると、その上にあごを乗せて、燠《おき》をながめた。壊れた心臓のように中身をさらけだし、脈打ちつつも息絶えていく残り火。「思い出せませんね」自分の話に興味を失い、ぼんやりと答える。ガーヴィンの指がゆるやかに背骨をたどっていくのを感じた。

「英雄は英雄の死を迎えるものだ。必ずな。事実はともかく、物語のなかでは」

「そう?」

「なにか話を作ってくれ」

「わかりましたよ。世界の支配者たるアクシスは、名前も憶えきれないほど多くの子を残しました。寝酒を飲みながら満足してこの世を去りましたが、ひどく年老いて体が縮んでいたので、子ども用の柩で埋葬されたのです。いままでに墓が発見されたことがないのは、そのせいですよ。それほど偉大な不敗の皇帝が、柩のなかで莢《さや》に入った豆のようにからから鳴っているとは、誰ひとり思わなかったからです」

「嘘くさいな」ガーヴィンはもごもごと言った。閉じたまぶたの奥で眼球がかすかに動いている。おそらく、まだ終わっていない自分自身の物語を視ているのだろう。「では、魔術師は?その男のほうは、もっとましなのか?」

「ケインは長生きしすぎて、自分が誰なのか忘れてしまいました。どこかの君主の宮殿で死にましたが、それまでに数十年仕えていたので、体が衰弱していくあいだも親切にしてもらえました。ただ、まわりの人間も、ケインの正体は思い出せなかったのですけれど」

「あなたは英雄に容赦ないな」

「ええ」ヴィヴェイは答えた。その双眸《そうぼう》は、赤く燃える心臓の光をひややかに映し出していた。「それを言うなら、アクシスとケインもです。世界を支配した一対も、容赦などありませんでした」

背中にあたっている手がひらいた。絹を隔《へだ》てて肌にぬくもりが伝わってくる。「あなたが話をしめくくったおかげで、伝説のふたりは安らかに眠れる。こちらもだ。さあ、寝るといい。夢で会おう」

「どこで?」その腕のなかにもぐりこみながら問いかけると、ガーヴィンはもっとなごやかな短い物語を聞かせてくれ、ヴィヴェイは話が終わらないうちに眠りに誘いこまれた。

ふたりが住んでいるのは、偉大な魔術師と偉大な武官にふさわしく、王宮の中心にそびえる高い塔だった。そこからは風の視点であらゆるものが見晴らせた。うねる波、海峡のむこうに横たわる第三邦の幅広い島、その先に連なる第五邦の群島、霧に煙る北部の森林と丘陵、南部の農地、海にそそりたつ断崖から、第二の海のように広がっていく緑の大平原。その場所から、ガーヴィンはもめごとに目を光らせ、ヴィヴェイは空の学院などの例外的な存在を見張っているのが常だった。ガーヴィンは鎖帷子《くさりかたびら》や革鎧《かわよろい》、珠玉をちりばめた武器など、馬に乗るのもやっとの重量を身につけて王のもとに伺候し、非番のときには詩を書いたり、レインの長い歴史の初期にあった戦の記録を調べたりしていた。ヴィヴェイのほうは、えんえんと続いてきた人生の自伝を綴《つづ》ろうかという考えをもてあそんだ。自分自身も含め、生きている者にとって不都合なできごとは省略して。

やり手で精力的な王は、狩りの最中に落馬して死んでしまい、レイン十二邦を統治すべく残されたのは、内気な王女のテッサラだった。少女が十二邦の名を全部言えるのかどうかさえ定かではなかったので、ヴィヴェイは戴冠式の前に容赦なく知識を叩きこんだ。相手はおとなしくすべてを学んだものの、あからさまに興味がなさそうで、上の空だった。なにに気をとられていたのか、見当もつかない。せっぱつまったヴィヴェイは、女王の母親に相談したが、さっぱり役に立たなかった。

逝去した先王を心から慕っていたレディ・ザンティアは、深い悲しみに沈んでおり、自分の心の痛み以外のことを気にする余裕などなかったらしい。

「あなたが力を貸してやってちょうだい」と、とぎれとぎれに言ってきた。娘の戴冠式の席でさえ、深紫と黒に身を包んでいたのだが、それ以来、ほとんど宮廷に姿を見せていない。ごくたまに現れると、めったに光にさらされることがない生き物のように、ぼうっとした顔でまばたきした。「もちろん、経験は不足しておりますとも。当然でしょう？　あの子がこれほど早く、おまけにこんな状況のもとで国を治めることになろうとは、誰ひとり予想しておりませんでしたもの」

「女王陛下は御年十四にあらせられます」ヴィヴェイはきびしく答えた。「ご夫君たる先王陛下が即位されたときには、ご息女と二歳と違わないお年でした。その三カ月後には第五邦とのいざこざが起こり、最初の難局に立ち向かうことになったのですよ。そして、みごと勝利を収められたのです」

ザンティアは目を閉じ、黒いハンカチをまぶたにあてた。「あなたが教えてやって」弱々しくつぶやくと、椅子にもたれかかり、身ぶりで女官たちを呼んだ。「あの子を導いてやってちょうだいな、ヴィヴェイ。陛下にお教えしたのはあなたですもの。ほかに頼ることのできる相手などいないわ」

「もったいないお言葉でございます」ヴィヴェイはむっつりと言った。王太后はハンカチの隅を片目の上に動かし、ちらりとこちらを見た。

「あなたは魔術師でしょう、ヴィヴェイ。魔法をお使いなさいな」

ヴィヴェイはあきらめて、女王を捜しに行った。戴冠式が終わっても、事前の準備とたいして変わらないほど大忙しの日々が続いている。これほど大勢の貴族が、一族郎党を引き連れて宮殿に滞在したためしはなかった。平原に野営した人々は、夜も昼もなく即位を祝い続け、帰途につく気配はかけらもない。二、三日雨が降れば昂奮《こうふん》もさめるだろうか、と考える。空の学院の学生たちに、天候をあやつる術を練習させてもいいかもしれない。女王はその朝、さまざまな君主と面談し、各国の大使を接見し、祝いの品を贈答しあい、求婚者候補を紹介されているはずだった。だが、ヴィヴェイは困惑した廷臣たちにさんざん出くわしたあとで、本人がどこにも見あたらないことに気づいた。

声に出さない呼びかけで、詩作にふけっていたガーヴィンに知らせる。ガーヴィンなら、周囲を動揺させずに捜すすべを心得ているだろう。それから、最短の道筋をたどって自分の塔のてっぺんへ上り、ひそかな探索を始めた。宮殿内から、平原にいる群衆のなか、さらには地下深く、まず可能性はなさそうな図書館まで。女王の名を餌代わりに糸をたらし、にぎやかな宮殿と平原をくまなく探ったが、どこにも反応はなかった。やけになって、台所や厩《うまや》など、まず考えられない場所も捜してみる。ついに、空の学院に問いを投げかけ、フェイランの注意を惹いた。

女王陛下は森においでですか？

答えが返ってくるまでには、はてしない時間が経過したように思われた。ヴィヴェイは蛇のようにうねる十二邦の旗に囲まれ、塔の屋上を行ったりきたりして待った。テッサラが森でなにをしているというのか、と苛立たしく自問する。一度も関心を示したことがないのに。だが、森でなければどこにいる？

ようやく空の学院がよこした返答は、フェイラン本人の姿をとっていた。雲と光から現《うつ》し身を作りあげ、ヴィヴェイとともに塔の上に立つ。

「いえ」おもてには出ていなかったが、いつもの落ちつきを失っている。ふたりのあいだの空気が乱れていた。「陛下は森にはおられませんぞ。どこに行かれたかご存じないのですな」

「わからないのですよ」と、不機嫌に認める。そのとき、はるか下、崖の切り立った面にちっぽけな人影が見えた。宮殿のいちばん外側にある、大昔の階段が行きつく先、つまり、よほど宮殿にくわしくないかぎり、存在しないも同然の場所だ。ヴィヴェイは溜息をついた。「いいえ、わかりました。すみませんでしたね、フェイラン」

フェイランは毛のない眉宇《びう》をこすり、下をながめた。ぱっと姿を消す前にその顔つきを目にして、ヴィヴェイは陰鬱《いんうつ》に考えた――あなたは笑っていられるでしょうよ。

女王をつかまえたのは、階段を半分ほどおりた地点だった。テッサラが骨折ってあがってくるところだったからだ。すぐ上の一段にいきなり人が現れたので、女王はよろめいたが、その動きは予測済みだった。気まぐれな風が吹きつけようと、うっかり足を踏みはずそうと、目に見えない堅固な壁によって、若い女王はどんな危険からも守られているのだ。ヴィヴェイは風化してぼろぼろになった階段に腰をおろした。立ちつくしたテッサラは、不思議そうにこちらを見おろしてきた。

女王は華奢な体つきで、くせのないまっすぐな髪をしていた。父親と同じ淡い金色だが、亡き王のようにゆたかな巻き毛ではない。アーモンド形の目も父譲りだ。ただし、色はもっと気がぬけた青だった。ひえびえとした風にさらされて歩いたあとでは、なおさら薄く見える。一見想像力にとぼしい、物静かな子どもが成長して、粉っぽい肌と自信のなさそうな表情の、目立たない少女になったというところか。いまは不安そうだった。色の薄い眉の上に、細いしわが現れたり消えたりしている。

「いったい」ヴィヴェイはたずねた。危険きわまりない絶壁の真ん中におり、周囲では風がごうごうと吹きめぐり、下では海がうなりをあげて逆巻いているという状況のなかで、なんとか冷静になろうとする。「ここでなにをしていらしたのです？」

「ただ――わたしは、ただ――」女王はわずかに肩をすくめ、同時にぶるっとふるえた。マントなしで出てきていたのだ。「ずっと前からやってみたかった」

「なにを？」

「海の音が聞こえるぐらい下におりてみること」

「ほんとうに癪《しゃく》にさわる方ですよ」その晩、ヴィヴェイが愚痴《ぐち》をこぼすと、ガーヴィンは声をあげて笑った。「なにがそんなにおかしいのです？　陛下には直系のお世継がいらっしゃいません。もし海に落ちていたら、レイン十二邦は王国の後継者をめぐって、この先百年もいがみあうことになったでしょうに」

「しかし、落ちなかった」

「あの方はもう子どもではないのです。気の向くままに、ふいと貝殻を探しに出ていってしまわれるようでは――」

「陛下も悲しんでおられるのだ」ガーヴィンはやんわりと指摘した。「そのうち学ばれるだろう。あなたの力を信じているとも」

「わたくしは信じておりません」ヴィヴェイは暗い口ぶりで返した。「あの方のことがさっぱり理解できないのです」

「自分があの年ごろのときはどんなふうだった？」

「どうしてわかります？　前世紀のことさえ、ろくに憶えていないというのに」と口にしたあと、身をこわばらせてガーヴィンから離れる。「こんなことを言うべきではありませんでしたね。あなたはまだほんの子どもなのに」

ガーヴィンは肩に腕をまわし、ヴィヴェイを引き戻した。「ばかなことを。あなたは魅力的だ」

「いまでも？」

「いつまでも」

その腕に抱かれて満足したヴィヴェイは、それ以上話題を続けなかった。もっとも、すっかり安心することは決してないということは承知していたのだが。「手を貸してくれてもいいのですよ」と言ってみる。「あなたは陛下の父君の最高の将軍だったのですから。あの方にはいつでも相談を持ちかけられていたでしょう」

「私は老人だ」ガーヴィンは思い出させた。「女王陛下のおんために命をかけて戦う覚悟はあっても、邦国が仕掛けてくる陰謀のすべてからお守りすることはできない」

「陛下は、そんな脅威があることさえ理解していらっしゃらないのですよ。レイン王国はたいそう歴史ある国ですが、不滅ではないのだという事実に気づいておられない。軍事力と巧妙な策略が十二邦をまとめているということをご存じないのです。ひょっとすると、わたくしよりあなたのほうが明快にご説明できるかもしれません」

ガーヴィンはしばし沈黙し、亡き王の思い出を味わっているらしかった。やがて、音もなく吐息をもらすのが感じられた。「陛下の父君は、まさしくたえず予測することによって、生涯を通じ、反乱や戦を避けてこられた。世界の涯《はて》にあるこの宮殿が、いかに不安定な状態に置かれているか、よく心得ておいでだったからだ。そのことをいったいどうご説明申し上げよと？」

「さあ」ヴィヴェイは硬い口調で応じた。「誰かがやらねばなりません」

「陛下に必要なのは、ご自分の国の歴史を学んでいただくことだ」

「陛下には――」ヴィヴェイはとほうにくれて頭をふった。「必要なことが多すぎます。どこから始めるべきなのかさえ見当がつきませんよ」

ガーヴィンは葡萄酒を飲み、杯をおろした。「明日だ」と提案する。「疲れているのだろう。また明日始めるといい」

かたわらでゆったりと長身をのばすと、片腕を軽くこちらの体にかけ、もう一方の腕をまげて自分の頭の下に敷く。こうしてそっと抱くのが長年の習慣となったのは、ガーヴィンも完全には安心していないからだ、とヴィヴェイは知っていた。ふたりですごしてきた、なにが起こるか予測のつかない多忙な歳月のあいだ、ずっと不安をかかえてきたのだと。一度ならず、いまにも消えてしまいそうだ、と不平をこぼされている。

でも、わたくしはここにいる、とヴィヴェイは思った。いま。これが現在わたくしたちにあるものなのだ。この平和なひとときが。人は死に、魔術師は消え去る……

「どこかに行ってしまったな」と声がした。「体はこの腕で抱いているのに、心は飛んでいってしまった」

われに返り、いかつく力強い顔を見あげる。白髪まじりの眉、たるんだ皮膚。一方の頬骨の上に走っている色あせた傷痕は、戦いのさなかに首をめぐらしたおかげで、命中するはずの矢が皮膚だけをかすめた名残だ。ガーヴィンは視線をあわせてきた。明るい青のひとみ。その青が、陽に透かした氷のように燃えあがるのを見たことがある。いまはおだやかで、問いかけるような色をたたえていた。

「どこに行っていた？」

「物語のなかに迷いこんでいたのですよ」と答える。「ゆうべ話して聞かせた物語です。人の王と魔術師……」

「アクシスとケインか」

「あの話の終わりを変えていたのです。ほんの少し違うだけですけれどね」と訂正する。「結局、すべての結末は同じものですから。あのふたりの物語でさえ」

「そうか?」その点に関して疑問を感じているかのように、ガーヴィンはつぶやいた。くつろいで耳をかたむける態勢になる。「では、その別の物語を聞かせてくれ」

4

はじめての戦いは七つの年だった。川の泥と唾でこしらえた軍隊は、のちに下エベンの詩人たちにこう詠われた。

大地と水にてかたちづくられ
息吹を与えられ
泥濘《でいねい》より出でし無数の大群
死の軍勢
見よ、この世を取り巻く蛇川の堤に

戦った相手は父だった。数世紀のち、詩人たちは語る。敵の軍隊を虐殺し、蛇川を死者の血で朱に染めたすえ、土手の上で対峙した最後の生き残りは、父そのひとだったと。

水面《みなも》より昇る望月のもと
蛇の眼《まなこ》のもと

アクシスは父を屠《ほふ》りぬ
善王、義王の
骨は蛇川にのみこまれ
見よ、血みどろの手の幼子が玉座に

実際には、川辺ののどかな午後に起こったできごとだった。アクシスの父は、みずからの王国から数時間隠れて、息子がちっぽけな歩兵の頭に色を塗り、騎兵の頭にトウワタの種の羽根飾りをつけるのを手伝ってやっていた。騎兵といっても、馬は想像にすぎなかったが。あの秘密の言葉でケインと自称した子どもは、素手でつかまえた蜻蛉《とんぼ》の色あざやかな翅《はね》から、青い染料を作っていた。少女が指越しにささやきかけると、小枝めいた胴体はぱっと消え、きらきら光る瑠璃《るり》色の翅だけが残った。どうやってそんな真似をしているのか、そのときアクシスは気にとめていなかった。気づいたのはあとの話だ。

「わが軍には野の草ほど多くの兵がおる」と、王は息子に告げた。「砂粒ほどにおびただしい数の兵だ。そちならばいかにして打ち負かす？」

アクシスは考えこんだ。当時でさえ体格がよく、金髪で獅子鼻の子どもだった。厚いまぶたと目の色は父譲りで、その緑はけだるい午後の蛇川を思わせた。ひとみは川面のように光を反射したが、奥にひそむ謎を明かすことはなかった。王はいとおしげに息子をながめ、返事を待った。所在なさそうに黄金と青銅の小冠を人差し指一本でひっかけ、くるくるまわす。サンダルばきの足は泥だらけだった。両手も、短いチュニックの裾もだ。金属片で覆った軽量のシャツを着こみ、腰には短剣用の黄金の鞘を差している。こうした品々が、のちにはなばなしく尾ひれをつけられ、何千もの人血を吸った精巧な鎧《よろい》や剣に変わることになる。生贄《いけにえ》を捧げる石に載せた短剣は、小ウサギ一匹分の血しか吸っていなかった。王は子どもたちに向かって、蛇川への供物だ、とおごそかに説明した。遠い昔、この蛇は陸の生き物を好むようになったため、道筋をはずれて獲物を探しに出かけたりしないよう、ときおり餌を与えなければならないのだ。

アクシスは、騎兵隊の上で片手をひらいた。「草なら火でやっつける。こいつらが松明《たいまつ》を持って父上の軍を囲んで、ぼうぼう燃やしちゃうよ」

王はうなった。「して、そちの歩兵は？　なにをしておる？」

「川の土手にずらっと立って、水にとびこんで火から逃げようとするやつらを、みんな殺してやる」

「見せてみよ」

アクシスは、青い頭のずんぐりした兵士をひとつ持ちあげた。どれもせいぜい親指ほどの大きさで、首のついた繭《まゆ》を地面に立てた軍隊といったところだ。とりあげた歩兵を水ぎわに置く。鏡の水面の下でうねりが広がったかと思うと、蛇川はその上にさざなみを送りこんだ。兵士はたちまち水に溶け、泥のかたまりになってしまった。アクシスは目をまるくして見つめた。王は声をたてて笑った。

「いかなる武器であろうとも、逆手にとられる可能性があるということを頭に入れておくがよい。そもそも、蛇に生贄を捧げたのは予であろうに」

アクシスはまた熟考し、それから、歩兵を両手でかきあつめて立ちあがった。羽根飾りと竜の鱗を身につけた、生乾きのちっぽけな戦士たちにくるぶしまでうずまって、泥人形をひとかかえ水にほうりこむ。兵隊は沈みながら溶けていき、あとに残ったのは、種の羽根飾りと粉々になった翅という、ささやかな形見だけだった。

「これが蛇への供物だ」と、川に呼びかける。「生のかわりに死を。こいつらの命をとって、かわりに死を送ってほしい。ぼくのために戦うように」

奇妙な願いごとに、王は片方の眉をあげると、人差し指にぶらさげた冠を、もう一度くるりとまわした。「蛇川とは、そのいずれでもあるのだ」と息子に注意する。「生命と同様に――」

ふいに、水がシューシューうなりながら、泡立つ大波となって盛りあがった。ケインが悲鳴をあげてとびすさる。くるぶしまで水に浸かったアクシスは、驚愕のあまり動けなかった。死の化身は、おそらく王の手のきらめきに惹かれたのだろう、巨大な緑のあぎとをひらき、黄金を狙って水から躍りあがった。兵士たちの上に血が飛び散る。王の体の大部分は、一瞬のうちに消え失せた。残ったもの――冠を放した泥まみれの片手、サンダルをはいた片足――は、記憶のなかにくっきりと跡を残しつつ、泥の軍隊の中央をひきずられていった。そして、渦巻く蛇川にのみこまれる。そのとき、アクシスは声をあげた。鋭く言葉にならない叫びを発し、赤い泡に覆われた水に膝まで踏みこんでいく。ばしゃばしゃと近寄ったケインが引き戻し、ふたりは軍隊を踏みつぶしながら岸辺にたどりついた。アクシスは口をきこうとしたが、衝撃に言葉を失ってしまったようだった。父親を食らった川の獣のように、シューシュー音が出てくるだけだ。ふと黄金の環に目をとめる。泥から拾いあげ、無言のまま両手でひっくり返した。茫然としたまま、内部に父親を捜しているようだ、とケインは思った。

衛兵たちがそんなふたりを見つけたのは、その直後だった。目につかないところで時間をつぶすよう王に命じられていたのだが、胸騒ぎをおぼえてやってきたのだ。

石の上の短剣、血に染まった水、父王の冠を手にした世継の王子。その場の混乱のなかで、すべてが渾沌《こんとん》としていた。

「父上と戦ってたんだ」ようやく口がきけるようになると、アクシスは母親に告げた。「ぼくが水から死を呼び出したら、蛇が父上を食べちゃった」

徹底的に問いただされたケインは、もっとくわしく経緯を説明したが、そちらのほうは、アクシスの漠然とした発言より意味が通っていた。しかし、なんとか論理的な結論が導き出される一方で、事件の印象は長くとどまり、遠い過去の伝説となった。

だが、ケインは憶えていた。

生まれながらに星の詞《ことば》をあやつる
夜の皇帝
茨《いばら》の詞を
燃え立つ天空の蛇の

雷《いかずち》の詞を

成長して読み書きを学んだとき、その言葉のために文字を考案したのはケインだった。少女は王妃の数多い姉妹のひとりを母として、大エベンの王宮に生まれ育った。アクシスとともに、歯が生えかけて泣きわめき、片言でしゃべり散らしている大勢のいとこたちのなかに投げこまれたのだ。おもちゃを頭にぶつけあうという昔ながらの儀式をおこなった瞬間、運命を共有することを発見した。それ以来、ふたりは分かちがたい存在となった。共通語を覚える前から互いに使っていた言葉は、知りたがりでおしゃべりないとこたちに隠しごとをしておく手段だった。秘密の単語はどれも、わたしたちはひとつ、と語っていた。理解できるのはこのふたりだけ、と。やがて、書くことを覚えたケインは、その言葉を茨でかたちづくった。ひょっとすると、警告と守護を表す書体で、ふたり一緒の人目を避ける未来を予測していたのかもしれない。独特の謎めいた方法で、棘《とげ》だらけの蔓《ケイン》の一本一本に自分自身をはめこんだ。どの文字もケインの秘密の名をささやいていた。

王がとつぜん奇怪な死を遂げたころ、ケインはどこにでもアクシスにくっついていく、小柄で口数の少ない、観察眼のある子どもだった。母親に似て、黒髪に華奢な体つきで、煙るような色合いの大きなひとみをしていた。従兄についてまわっていたのは、相手がそう望んだからだ。ケインが見あたらなければ、アクシスは自分で捜すか、人をやって呼んでこさせた。子どもっぽい友情は害のないものに思われた。そのうち大きくなって興味を失うだろう、と判断されていた。そんなことはなかったのだが。

王につきしたがうは頭巾の君
常に変わらずかたわらに
影に隠れて歩み
そのおもてを明かすことなく
ケイン、星々の間隙に扉をひらき
道をさししめす者

アクシスの父は、自国の版図を広げることに生涯の大半を費やした。王みずからが、詩歌にふさわしい偉大な将軍だったし、息子がまだ幼いころに戦争ごっこを教えた。ケインが戦闘という概念に関心を示したのは、従兄が興味を持っていたからにすぎない。アクシスの戦場で最初に死を迎えたのは、父王だった。少年は激しい衝撃を受け、悲嘆にくれた。だが、その一件で暴力への恐怖を植えつけられるかわりに、戦への興味は執着に変わった。力というものをさまざまな角度から垣間見たアクシスは、秘密の言葉でケインに手紙を書き、かなり支離滅裂な文章で検討した。それこそが、なによりも手に入れたい対象となったのだ――あの力と、力にまつわる謎が。そういうわけで、川のほとりで血みどろの生を享けた不可解なものがなんであったにせよ、ケインも友のために望んだ。

王が死んだあと、その弟が摂政となった。それからしばらく、叔父が権力を手放すときが訪れるまで、エベンではなにもかも平穏だった。アクシスが帝王学を修めているあいだ、ケインは独学で別のことを学んだ。ふたりの言葉と同様、勉強は秘密裏におこなわれ、あの文字のように、謎かけやら奇妙な並列事項やら、多義語、相関語やらでいっぱいだった。力となる知識には、意外なところで出くわした。詩の一行、庭師に聞いた物語、あるいは、くしゃみが出るほどかびくさく、必ず初心者へのきびしい警告で始まっている巻物。飛ぶ鳥も多くのことを教えてくれた。空気や時間について、偶然の一致や運動の性質について。人間の心が翼を広げる最高の瞬間とは、飛翔の美しさにはっと息をのむ一瞬だということ。学んだことすべてをアクシスに告げたわけではない。当時は、なぜそんな知識を求めるのか、いや、それがなんなのかさえわかっていなかったからだ。名称を知るずっと前から、力を認識していたのだ。

魔法使い
妖術師
頭巾の君の眼《まなこ》は魔法
発する言葉は呪文
ケイン、皇帝の左手
皇帝の右手は戦そのもの

アクシスの人生にふたたび青天の霹靂《へきれき》が訪れたのは、結婚しなければならないと知ったときだった。即座に花嫁を迎える必要があるというだけでなく、相手は会ったこともない隣国の王女だという。その国では若い世代が不穏な動きを示しつつあるが、婚姻によって忠誠が確保でき、エベンに物資や兵士が流れこむことになる。アクシスが結婚するか隣国を征服するかしないかぎり、すべてよそに奪われるだけだ。

「では、征服しよう」アクシスはすぐさま提案した。

それに対して、母親は答えた。「わらわは戦に倦《う》み疲れました。そなたの父君は、ろくにお目にかかる機会もないほど戦いに明け暮れておられたのですよ。ほんに、子を授かるひまがあったことが不思議ですとも。当分戦場には近づかず、まず孫を抱かせておくれ。そのあとならば、全世界なりと征服するがよいでしょう」

「だが、ケインが――」従妹のいない人生というものを、はじめておぼろげに感じとったアクシスは、愕然として言いはじめた。なにかの刺繍をしていた母親は、糸をかみ切ると、黙って息子をながめた。

「そなた」と、同情していないこともない口ぶりでたずねる。「あの娘を娶《めと》ることができると思っていたのですか？」

「いや。考えたことがなかった――妃のことなど、まったく頭になかった。しかし、どうしても必要というなら――」

「従妹を妻に迎えたところで、なんの得にもなりませぬ。考えてもごらん、アクシス。そなたはエベンの王でありましょう。王とは自国の利益のために婚姻を結ぶもの」

「だが――」

「なりませぬ。あの娘をかたわらに置いて婚礼を挙げることも、そなたの寝台の下に休ませることも問題外です。みずからの人生を歩ませておやり」

「予は王だ」アクシスは反抗的に言った。「あれがどのような人生を歩むかは予が決める」

母親は糸箱をあさり、別の色を選んだ。「当人と話してみては」と勧める。「そなたがかわって選ぶ前に」

「予の望みはあれの望みだ。昔からそうだった」

「縁談のことを伝えなさい」母親は応じた。「そして、なにが望みかと訊くことです。若い娘には、若い男よりはるかにものごとを見ぬく力があります。あの娘がそなたほど意表をつかれるとは思いませぬ」

そのとおりだった。ケインはすでに、周囲の生活から模様を読みとり、自分とアクシスにとってどんな意味を持つことになるか認識していたからだ。クリベックスからの使者にも、誰よりも早く気づいていた。ケイン自身への先触れは、従兄と伯母が話しているとき、窓を半分覆うタペストリーの影といりまじった影だった。したがって、捜しにきたアクシスに姿を見せるまでに、考える時間があった。

それでも、その顔には涙の痕があった。伯母の言葉は正しかったからだ。この先、アクシスの人生には踏みこめない場所ができるだろう。

ケインは、自分の知るかぎりもっともひとけのない場所に従兄を連れていった。ごく小さな庭園で、水気が多く陽射しを喜ぶ、一風変わった棘だらけの植物がぎっしり生えている。そこで砂岩のベンチに腰かけると、アクシスは硬い地面に膝をつき、両腕をケインの膝に乗せて顔をうずめた。ふたりはまだ恋人同士ではなかった。それ以前の関係について、伝説が沈黙を守っているのはそのためだ。仮面で顔を覆うまで、ケインはまったく人の目にとまることがなかった。王の従妹が、歴史の糸に織りこまれた凡庸な生活のなかに消え失せるまで、魔法使いにして恋人である頭巾の君は存在できなかったのだ。

「結婚しなければだめよ」と、アクシスに言い渡す。「摂政殿に対抗するためには、クリベックスの軍が必要だから」

相手は顔をあげ、まじまじとこちらを見た。長じてのち、大きな黄金のおもて、間隔のあいた双眸《そうぼう》、黄褐色の髪のせいで、獅子として知られることになるアクシスは、決してケインの言葉を疑わなかった。ただ感嘆しただけだ。「どうやってそんなことを知った?」

「耳をすまして」ケインは返事をした。

「姿を消しでもしたのか」

「いいえ。見方さえ知っていれば、そこにいることはわかるわ。わたしは人が視線を向ける場所と、実際に目に映る場所の狭間に立っているの。相手が見えると予測しているものの後ろに。見えると思っていれば見える。ただ、誰もわたしがいるとは思わないところにいて、耳をかたむけているだけ」

いくらか落ちついて、アクシスはうなずいた。前腕で顔をぬぐい、上体を起こしてしゃがみこむと、手をケインの膝にかける。そして、母親に言われた問いを投げかけた。

「おまえはなにを望む?」

「あなたの望むものを」という返答だった。

「望むものはおまえだ。ともにいてほしい。いつまでも」

ケインはアクシスの手に両手を重ねた。そのひとみにもはや涙はなく、誰ひとり思いもかけないような場所に、自分たちが並び立つ姿を視ていた。この先、ふたりが一緒にいる光景を予想する者はいなくなるはずだ。

「それなら、そうなるでしょう」と告げて、ケインはその言葉を実現させた。

5

女王は森にいた。

戴冠式から一週間がすぎたが、滞在客は家に戻るそぶりも見せない。手のこんだごちそうがいまだに台所からあがってきて、床石に使えるぐらい大きな肉のかたまりや、車輪ほどもあるパンがえんえんと運ばれてくる。何層にも盛りあげたケーキは、リボンの花綵《はなづな》や渦巻模様で飾り立ててあって、スカート代わりに使えそうだ。必ずてっぺんに載っているのが、泡立てた白身と金色の葉でかたどった王冠だった。客人たちは小さな池ほど葡萄酒を飲みほし、逆巻く川なみに麦酒《ビール》をあおった。かつてレイン十二邦を統治した人物の名を、ひとつ残らず挙げて乾杯したが、そのなかには、戴冠式の真っ最中に、どちらが王になるかで喧嘩を始めたあげく、お互いを殺した双子まで含まれていた。外では、広大な平原に空き樽やら羽毛やら骨やらが散らばって、ごみの山と化しつつある。風が静まる深夜には、まさしく堆肥《たいひ》のにおいがした。

「みな近いうちに追い払いましょう」ヴィヴェイは約束した。「ただし、陛下が支配階級の貴族の名前と顔を一致させ、めいめいの意見をひとつはきちんと思い出せるようになってから、という話です。一緒にダンスをなさるとよろしい。会話のきっかけをつかむにはいちばん楽な方法ですよ」

テッサラはあぜんとして見つめ返すしかなかった。この魔術師は、誰と話しているつもりなのだろう。もしかして女官だろうか。悠然とほほえみ、片方のまぶたを閉じただけで王国ひとつをゆるがせる、あの種族のひとりと勘違いされているのかもしれない。

ヴィヴェイは寄り目になりかけた表情で視線を返してきた。こちらのことを、とりわけ鈍いと感じているときの反応だ。

「ダンスです。ご存じですね。音楽に合わせて、整然と足を動かす——」

「知ってる」テッサラは虚ろに答えた。「父上と踊ったことがあるから」

その台詞《せりふ》は、踊り方を知っている、という意味だった。しかしヴィヴェイは、あきらかに別の受けとり方をしたらしい。目を閉じ、一瞬、鼻梁をつまんだ。

「父上。陛下はもう子どもではございませんし、お父君はご逝去なさいました」

「うん」言いさして、ちっぽけな硬いものが喉につまったような感覚をのみこむ。「埋葬されたとき、そうじゃないかと思った」

ヴィヴェイはまた目をつぶった。顔のしわがわずかに動き、どういうわけか、ひどく老けて見えると同時に、はっとするほど美しく見えた。

「申し訳ございません、テッサラさま。わたくしはただ——お父君のお持ちだったものを、すべて陛下にさしあげたかっただけです」

テッサラは、その姿を通り越して会議室の窓の外をながめた。この部屋で四六時中ヴィヴェイとすごして、次に会話を交わす相手は誰か、内容はどうか、その結果なにを得るか、あるいは失うか、いちいち指示を受けるのだ。風に舞う一羽のカモメが、塔の一室にいる女王をふりかえった。それから、風向きの変化をとらえ、自由をめざして目がくらむほど優雅に飛び去っていく。

「わたしは父上じゃない」テッサラは言ったが、そのあいだも、心は海上に広がる軽やかな空間で、上へ下へと飛びまわっていた。

「あまりご自分をきびしく評価なさいますな」ヴィヴェイは平静さを取り戻し、テッサラの発言を完全に誤解して答えた。「そのためにわたくしがおそばにいるのです。お手伝いするために、ということです」

「うん」テッサラは無関心に応じた。ダンスをしたところでなんの役にも立つまい。だが、そういうものだ。足を動かしながら話すという作業をこなすしかない。それに、記憶することも必要だ。そうすれば、全員を家に帰して、また自分の考えごとに耳をすませることができる。

そこで、相手の言葉を憶えておこうと懸命に努力した。しばらくすると、みんな同じことを言っているように聞こえてきた。いちばん記憶に残ったのは、その日の晩餐のあと、一緒に踊った人々のまなざしだった。笛やヴィオールの音色に合わせ、テッサラの手をとって体をまわし、近々と引き寄せては離す。鳥を思わせる異質なひとみがこちらを観察し、無力で餌になりそうなものに変化《へんげ》するのを待ち受けている。礼儀正しく話そうとつとめながら、テッサラは実際、そんな存在になったように感じた。口から出る声さえ、妙に小さくなったり甲高くなったりしてしまう。片隅で見守っているヴィヴェイの顔は、超然とした仮面のようだった。まわりでは、ほかの娘たちがなごやかに笑いさざめいて雑談している。まるで、この世に危険など存在しないかのように。自分たちが天下を握っているかのように。

比較的若い男性、つまり求婚者候補のなかには、美貌や愛嬌のよさをほめそやしてくる者もいたが、たいして美人でないことは自覚しているし、愛嬌に至っては皆無だ。テッサラは不安になって顔色をうかがい、ほんとうはどういうつもりなのか見てとろうとした。年輩の貴族や廷臣は、結婚相手にふさわしい立派な息子たちの話をするか、息子がいなければ、自分の邦国の難題にふれる。誰もが決まって、あの痛ましい事故の直前に先王陛下が対処してくださることになっていたのですが、と言ってくるのだ。それに対しては、心にとめておくから、と真剣に約束する一方で、個々の問題と、口ひげの形だの、たるんだまぶただのを結びつけようと努力した。出会ってすぐ記憶に刻まれたのは、たったひとり、レイン第九邦チェサリーの太守の叔父だけだった。

その男は白髪まじりでひきしまった体格をしており、落ちついた風情にテッサラは心が安らぐのを感じた。腕をあげて女王の体をまわしながら、太守の叔父は飾り気なく言った。「お父上のことは残念です。自分の息子たちより気が合う方だったのですが。気が向きさえすれば、実に思いやりのある方でしたな」

テッサラは、また回転させられるまで、まじまじとその顔を見つめた。ふたたび向き合ったとき、だしぬけにたずねる。「そんなことを言ってもいいのか？　ほかの者は誰も、自分の考えてることを口にしないのに」

「失うものがなにもなければ」という返事だった。「好きなことが言えるのですよ」

テッサラはしばし沈黙した。相手の足につまずいたが、ふたりとも無視した。「わたしは思ってることを話してはいけないことになってる」と告げる。「レインの女王なのに」

「それは、すべてを失うことになるからでしょうな」

その晩、ほかの人間はほとんど目に入らなかった。あとになってヴィヴェイに質問されたとき、はっきり思い出せたのはその顔だけだ。

「やさしそうだった」と言う。「あの人のおかげで、どうして父上のことが大好きだったのか思い出した。すべてと、なにもないことの違いを教えてくれた」

「というのは？」当惑したおももちで、ヴィヴェイはうながした。

「言葉だ」

ヴィヴェイはなおも首をかしげていたが、ひとつの単語が手がかりになったらしい。ようやく口をひらいたとき、その声はふだんより親切そうに聞こえた。「あまりに大きなものを失うと同時に、これほど多くのものを手に入れるというのは、たとえようもなくつらいことです」

「そう、そうだ」テッサラはささやいた。溜息をついてダンス用の靴を脱ぎ捨て、窓辺に近づく。いまの時刻、その窓枠にふちどられているのは、あたかも時の原初か終焉《しゅうえん》のごとく、星影ひとつなく波打っている海の上の暗黒だった。

「明日は」ヴィヴェイが背後から声をかけてくる。「朝食後まず、オルモラニア王の使節団にお会いいただかなければなりません。古い王国で、第四邦の南の境に接しており、山がちできびしい気候の土地です。どちらかの君主が代替わりするたびに、条約を更新して友好を保つ習いとなっております。あちらの朝貢《ちょうこう》とひきかえに手を出さずにおく、といった関係です。戴冠式には間に合いませんでしたが、そのことは問題ではございません。早春に山越えの道をたどってくることは困難ですから。即位祝いの品として、砕いた蝶の翅《はね》の染料を塗ったうつわと、黄金と琥珀《こはく》の首飾りを贈ってよこすはずです。あの国の特産として名高いものですから。一日か二日後、顧問団とともに条約更新の場にご臨席いただくことになります。明朝、その使節団を接見なさったあとは……」

「うん」テッサラは言い、必要と思われるところで「うん」「うん」とくりかえした。

翌朝、女王は食事の前に森へ出かけていった。

意識して決めたわけではない。早い時間に目が覚めて、眠れなかったからだ。暁の太陽が、寝台を囲む石材に黄金をふりまいていた。着替えは自分でした。誰も起き出していなかったのので、止める者がいなかったからだ。裏手にある廊下をさまよって、一世紀ばかり使われていなかったい、細くまがりくねった階段をおりていくと、矢の形の窓から光があふれていた。まだ近すぎる。陽射しに導かれてさらに進み、厩《うまや》をすぎて、いくつもの庭園を通りぬけながら、海の潮と早咲きの薔薇の香を吸いこんだ。平原はきっと、広々として金色の光に満ちているだろう。そして、海辺から世界の彼方まで、風が野生の馬のように駆けていくのだ。だが、城壁の迷路に設けられた門の、最後のひとつをくぐりぬけて目にしたのは、はためく天幕やゆうべ残った骨をかじっている犬、それに、眠そうに火をかきたてている召使いが、笑いながら半裸で陽射しのなかを走りまわる子どもたちをなだめている、という光景だった。

テッサラはそこをよけていった。なにも要求されない場所を探そうとしただけなのに、笑顔も会話も求められず、人波がとぎれて茫漠とした平原が始まる場所を見つけるために、好意をよせてくれる人々からどれだけ離れる必要があるか、ちっとも気づかなかった。

とつぜん、視界に森がとびこんできた。黒っぽいけだもののように地平線にうずくまっている。天幕と同様、森の存在も忘れていた。あの森は、ときどき自分で身を隠しているに違いない。だからいつも、思いがけないときに出くわすのだろう。光に誘われて、天幕の周囲をずいぶん歩いてきた。今度は、暗がりと静けさと、秘密めいた雰囲気に心をそそられた。野生の森に埋もれた、ありとあらゆる謎に。

魔術師の学院が、木立のどこかにあるということは知っていた。草地から羊歯《しだ》と影のなかに入るやいなや、テッサラは学院を捜しはじめた。いままでに見たのは一度だけ、ある夏の午後、父と一緒に乗馬に出かけたときだけだ。まるでひなたぼっこでもしているように、木々の上空に浮かんでいた。奇妙な石造りの建物で、複雑に入り組んだ壁がさまざまな角度に突き出し、窓も扉もない塔がどっさりあるが、門はどこにも見あたらなかった。宙に自分自身の影を映し出していたが、そのうりふたつの鏡像のほうには、あちこちに窓や扉や門がついていた。その幻に驚いた父が、喜んで笑い声をあげたこと、のっぺらぼうの塔にひょっこり窓が生え、王を一瞥したことを憶えている。それから、学院は威厳を保ってしずしずとおりていき、ふたたび木立に姿を隠したのだった。

いま、早朝の森は物音ひとつなくしんとしていた。その静寂を乱さないように、注意深く湿った木の葉をかきわけ、からみあった茨《いばら》や蔓草《つるくさ》をすりぬけて歩く。空は見えなかった。緑と影が分厚く織りなす天蓋だけで、ひとかけらの青も目につかない。テッサラは音をたてずに呼吸した。周囲の森もそうしているという気がした。生き物のように、油断なくこちらを観察している。樹木は朝霧をうっすらとまつわらせて顔を隠し、香りをふりまくように内心の思いを空気ににじませていた。まるで、口には出さない言葉に囲まれているようだ、と思う。

テッサラは動きを止めると、同じようにひっそりと立って耳をすまし、沈黙の言語を理解しようとした。まわりじゅうに言葉があるのだ、と徐々に悟る。朽ちた落ち葉、枝に巻きついた蔦《つた》のねじれ、藪《やぶ》からのびた小枝、そのひとつひとつが空中に、目の前に形を描き出している。なにを語っているのだろう、と首をかしげ、すっかり夢中になって、森の言語を吸いこもうとした。自分も木の葉や樹皮の内側に隠れているかのように、皮膚からとりいれようと試みる。

ふいに、葉っぱがさがさ鳴り、枝がしなった。森が口をひらき、なにかが近くに迫っている、音からしてかなり大きなものだと知らせてくる。テッサラは身を硬くし、ぱっとふりむいて視線を走らせた。どちらを向いても同じ景色に見える。立ち木に灌木、茨の繁《しげ》み。古い大木をうねうねとはいあがり、巨大なとばりとなって梢《こずえ》の先を覆いつくしている蔦。それらしき気配は見あたらない。そこで、適当に方角を選んで駆けだした。

テッサラ？　誰かがその名を思い浮かべたかのように、はるか遠くから声が聞こえた。きっとヴィヴェイだろう、と推測して、今朝の仕事を思い出した。客人との朝食、オルモラニアの使節団、砕いた蝶の翅で色をつけたうつわ……はてしなく続く無言の木々のあいだをぬって、いっそう速く走る。もしかして森の奥へ向かっているのでは、とあやぶんだ。森の魔法に深くからめとられ、ヴィヴェイにさえ見つけてもらえなくなるのではないだろうか。

それから、影と光の境を越えた。ふたたび日あたりのいい平原に出てみると、背後の森はこんがらかった記憶にすぎなかった。遠くの焚火から、煙がきれぎれに立ち昇っている。森では木の葉一枚ふるわせなかった風が、またいきいきと感じられた。

息を切らして立ち止まり、信じられない気分で、あのよそよそしい秘密の世界をふりかえる。すると、人生で二度目に、空の学院を見ることになった。天空と木立の中間に浮かぶ、もうひとつの謎めいた世界。開口部のない塔には陽光がふりそそいでおり、宙に投影された鏡像さえ光を反射して、水晶と真鍮《しんちゅう》でできた窓や扉をきらめかせていた。

後ろで驚愕の声があがった。森のなかであとをつけてきた巨人が、木立の終わるところで枝を押し分け、こちらをのぞいていたのだ。ばかでかいはげ頭とがっしりした肩がちらりと見え、テッサラはまた向きを変えて駆けだした。馬上でぽかんと学院を見つめていた、平原を見張っている衛兵のひとりが、森から走り出てきた娘に気づき、馬をよせてきた。蜘蛛の巣めいてなびく髪や、白い眉と驚いたようなひとみを持つ、未成熟な印象の青白い顔を見分けたらしい。

「散歩に出てたんだ」相手が仰天してあれこれ問いかけてくるのに応じて、テッサラは告げた。「急いで戻らないと」

衛兵が馬を貸してくれたので、宮殿に帰りついたのは、着替えて朝食に行くのに間に合う時間だった。

6

まったくの偶然で、ネペンテスが次にあの学者のひげ面を見たのは、魚たちと泳いでいたときだった。

クロイソス師は小部屋に首をつっこみ、肩越しに訳した分を読んだ。ネペンテスはぎょっとした。くたびれきった顔つきの学者は、目の下に隈を浮かせており、髪ときたら、麦酒《ビール》の樽からそのまま飲んだかのようにべっとりと頭にはりついている。女王の戴冠祝いが終わるまで生きのびられるのだろうか、と心配になった。

しかし、機嫌はよさそうだった。くさい毛皮を巻きつけて午後の冷気をしのぎ、魚から魚へと指を動かして推論をのべていくネペンテスの言葉に、じっと聞き入っている。

「この文字ですけど、ここに短い線が二本あります、ふたつ口がついてるみたいに。小さな釣り針でも、笑顔でも、なんでもいいです。これが数え方だと思います。数を示してる魚は、それぞれ違う数の笑顔がついてて、必ず行の先頭に書いてあります。だから、こういう魚は、数字でもありますけど、ある単語の最初の文字でもあるんです。たぶん荷馬車二台か、牡牛二頭か。こっちに並んでる魚全部を運ぶためのものです」

学者はなるほど、といいたげにふんふんうなずき、インクで汚れた指を毛皮から突き出した。

「このまとまりはどう考える？　何度も出てきているようだが」

「そういう配置で、くりかえし出てくるまとまりはいくつかあります。人の名前かもしれません。商人とか、隊商の御者とか」

相手はまたうなり、それから言った。「バーナム侯は、当分お帰りになる気がなさそうでな。わしが出発する前に、この文書を解読できるかもしれんぞ」

「そうだといいですね」ネペンテスはぼんやりと答えた。この学者の魚の群れのために、茨文《いばら》字をほうっておく気になれなかったからだ。クロイソス師は毛皮の下でなにかちゃりんと鳴らした。数枚の硬貨だ。

「多くは払えんが」と言う。「これだけの仕事をすれば、褒美があってしかるべきだろう」

ネペンテスは驚いて肩をすくめた。「そんなこと、期待してません。まだ見習いですし。お金なんか何カ月も見ないこともあります」

「この石の壁の外に出れば、役に立つものだ」クロイソス師は、魚の隙間に硬貨を一枚落とした。「これは女王陛下の新貨幣だ。わしがここを発つ前に作業が終わったら、もう少しやろう。まだあの方が玉座についていればという話だが」

ネペンテスは硬貨をとりあげ、しげしげとながめた。まるい大きな銅貨だったが、貨幣については、大きければ大きいほど価値が低いと学んでいる。一介の書記にとって、若き女王を見るのにいちばん近い機会というのは、おそらく硬貨に刻まれた横顔だろう。彫りこまれた像は、ゆたかな髪と、まるみをおびてきっぱりしたあご、巨大な王冠が目についた。それ以外の細部は曖昧《あいまい》に見える。

「これはむしろ」クロイソス師は重い口ぶりで言った。「見たままというより、こうであったらという願いだ。実のところ、あごの線はほとんど印象に残らんし、髪はどちらかといえばだらりとしている」

「こういうふうに成長なさるかも」ネペンテスはつぶやいた。十二の邦国と幾世紀にもわたる歴史の重みを一身に背負う、身を守るすべもない少女のことが、少し気の毒になっていた。ふと、戦の可能性が頭に浮かんだ。学者の物思いはそのことを示唆《しさ》しているようだ。これまでに読んだ叙事詩では、戦はたいてい悲惨な結末を迎えている。「十二邦が女王陛下と戦うことになるんですか、クロイソス先生？」

学者の頭が毛皮の奥にちぢこまった。聞き耳を立てている石から隠れようというかのようだ。

「そう大声で話すな――」

「先生はいつでも声が大きいです」

「わしは推測しているだけだ」ほとんどささやくように声を低くする。「そうした者は多かろう。だからみな、ぐずぐずしているのだ」

「どうして――」

「推測、陰謀、同盟――貴族は決定を下す前に、陛下を試し、互いを試している」

「そうなんですか？」ネペンテスは机にペンを軽く打ちつけ、堅固な石材を熱心に見あげて、その上のたえず動いている複雑な世界を思い描こうとした。「図書館はどうなんでしょう？

戦いが始まったら、あたしたちはどうなります？」

クロイソス師はぼさぼさ頭をふった。「わからんな。戦のあとに書物が残るとはかぎらん」魚文字をとんとん叩く。「ある言語がそっくり消え失せることもある。司書たちは？」肩をすくめ、くりかえす。「わからん。図書館のことを語った叙事詩はひとつもない。存続するかどうかは気まぐれのなせる業だ。覇者の軍勢が読書を好むかどうかにかかっている」

この世と同じほど古い石に囲まれ、安全な腰かけに座って、ネペンテスはその件に思いをはせた。満足のいく結論はなにも出なかった。ただ、いま心のなかは魚ではなく、茨でいっぱいだとわかっただけだ。茨文字はこちらを締め出すどころか、不思議なほど理解しやすかった。ひとつの棘《とげ》が次の棘へと導き、流れるように優美な蔓《つる》の形そのものが、文字のかたちづくる言葉を示している。軍事や戦闘が主題となって、常に根底にひそんでいるようだ。戦と詩。戦と愛。戦いも情熱も、まだ茨から浮かびあがってきてはいなかったが、どちらも蔓の隙間にひそんでいるはずだ、と確信があった。読み書きを習いはじめた子どものように、見知らぬ文字をつっかえながらたどっているとき、最初に認識したのはそのふたつだったからだ。

今日はもうクロイソス師は戻ってこないだろうと、魚の写本を巻いて片付け、棚に積みあげた巻物の裏にこっそり隠した茨文字をとりだす。

茨に囲まれて、おそらく詩と思われる、短い数行のねじれた蔓を解きほぐそうとしていたときだ。背後になにかがぬっと立ち、肩越しに息を吹きかけてきた。

ネペンテスは思わずとびあがり、ぱっと片腕を本の山の上に投げ出した。そのはずみに、もう少しでインクをはねかしそうになる。後ろにいたのはレイドリーだった。口をぽかんとあけ、中央に寄った目を茨にすえている。

「なんだい、これ？　こんなものは一度も見たことがないけど」

ネペンテスは、茨をかばうように覆いかぶさった。「あたしのだから」声が鋭くなるのがわかった。それから、片手をあげて相手の腕にふれた。「レイドリー」と訴える。「これはただ、いまやってる仕事なの」

レイドリーはようやく茨から視線をひきはがし、こちらを見た。そのとき、活気のない表情の裏に、どれだけの知性がそなわっているか、あらためて思い知らされた。「あの本だろう」と、ぬけめなく言ってきたのだ。「空の学院の本。魔術師たちがもう解読したってきみが報告したやつだ。ずっと持っていたんだね。司書たちにも渡さなかったし、僕にも見せないで」

ネペンテスは口をひらいたが、なにも出てこなかった。第一、言い訳のしようがない。みんなをだまして本を盗み、そのうえまた嘘をついたのだ。それも、一度も見たことのない言語、からみあった茨のためだけに。

でも、これは心に直接話しかけてきたのに、と困惑して考える。あたしの名前を言ったのに。

レイドリーはまだこちらに目を向けたまま、待っていた。とうとう、ネペンテスは声もなくうなずき、本が見えるように体をずらした。

相手は黙って観察している。ごくりと唾をのみこむ音が聞こえた。刺されると思っているかのように、棘のついた文字のひとつにこわごわ手をふれる。

「なんで勝手にとったんだい？」レイドリーは驚きをこめてたずねた。「どうしてそんなことを？」

「わからない」ネペンテスはささやいた。「ただ、ほしかったの。レイドリー、誰にも言わないで。あたし、どうしてもやらなくちゃ。どうしてなのか、まだわからないけど、中身を知らなきゃだめなの。ボーンは、魔法かもしれないって」

「ボーン？」

「これを渡してくれた、空の学院の学生」

「魔法？　呪文みたいな？」

「そういうふうには見えないけど」

「じゃあ、どういうふうに見えるんだい？」

「それは——まだわからない。物語かも。ふたりの人物についての話。あたしの考えが正しければ、この言葉はすごく古くて、ずっと前に使われなくなってる。誰も正確な時期がわからないほど大昔に」

「そのふたりって？」

「アクシスとケイン」

レイドリーは目をみはり、片方の眉にかぶさった麦藁《むぎわら》色の房を払いのけた。「アクシスとケインに」信じがたいという口調で言う。「そんなに夢中になっているっていうのかい？　何千年も昔に塵に還った相手なのに」

「好きになる対象は選べないもの」おとなしく答え、その話題に興味を失ってくれないかと願う。だが、レイドリーはぐずぐず話を長引かせ、ネペンテスが棘だらけの文字に惹きつけられているわけを理解しようとした。茨は読みとれないらしかったが、ネペンテスは意地になって教えてやらなかった。

「名前は推測してるだけだし」と言い逃れる。「ほんとはぜんぜん関係ないのかも。まるっきり別の話なのかもしれない」

レイドリーはついに、困惑した顔でこちらを一瞥して立ち去った。ようやくひとりで読めるようになったので、ネペンテスは丹念に茨の道筋をたどる作業を続けた。そこかしこで蔓をちょっぴり動かしてのぞきこみ、裏にあるものやないものを調べて、この蔓がその文字を形成しているのか、それとも別の文字をかたちづくっているのか、確認してみる。

ボーンとふたたび顔をあわせたのは、最初に図書館で会ってから何日もあとだった。そのことは考えないようにしていた。あれはキメラのように危険な、空想のなかの存在だ。貴族の子息なら、たとえ滝のように流れる黒髪や、光の加減で色を変えるひとみに魅了されていたとしても、無一物の捨て子など軽くあしらうだろう。それに、一枚岩に掘りぬかれた図書館は、地下墓所なみに深く埋まっているうえ、入口まで宮殿の壁の迷路に囲まれている。そこを突破してくるのは、茨の壁を破るのとたいして変わらないに違いない。

実際にやってきたのは、予想もしていないときだった。ネペンテスはある日の夕方早く、食堂の長いテーブルのひとつで塩からいシチューを食べながら、隣のテーブルにいる司書たちの会話を聞こうとしていた。かたわらで静かに食べていたレイドリーは、いつもどおり、言語について話す以外、口をきかなかった。どうやら、上の王宮から噂がおりてきたらしい。ネペンテスはできるだけ音をたてずにかみ、耳をすまして話を組み立てようとした。テーブルの先では、オリエルがなにかしゃべっている。さざめきや笑い声が波のように押し寄せて、司書のテーブルからこぼれてくる、おもしろそうな会話の断片をかき消してしまう。

「忽然と消えてしまわれたらしい——海の音を聴きに行かれたという話だ」

「その男の人、古代の数学の巻物のあいだで迷子になって——」

「あの方が見つかったのは、なんと最後の——」

「ようやく砂岩の銘板が並んでるところに出てきたんだけど、それって——」

「伝説によれば、その場所にあるという。だが、わかるものか。あんなところに出かけてゆく者など——最後に行ったのは誰だった？」

「その時点で、ほんとに迷っちゃったのよ。だって、亡くなられた王さまのお父上が即位したときから、誰もその砂岩の銘板は見てないんだから」

「あの方は知っておられたのか？」

「さてな。魔術師ヴィヴェイは、ありえないと言っているが」

「その人、何時間もたってから、やっともとのところに帰りついたけど、銘板を見た場所は思い出せないんだって。だから、どこにあるか、またわからなくなっちゃったの」

「なにを知っておられたと？」

レイドリーが音をたてた。ネペンテスはびっくりして目をやった。亀さながらに両肩のあいだに首をひっこめ、とつぜん魚がとびこんだかのようにシチューを見つめている。テーブルの反対側で、黒っぽい長衣をまとった人物が、顔のまわりの頭巾を動かした。ネペンテスはムール貝の上に咳きこんだ。頭巾のなかから、ボーンが笑いかけてきたのだ。金の髪はもつれており、双眸《そうぼう》はどこか人間離れしている。まるで、風に吹かれた樹木がこちらを一瞥したようだ。スプーンを宙に浮かせ、まじまじと見ているうちに、相手のひとみの焦点が徐々にはっきりしてきた。

ネペンテスは唐突に立ちあがり、ふりむきもせずに食堂を横切って、バルコニーに出る戸口へ歩いていった。扉はひらいたままで、夕暮れどきの風が吹きぬけている。両側に掲げた松明《たいまつ》の炎がゆらゆらと燃え、光と影を交互に投げかけた。一瞬のち、ボーンが現れたが、食堂を歩いてきたのか、それとも飛んできたのか、ネペンテスには急にわからなくなった。

大きなバルコニーに立っているのは、夜風と一羽か二羽のカモメをのぞけば、ふたりだけだった。それでも、ネペンテスは声を低くした。頭巾をかぶった若者は、ちょっと風向きが変われば霧散してしまうのではないかと思うほど、奔放で秘密めいた雰囲気を漂わせていたからだ。

「どうやってここにきたの？」

「時や空間を超えて移動する練習をしてたんだ」ボーンの声は、いまにも笑い出しそうだった。「うまくいくとは思わなかった」

「なにが？」

「きみのことが頭にあった。だから、図書館で本に埋もれているようすを思い浮かべた。そうしたら、なにか起こったんだ。望むものに向かって一歩踏み出したら、そこにきみがいた。口にスプーンをくわえてね。それに、隣ではカワカマスみたいな顔の男が、あんぐり口をあけてこっちを見てたし」

「レイドリー」と、あえぐように言う。

「うん、レイドリーってやつじゃないかと思った」

「もう一度言って」ネペンテスは頼みこんだ。「どういうことなの。なにもない空間を通ってきたってこと？　時間を折りたたんだの？」

「まあ、そういうことだろうな。そんなことができるとはこれっぽっちも思ってなかったから、フェイラン先生が講義したとき、ちゃんと聞いてなかったんだ。ほんとうに行きたいところがどうとかって言っていたのは憶えてたから、きみのことを考えた」

「どんな感じだった？　なにが見えたの？」

「きみの顔だよ」という答えだった。「水からあがってくるときみたいに、どんどんくっきりしてきた。俺はずっとそっちへ進んでいて……」と言いながら、同じ行動をとる。その手が髪の下にすべりこみ、首筋をなでている感触があった。松明の火がそちらになびく。ひとみの色がまたもや濃くなり、驚きに満ちるのが見えた。感嘆しているのは自分自身の魔法に対してか、それともネペンテスの魔法だろうか。「まるで、ものすごく深い、黒々とした奈落をひとまたぎで越えていくようだった……それから、まわりの話し声が聞こえて、魚のにおいがした。ふつうに道を探しておりてくるよりずっと楽だったよ――あれだと何日もかかるからな」

「どうやってこのあと――」

「戻るか？」ボーンは笑った。「わからないな。移動する先にきみの顔が必要なんだ。それに」とつけくわえ、自分の顔を近づけてくる。「迷子になって朝まで見つからなかった学生は、俺が最初じゃないはずだ」じっとしていると、そのくちびるが口もとをかすめた。「玉葱《たまねぎ》」とささやいてくる。「それにセロリの根。あと、なにか海のもの」

「ムール貝」

「ムール貝」と、キスしながら口を動かしてあいづちを打つ。「貝をとるには、ずいぶん下まで行かなくちゃならないんだろう？」くちびるを味わう合間に、小声でつぶやく。「実際に海の音が聞こえるぐらい下へ。潮の味がわかるぐらい……」

ネペンテスは、ふいに息を吸った。「それ――さっきの話って、それだったんだ」

ボーンは片目をあけ、眉をよせて見おろした。「いったいきみは、こんなときになにを考えてるんだ？」

「崖の階段――そこにいたんだって。いちばん下の段。そこからなら、海の音が聞こえるかもしれない。すごく古い場所だし。伝説があって――」

「伝説はいつでもあるさ」ボーンは当惑したように言った。「すごく古い場所には、びっしり群がってる。誰がいたって？」

「たぶん、女王さまのことを話してたんだと思う」ネペンテスは、ボーンのうなじに指をからませ、ひたいとひたいを軽くぶつけた。「でも、伝説ってなに？　思い出せないの」

「女王陛下が、あのまがりくねった、古くてつるつるの階段をおりていったのか？」ボーンはあぜんとした口調でたずねた。「なんのために？」

「知らない。それは聞いてないから」

「命にかかわったかもしれないのに」

「なんともなかったでしょ」

「危険はあった」ボーンはしばし口をつぐみ、興味深げに考えこんだ。「妙だな。きみが思い出せないその伝説だが——本に書いてありそうかな？」

「あるかもね」

「調べられないか？」

「できるかも」ネペンテスは相手の頭巾のなかに顔を入れたまま、ちらりと目をあげた。「いま？」

「いや。いまは、きみが心から望むものについて考えて、そっちへ一歩踏み出してほしい」

ボーンの腕に手をすべらせ、その手を握って、ネペンテスは素直に言った。「歩いたほうが早く行けると思う」

歩いて部屋を出たのか、また心のなかの道をたどったのか、朝になるとボーンはいなくなっていた。ネペンテスは明け方に目を覚ました。火鉢に石炭を燃やしていってくれたらしい。気を遣ってくれたのだろうか？　それとも、たんに寒かったから？　どちらにしても、思いがけないぬくもりがありがたかった。頭をからっぽにして横たわり、細長い窓の内側で朝霧がむくむくと広がり、ひとつきりの星をのみこんでいくのをながめる。もうすぐ銅鑼《どら》が鳴り渡り、全員に一日の始まりを告げるだろう。その瞬間を待ち受けて、世界はひっそりと息を殺しているようだった。緊張をはらんだ沈黙のなかで、海の音に耳をすます。聞こえるはずはないと承知していたが、とにかく試してみた。夜の魔法がいくらか朝まで残っているかもしれなかったからだ。

そのとき、心の眼《まなこ》に女王が映った。硬貨の横顔を持つちっぽけな姿が、崖の絶壁に刻まれた階段に立っている。なにもない宙へと続く、ぞっとするような最後の一段に。断崖を半分おりたその位置なら、海の音も届いているに違いない。脳裏にぽんと単語が現れた。伝説、と考える。そのとたん、銅鑼が重々しく鳴りだし、水面《みなも》に石を投げこんだようにまわりじゅうに広がっていった。扉がひらきはじめ、廊下のあちこちで眠たげな声が呼びかけあう。伝説、とふたたび思いながら、素足を石の床におろした。寝ぼけた頭がすっきりして、どうしてその言葉が浮かんできたか思い出したのは、浴室へ行く途中だった。

例の魚にまじって泳いでいても、ときおりそこに属していない色や形がちらちら見えた。あとでクロイソス師が酒宴からぬけだしてきても、満足してもらえるぐらいの量をこなしてから、ネペンテスは茨のなかをさまよった。あの言葉に心がひっかかったので、半分はそちらに注意を向ける。あとの半分ではボーンのことを考えていた。いつまでも気になるのはそのせいだ、と思い至る。理由は知らないが、ボーンは崖と階段と、そこをおりていった女王にまつわる伝説のことを知りたがっていた。また、どこからともなく現れて、質問してくるかもしれない笑顔を見られるなら、それくらいのことはしてあげよう……

きちんと対応したので、その単語は頭から消え去った。ネペンテスは茨を一本一本たどって、レインよりはるかに古い伝説に分け入った。蔓は文字を示し、文字は単語を示している。レイドリーがもう一度、茨をかきわけて近づこうとしているのに気づいたときには、すっかり繁《しげ》みに取り囲まれていた。

目をしばたたかせると、茨は縮んで頁の表面に戻った。レイドリーは、腰かけのそばで逡巡している。ネペンテスは苛立ちを隠そうともせず、相手が考えをまとめるのを待った。

「あれは誰だい?」ようやく、問いかけてくる。「ゆうべの」

すねているようだ。暗い表情のおかげで、こちらもふてくされた気分になった。「魔術師の学院の学生」と、短く言う。「どうして?」

「傲慢そうだった。甘やかされていて。あの顔つきは好きじゃないね」

「むこうも同じことを思ってそうだけど」

「いったい誰なんだい? 書記にちょっかいを出してくる貴族の息子なんかに近づいたら、悲しい目に遭うことになるよ」

じっと見すえてやると、やがてレイドリーはもじもじして、黄ばんだ肌の下に血の色を上らせた。「そうかもね」ネペンテスは淡々と答えた。「でも、いまはそんなこと考えたくないの。

忙しいんだから」

「とりつかれてるみたいだよ」

「あたしのやってることに、いちいち文句をつけるためにきたわけ？」

レイドリーは唾をのみこんだ。「違う。そうじゃないよ」革で綴《と》じた小さな本を机の上に置く。「これを見つけたんだ。夜の皇帝が古代都市ダヌーブの軍隊を破り、仮面の君とともに勝者として都に入るまでの目撃談を翻訳したものだよ」

「仮面の君？」

「ケインだよ。多少背景を知っていれば、役に立つんじゃないかと思ったんだ。気をつけて」こちらが本をとりあげると、そうつけたす。「表紙がぼろぼろだからね」

ネペンテスはそっと頁をひらき、きっちりと正確に並んだ行を一瞥した。「夜の皇帝って」とつぶやく。「アクシスのこと？」

「そうだよ」

「たしかに」ネペンテスは息を吸った。「役に立ちそう。ありがとう、レイドリー。どうしてアクシスはそう呼ばれてたの？」

「知らないな。ダヌーブを征服する前に、もうその呼び名がついてたから。月と関係があるのかな？　それとも星？」

「いつも夜にきたからとか？」ネペンテスは推測した。「軍隊って、夜に戦うもの？」

「違うと思うよ。暗いからね。殺している相手が敵か味方か、どうやって見分けるんだい？」

ほっとしたことに、不機嫌な表情はやわらぎつつあった。好奇心と知識欲にかられた学者が顔を出しつつある。「よければ調べてみようか」レイドリーは申し出た。

ネペンテスはためらった。どういうわけか、朽ち果てた叙事詩にすぎないこの茨を、誰とも共有したくなかったのだ。しかし、拒絶すれば、がっかりしたレイドリーはまた戻ってくるだろうし、そうしたらどう対応すればいいのか、見当もつかない。「とりつかれないでよ」と警告する。

「もう遅いよ」レイドリーは苦笑してつぶやいた。例の、口の端をあげた意外な笑顔に、こちらも笑みがもれる。

「レイドリー」相手が向きを変えたとき、さっきから頭を出たり入ったりしている奇妙な単語のことを思い出して、ネペンテスはたずねた。「崖の階段にまつわる伝説を知ってる?」

レイドリーはうなずいた。「前に偶然見つけたことがある」と、曖昧に答える。

「どういう話?」

「崖に段を刻んだのは、レインの初代の王マーミオンを埋葬するにあたって、遺骸を下に運んでいくためだったそうだ」

「海に埋葬されたの?」

「いや。そこの部分は、僕らみんなが教わっているだろう」と指摘する。「マーミオン王はほんとうに死んだわけではなく、宮殿の下にある崖の空洞で眠っている。あの階段から洞に運びこまれたんだ。王国に重大な危機と災禍が迫るとき、王はふたたび目覚め、崖の階段を上って、レイン十二邦を敵から守るという」

ネペンテスはペンの根元をかみ、王の墓所を想像しようとした。

「ほんとにそこにいるの？　「階段の終わりに洞穴があって、骸骨があるわけ？」

「武装した骸骨だよ」レイドリーは訂正した。「頭に王冠を戴いていて、わきに大剣が置いてある。おのが領土から恐怖と絶望の叫び声があがるとき、王は夢から覚めて国を救う。なんでだい？」

ネペンテスは、生きている女王のことをふたたび考えた。若く傷つきやすく、物知らずで、薄ぼんやりしていると言われかねない少女。レイドリーを見やり、なぜか急に、自分も無防備でいるような気分になった。マーミオン王と同様、ここでは誰もが石に覆われているというのに。

「その王さまが必要になるかもしれない」

7

ケインは、アクシスの結婚祝いにみずからを贈った。

当時の詩人が、若き王とクリベックスの王女の婚礼に捧げたのは、美辞麗句ばかりで印象に残らない韻文だった。はなやかな恋愛詩でもなければ勇壮な叙事詩でもなかったし、そのなかで心がはりさけることも、王たちが殺されることもなかった。

千羽の孔雀《くじやく》
百頭の白馬
十箱の黄金
加うるに王女の心
みめうるわしきクリベックスの姫
白鳥の娘
柳の乙女
エベンの黄金獅子に嫁す

こうした場面では、どの姫もみめうるわしく、どの王も獅子と称されるものだ。実のところ、王女は愛らしくはあったがぽっちゃりしており、背丈はやっとアクシスの脇の下に届く程度、白鳥というより雀に似ていた。婚礼の件が公表されて以来、ケインはひどく悲しんでみせ、一日じゅう泣き暮らし、食事をとることを拒否した。蛇川のほとりの大宮殿で式が挙げられる朝になると、自分の部屋に閉じこもり、頑として出てこなかった。母親と伯母たち全員が脅しても、扉をあけようとしなかった。アクシスの母親は、ほうっておくようにと言い渡した。その気になったら出てくるだろうからと。そのとおりだった。ケインは枕の上に置き手紙をして逃げ出したのだ。のちに、さまざまな話が浮上してきた。蛇川を崇める女性たちの宗派に加わった、名前を変えてたいそう裕福なやり手の商人となった、報われない愛に悲観して井戸に身を投げ、溺れ死んだ、等々。アクシスの若い従妹は、婚礼の日を境に歴史から姿を消したのだ。たとえ目をとめた者がいたとしても、失踪した期間は短かったはずだ、というのが後世の共通した認識だった。歴史がたまたまよそ見していた機会に発見されたか、自分から戻ってきたか。その後、エベンの高貴な女性にふさわしい相手に大急ぎで嫁がされ、母となり、それ以外にはとくに重要なことも起こらない人生を送ったのだろう。

だが、どれも違っていた。ケインは家を出てさえいない。たんに、アクシスでも見ぬけないほど厳重に体をくるみこみ、贈り物として婚礼にやってきたのだ。

ケインが現れたのは、中庭に面した、貴族や王家の祝いの品が展示されている部屋の戸口だった。丈高く黒々とした姿が現れたとき、贈り物を見張っていた衛兵たちはぎょっとした。その人影は頭巾のついたマントをまとい、黒絹で顔を包み隠し、黒檀と黄金の杖を携えていた。

「なんの用だ?」ひとりが鋭くたずねた。

影はなにも言わず、妙にかさばった指で一通の手紙をさしだした。書状はひらいたままで、署名がついており、ふんわりとたれたリボンと遠い王国の紋をつけた封蠟で判が押してあった。

衛兵は眉根をよせてにらんだ。

「なんと書いてある?」ふたりめの衛兵が問いただした。

「さあ。字は読めないのさ」

相手は手紙をひったくって目を通したが、そのおもてにも、次第に不審そうな色が浮かびはじめた。ケインはみじろぎもせずに待ち受けた。

「なんて書いてあるんだ?」

「わからん——どうやら、知らない言葉らしい」顔をあげ、助けを求めて漠然とあたりを見まわす。

「みんな式に出てるぜ」最初の衛兵が言った。

「では、どうすればいい、この——この——」

「こいつ、武器を持ってるのか?」

ケインはすばやく婚礼祝いの品々のほうに手をふってから、何度か自分の心臓の付近を示してみせた。身体検査をしようと手をあげた衛兵のひとりが、あとずさってあごをぽりぽりかく。

「なにを言ってるんだ? 婚礼の贈り物だとでも?」

「そのようだが……訊きに行って……だめだ。あの女《ひと》も式に出ている」

「外で訊いてこよう。誰かわかるやつがいないかどうか」

衛兵は手紙を受けとり、中庭に入っていった。ケインはそのまわりをぐるりと人々の頭が囲むのをながめた。残っている衛兵が疑わしげな視線をそそいでくる。そこで、数回首をふり、心臓に手をやって、贈り物が満載された台を指さした。

「ああ」衛兵は、不気味な隠れた顔に向かってつぶやいた。「わかっているとも。婚礼祝いなんだろう」

最初の衛兵がようやく戻ってきて、声をかけた。「隊長が印をご存じだったぜ。南の山脈を越えた先の、イリシアって国らしい。いま友人の学者を呼びにやってる。婚礼には呼ばれなかったご仁だとさ」

「こいつはどうする？　イリシアとうちの国は友好関係にあるのか？」

「今日はどことでも友好関係さ」言いながら、無言の相手に手紙を返す。「この贈り物はあそこの隅っこに置いといて、なにかあやしげなことをしたら拘束しろよ」

「いまでも充分あやしげだが」衛兵はぶつぶつ言った。

しかし、ケインは室内に通され、壁ぎわに立たされて、学者が到着するのを待つことになった。顔を覆った黒絹越しに、婚礼祝いの品々はぼうっと光って見えた。宝玉をあしらった鞍、タペストリー、高級な鏡、贅沢な衣装、剣、雪花石膏の花瓶、金ぴかの籠の桟をつついている、色あざやかな羽毛の鳥たち。しかし、そうしたものにはほとんど視線を向けなかった。しゃちこばって立ち、陽射しのふりそそぐ中庭を鳥たちが出入りするのをながめたり、のどかな噴水の音に耳をかたむけたりしていただけだ。ときおり、中庭の反対側に並んでいる部屋から、儀典用音楽の小太鼓やラッパが響いてきた。

ようやく学者が到着した。まるまると肥った男で、王宮まで埃にまみれて走り通してきたかのように汗だくだ。衛兵の隊長が無言の影のもとに導いた。学者は驚いたようになると、イリシア語と判別できる言葉で話しかけてきた。ケインは口をひらかずに、ただ手紙をさしだした。学者は書状を台のひとつに持っていき、黄金の盆と鳥籠をどかして、革の箱から商売道具をとりだした——ペン、紙、インク。椅子はなかった。金糸で縫いとった赤い革と象牙でできた、折りたたみ式の腰かけが二脚あったので、片方をひらき、腰をおろして書きはじめる。

衛兵たちが肩越しにのぞきこんだ。学者は訳しながら、思いつくままに説明した。「イリシアでは、特別な技能を持った召使いを贈り物とすることがめずらしくない。たとえば料理、あるいは馬の扱いに長けているといった連中だ……自由民でなければな……顔を隠しているわけは説明してある……口をきけない理由もだ。この杖には神秘の力があるとにおわせている。たいした力ではなかろうが——まさか別の君主に対して強大な魔力を進呈することはなかろう。しかし、子どもを楽しませる程度のことはできるようだ……終わりに妙なしるしがあるが、あとの部分は明確だ」せかせかと書きなぐった訳文に息を吹きかけて乾かし、隊長に手渡す。「これを陛下に渡すといい。これはあきらかに祝いの品だ。しかも、おそらく価値のあるものだろう」

学者は筆記用具を片付け、腰かけを折りたたむと、判を押した手紙を、婚礼祝いとしてやってきた影に戻した。それからにっこりして、報酬をもらえないかとほのめかす。

「どうかね、婚礼のごちそうを拝ませてもらうというのは？」

「こちらがもらいたいところだ」隊長が熱意をこめて言う。「三日間においを嗅ぎ続けているのだからな」衛兵の片方に訳した文章を渡し、もうひとりにうなずきかける。「台所に案内してやれ」

片隅に取り残されたケインは、エベン王と新王妃を称える行進曲を耳にした。両手の杖に頭をもたせかけ、はてしない婚礼の宴が終わるのを待つ覚悟をする。

その杖は、何週間も前に行商人から買ったものだった。自分の背丈より高い黒檀の棒には、長いあごで背中に菱形《ひしがた》模様のついた蜥蜴《とかげ》が数匹、端から端まで螺旋《らせん》状に巻きついている。ケインの目には、精緻な彫刻がどことなくアクシスの父を食らった生き物に似ていると映った。鋭い牙をちらつかせた笑顔は、杖のてっぺんにかぶせた冠に向けられている。母にもらった柘榴《ざくろ》石《いし》と黄金の腕輪を細工したものだ。頭からつまさきまで包みこむ、ゆったりした頭巾つきのマントは、衣装箱の底に発見した。かびくささから判断して、何十年もしまいこまれていたらしい。両手はばかでかい革の籠手《こて》につっこんでいたが、しょっちゅうすべりおちそうになっていた。大きすぎる手と長身、ほっそりした体つきがあいまって、顔のない影はやせっぽちで不恰好に見えた。さしておそろしげでもないし、人間とは思えない。衛兵もそう考えたらしく、もはや奇妙な贈り物には目もくれなかった。ケインの鼻先に、肉や風味のいい菓子など、台所から大皿で運びあげた婚礼のごちそうを広げ、むしゃむしゃ食べているときでさえ、無視していた。

とうとう、城壁の上の空がやわらかな薄紫に染まり、庭園では夜の鳥が歌いはじめた。退出する前に贈り物にふさわしい敬意を払おうと、新郎新婦が到着した。ふいに口がからからになって、ケインは杖をいっそう強く握りしめた。花嫁が入ってきた。まだ扉を通りぬけもしないうちから、豪奢な品々に感嘆してぺちゃくちゃしゃべっている。あとに続いた花婿は、ろくにあたりを見てもいない。脳天を一撃されたようだ、と同情をこめてながめる。それから、アクシスの母と自分の母に先導されて、両家のおばたちやいとこたちがどっと流れこんできた。ケインはひたすら前方を見つめた。色とりどりの絹が、幾筋もの小川となって部屋じゅうをめぐっていく。ひとつの贈り物のまわりに集まってざわめいては、次の品へ向かう。アクシスは黙ったままその流れに沿って動き、右へ左へと運ばれていった。白と金の衣に身を包んだ若き獅子は、平然と話し続ける花嫁も含めて、目に映るものすべてに無関心な風情だった。

最初に黒ずくめの姿に気づいたのは、アクシスの母親だった。

「あれはなんです?」と詰問し、手近にあった腕をつかんだが、それはケインの母の腕だった。絹の仮面の下で、自分のくちびるがひきしまり、顔が冷たくこわばるのがわかる。しかし、実の母でさえ娘とは見ぬけなかった。きらきら光る羽根で体をあおぎながら、声もなく凝視しているだけだ。静けさに気づいた客が、ひとり、またひとりとふりかえり、周囲に沈黙の輪がいくつも広がっていった。ついに、花嫁さえそのようすに気づいた。

「なにって、なんですの？」と問いかける。母を一瞥したアクシスは、頭巾をかぶった姿を目にした。

ようやく興味を示して、まばたきする。かたわらでは、花嫁がとつぜん言葉につまっていた。いちばん近くにいたアクシスの母は、あぜんとしたおももちで得体の知れない存在を観察した。

「これは――この者は――これは祝いの品ですか？」

ケインは無言で手紙をさしだした。王太后はあっけにとられてそれをながめ、ついで衛兵を見やった。

「イリシアより献上されました」ひとりが説明した。

「この印章は知っています」という返事に、ケインはそっと息をついた。ありがたいことに、とぐろを巻いて冠を戴いた蛇の紋は、模写しやすかったのだ。「とは申せ、なんという贈り物なのですか、これは」

「見せてもらおう」アクシスが言い、隣に並んだ。衛兵は遅まきながら、学者の翻訳を思い出した。だが、その前にケインは、アクシスのまなざしが見慣れた茨《いばら》模様をとらえるのを見た。見知らぬ文字に埋もれ、ほとんど目立たなかったのだが。

つかの間、そのひとみが閉じた。平たい獅子のおもてには、なんの感情も浮かばなかった。こちらに視線を向けず、なおも手紙の末尾の蔓《つる》をながめながら、アクシスは学者の訳した文章を求めて片手を出した。そのころには、妃もそばに近づいてきており、びっくり仰天した顔つきで婚礼祝いを見つめていた。安心させてもらおうと、夫の手首をつかむ。

「わがきみ、これはいったいなんですの？　誰が送ってよこしましたの？」

ケインは翻訳を読みはじめた。つたなく大雑把《おおざっぱ》な訳だったが、自分の書いたイリシア王の手紙も、申し分ないとはいいかねるものだ。

「エベン王アクシス陛下、ご成婚おめでとうございます。

わたくしは、イリシア王マルシアスからの贈り物です。口がきけないうえ、生まれつきひどく醜いため、顔をごらんになりたいともお思いにならないでしょう。わたくしの力は、みずからの心と杖に宿っています。イリシア王の命により、どちらも陛下に捧げ、生あるかぎり陛下とそのご家族に忠実にお仕えすることをお誓いします。名前をお呼びくだされば、なにができるかお見せしましょう。わたくしの名はケインです」

それは、あの秘密の言葉でつけた名前だった。ほかの誰も知らない。生まれたときの名は、歴史から姿を消した若い娘とともに消え失せた。いまや、残っているのは蔓《ケイン》だけ、王の手紙に記された渦巻く茨、学者の的確な訳語だけだ。ケインは固唾をのんだ。くちびるの上の絹はぴくりとも動かない。アクシスの無表情な顔、黄金に埋めつくされた室内で、妙に青白く映るおもてもまた、息をひそめているようだった。やっと落ちつきを取り戻した花嫁が、その腕をひっぱった。

「わがきみ、これはなにをいたしますの？　芸を見せるのかしら？　魔法を？」花婿がなんの反応も示さなかったので、みずからその言葉を口にする。「ケイン」

杖の最上部に巻きついた黒檀の蜥蜴が、ふいに命を得て、がっと黄金の冠をくわえた。その光景に自分の過去を思い出したアクシスが、ぎょっとして声をあげる。王妃は手を叩き、はしゃいで笑った。

「これは生きたおもちゃですわ！」

顔のない影は両膝をつき、こうべをたれた。その姿勢を保ちつつ、アクシスのサンダルをじっと見つめると、そのまなざしの重みが感じられた。王妃がまた笑い声をたて、頭上でささやいた。

「顔を見せよとお命じくださいまし。そんなにひどいのかしら？」

だが、若い王妃の母親がその思いつきを制止し、窮地を救ってくれた。「そのようなものを見てはなりませぬ。そなたがおびえたがために、その者に似た子が生まれてきたらなんとします」

「まあ」王妃はぞっとしたらしく、かすれた声を出したが、すぐに立ちなおった。「でも、ほかになにができるか見せてもらわなくては。別の芸をしておくれ、ケイン」

まだひざまずいたまま、ケインは杖を動かした。先端で一方を示すと、客の群れが左右に分かれ、婚礼祝いの品がひとつ現れる。そのときには、蜥蜴は生命のない木材になっており、吐き出された冠も黒檀のてっぺんに戻っていた。手にした杖がかすかにふるえる。綴《つづ》れ織の布でくるみ、金色の組み紐を結んだ贈り物は、ひとりでにくるくるとほどけた。包みのなかからは、紫水晶からまるごと彫りあげた一対のゴブレットが出てきた。花嫁がまた拍手し、ケインはふたたびうつむいた。

アクシスが口をひらいた。

「立て、ケイン。そなたを歓迎する」杖と同じく、その声はほんの少しだけふるえていた。

「その身にどれほどの才がそなわっているか、のちほどゆっくりと調べてみることとしよう」

皇帝の影
頭巾の君
夜のとばりをひらき
玉石のごとく星を撒《ま》き
　雷《いかずち》を乗りこなし
星の道を暁へと駆けぬける
その名はケイン
皇帝の半身
雷鳴に先立つ稲妻のごとく
沈黙を守る

8

ボーンはひとり森のなかに座り、空の学院を浮かせようとしていた。

学生たちは、はっきりした理由もなく学院の外に送られていた。なにかを学ぶためだ、とフエイランはほのめかしたが、厳密になんなのかということは、どうも漠然としていた。「森の本質があきらかになったとき、帰り道が見つかる」と言われた。「この森は、みずからの本質を明かすことによって、おまえたちの本質をも示すのだよ。いったん学院を出たら、もうこの建物は見えなくなる。森が全世界となり、視界のすべてを占めるだろう。その先の道筋を目でたどることはできない。助けが必要なときや、こわくなったときには、こちらで捜し出そう」

背後で表門が閉じると、全員が学院をふりかえった。視野に映ったのは緑の森だけだった。古木のねじれた枝には蔦《つた》がびっしりとからみ、藪《やぶ》や灌木、花をつけた茨《いばら》がぐるぐると互いに巻きつき、もつれあって、鬱蒼《うっそう》と繁《しげ》っている。あたりはしっとりとあまやかな空気に満ちていた。あまりの静けさに、平原の草をかき乱す潮風など、どこか遠い国のことのようだった。

「森に食べ物はあるのかな?」十数名の学生のひとりが、ものほしげに言った。誰も笑わなかった。すらすらと快適にことが運ぶと思うほど、学院に慣れていないわけではなかったからだ。

少しのあいだ、みんななんとなくその場に立ち、雑談しながらなにかが起こるのを待っていた。次第に、退屈からか好奇心からか、もっとわかりにくい動機からか、学生たちはあてもなく動きはじめた。さっさと実習を終わりにできるように、まずなにか始まってほしいのだろう、とボーンは思った。

森から出る道を見つけようと決意して歩きだす。無駄かもしれないが、少なくともひとつの目標、目的ではある。なにしろ、馬に乗れば一時間でひとめぐりできるほど、この森は小さいのだから。だが、しばらくたつと、汗まみれで古びた切り株に腰かけ、じめじめした小さな池をながめていた。睡蓮《すいれん》が一面に生い茂っている。カエルでも蠅でも小魚でも、なんでもいいからまわりの静寂を破ってくれないだろうか。午前中いっぱい歩いていた気がした。いまが一日のうちいつでもおかしくない。湿っぽい霧が立ちこめ、陽射しも届かない森の暗さは、いっこうに変わらなかった。たったいま空の学院を出てきたかのようにも思えた。

そう考えているうち、空腹になりかけていたせいで、一週間前に与えられた課題が頭に浮かんだ。建物の内部に座ったまま、空の学院を木立の上に浮かべるように、というのだ。不可能どころの話ではないように思われた。「できるとも」フェイランは保証した。「たやすいことだ。子どもでも指一本でやってのける」学生たちは限界まで脳味噌をしぼったが、誰ひとり、煉瓦ひとつ持ちあげられなかった。

ひょっとすると、とボーンは思った。外からやってみたほうが楽かもしれない。ともかく、なにかやることができる。そこで、あぐらをかいて切り株に腰を落ちつけた。苔《こけ》に埋もれてまどろむ老いたヒキガエルのように、森の静寂を身の内にしみこませる。やがて、思考が形を失い、空気のように透きとおってきた。しばらくたってから、そこに学院の映像を流れこませる。壁と塔でできた浮き島、夢幻、空間と光からなる軽やかな建築物。記憶や空想の世界さながらに重さのない姿。心のなかで、それはどっしりとおだやかに梢《こずえ》の上を漂っていた。古い石が光を受けてバター色に映え、雲のように形はあっても実質がなく、そこに浮かんでいる。そして

――

「ボーン!」伯父がどなった。ボーンはカエルのようにとびあがってから、ぞっとして、いまの音はほんとうに聞こえたのだろうかと疑った――なにか、想像もつかないほど巨大なしろものが落下し、大地をゆるがせたのだ。

だが、伯父の存在をのぞけば、森はひっそりとしていた。鳥がけたたましく鳴いて木立から舞い立つこともない。人の叫び声もあがらなかった。

夢でも見たんだな、と混乱して考える。身を起こし、濡れた切り株からすべりおりると、骨が驚くほどこわばって感じられた。

「アーミン伯父上」いつもの冷静さをいくぶん失った気分でたずねる。「ここでなにをしてるんですか?」

「宮殿からひとっ走りして、そなたがなにを学んでいるか見にきたのだ」伯父は答えた。「外にいると言われたのでな」地面におりると、乗っていた馬は疑わしげに羊歯《しだ》に向かって鼻を鳴らした。「切り株に座りこんで無為にすごしているとは、いったいどういうつもりだ?」

シールのアーミンは、ボーンの父もそうだったが、大柄な男だった。黄色い髪は白くなりかけており、眼光鋭く、ひとみはたえず動いている。年老いて衰えないうちにと、獲物を追いつめようとする肉食獣のようだ。海を見おろす王宮には、伯父のような人間が大勢いる。だが、ほかの誰も、自分の野望に力を貸す戦士の魔術師を作り出すため、甥を空の学院に入れようなどとは考えないだろう。

「課題を果たすようにと外に出されたんですよ」ボーンは説明した。「自分の課題が現れるのを待ってたんです」

「どのような課題だ？」

ボーンは肩をすくめた。「森が思いついたものです。伯父上、食べ物は持ってないでしょうね」

「いましがた、えんえんと続く食事の席にまたもや座ってきたところだ」伯父は無情に言った。「今回は、オルモラニアの使節団に敬意を表してな。そろって髪にビーズをつけ、羊のにおいをぷんぷんさせていた。望みといえば、ほうっておいてもらうことだけらしい。味方にはなりそうもない連中だ。最近なにを学んだのか見せてみろ」

ボーンはシール侯から顔をそむけ、安らかに虚空を漂っていた思考を、努力してほかに転じた。火を熾すには、雲や周囲の静かな森や、自分の無感覚な状態を使わなければならなかった。やっとのことで成功したものの、強烈な紅と金の炎がぱっとひらめいて消えると、灰色の幹に黒っぽい焦げ痕が残っただけだった。それでも、伯父は感心した。

「見たぞ」という。「あの炎は、現実になる前におまえの目の奥にあった。なかなか役に立ちそうだ。それで城壁を倒すことができるか?」

「可能ではあるはずです」ボーンは答えた。急に疲労を感じた。本物の熱もぬくもりもないのに、しけてくすぶりながら、さんざん煙を吐いて火のふりをしているだけ、という気分になる。森のなかで何時間もぶらぶらしていたせいだろう。重い口をひらいてつけくわえた。「もっとおもしろいことを覚えましたよ。いまはお見せできませんが。この前の晩、空の学院から図書館まで一歩で移動したんです」

「図書館だと?」伯父は度肝をぬかれたようすで、こちらにひとあし踏み出した。「まさか、王立図書館のことではないだろうな?」

「それです。いまここにいたと思ったら、次の瞬間には、司書が夕食をとっている食堂にいたんです」

伯父は一瞬、顔をまだらに染めて考えこんだ。「姿を消して同じことができるか?」と鋭く問いただす。

「伯父上なら、利用できる方法に気づくと思いましたよ」ボーンは冷静に言った。「まだです。姿を消す方法は教わっていませんし、移動を自分で制御することができないので。あれは――」そこで間をおく。伯父が眉をよせてこちらをながめた。「まだ場合によるんです」

「どんな場合だ?」

「なにをめざすか、ですね。どんなものに――どれだけそこに行きたいか、ということに左右されるんです」

「して、それほどそなたの興味を惹きつけたものとは、宮殿の図書館にあるどの本だ?」シール侯は洞察力を発揮してたずねた。

「正確には本じゃなかったんですが」

「本ではなかろうと思っていた」伯父は溜息をついた。「この件では、おまえはよくやっている。だが、気をつけるのだぞ。争いの種になったり、金を払って始末をつけなければならないような者には手を出すな」

ボーンはかぶりをふった。「そんな相手じゃありませんよ。孤児ですから。書記なんです」

「孤児か」シール侯はまぶたにさわった。「まあ、少なくとも、才能を開発するきっかけとなったことは事実だ。ただ、その娘の近くでは話す内容に気を配れ」

「どうしてです? 秘密にしておかなければならないことがあるんですか?」

すると、伯父はあたりを見まわした。森の木が盗み聞きしているのではないか、と疑っているようだ。おそらくそのとおりだろう、とボーンは推測したが、木々は固く沈黙を守っているようだった。

「ここではだめだ」シール侯はぶっきらぼうに言った。「魔術師でいっぱいの森で話すことではない。あとでかまわん。そのまま学び続けているがいい。必要なときに準備が整っているようにな」

伯父は馬にまたがった。ボーンは立ち去る騎影を見送ったが、そう長い距離ではなかった。

木立や藪があっという間にその後ろ姿を取り囲み、馬の蹄の跡さえ、すぐさま下生えに消えてしまったからだ。また腰をおろして待ち受ける。しばし時が流れた。せいぜい一、二秒かもしれないが、時間から切り離されたこの場所で、どうやって判断がつく？　そのとき、全身が不気味にちくちくするのを感じた。頭をもたげ、勢いよく息を吐き出して、じっと一点を見すえる。馬で遠ざかる伯父の姿をさっと覆い隠した、動きまわる木の枝のある位置だ。

そこで、はっきりと思い出した。伯父はもう、跡取りだけを伴って故郷のシールへ戻ったはずだ。ほかの息子や甥たちは、戴冠式を祝いつつ、平原をめぐる政治の風向きを判断させるため、あとに残していった。「お若い女王陛下にはお会いした」出発前に学院を訪れ、けわしい口調でそう言ったものだ。「周囲に群れている連中も含めてな。狼どもめ、おのれの邦国を無防備にほうりだしたまま、ここで互いにほえついているがいい。こちらにはシールでなすべきことがある。そなたには、ここで学ぶことがあるはずだ。この伯父のため、学業にはげむのだぞ、ボーン。そのうち、身につけた知識すべてを使うことになるだろうからな」

「夢だったのか」と、低い声をもらす。「ただの夢だ。自分の内心を森があきらかにした。それだけだ。しかし、とっくに知ってたことなのに」

それから、心がふたたび浮きあがるのを感じた。晴れやかに、ゆったりと、ありえないほど重く、嘘のように軽く。のばした指の先で、大地そのものがつりあいを保っている。

森がおまえたちの本質を示す、とフェイランの声が聞こえ、また皮膚がちくちくした。今度は驚嘆のためだった。

どれだ？　と問いかける。どれなんだ？

ふたたび立ちあがり、学院の壁が見えないかと期待して、でたらめにあちこち向きを変えてみる。どの方角も、視野に映るのは樹木だけ、はてしない緑の壁だけだった。なぜか不安で落ちつかず、どうしたものかとたたずんでいるうち、ふいに、自分を省みることにうんざりしてしまった。小枝がぽきぽき折れる音がして、はっと緊張する。しかし、ちっぽけな池の反対側から現れたのは、別の学生だった。仲間ができた、とボーンは安堵の息をついた。

その少女にはなんとなく見覚えがあるだけだった。春のはじめに入学した、年下の新入生のひとりだろう。ほとんどは知らない連中だ。顔が紅潮しており、長くまっすぐな白金の髪には、葉っぱが一、二枚と苔がからまっていた。ボーンが声を出す前に、少女はあやうく池につっこみそうになった。

「足もとに気をつけて」忠告すると、相手はぴたりと立ち止まり、まじまじとこちらを見つめた。森の怪異の一部だと思っているかのようだ。「ボーンだ」急いで言い添える。「俺も学生だよ」少女はなおも、驚きと恐怖のいりまじったまなざしをそそいできた。頭に角でも生えたのか、それとも、これだけ木に囲まれていたせいで、顔が緑色になったのだろうか、とボーンは首をひねった。「池があるんだ」とおだやかに説明する。「きみの手前にね。ずいぶん浅そうだし、怪物が棲みついてるとは思わないが、もう一歩進んだら、足を濡らすことになるぞ」

少女はようやく下を向いた。「ああ」と言い、ダンスのステップを練習しているかのように、注意深くあとずさった。また顔をあげると、いくらか表情が落ちついたようだった。「ありがとう」静かな、とても内気そうな声だった。くしゃみをしただけで、とびあがって逃げ出すのではないだろうか。学生にしてはおかしな服装をしていた。泥まみれになったピンクの絹らしき服の上に、大きすぎる手織布のマントを重ね、黒い乗馬用のブーツをはいている。気まずくなるほど長いあいだ、無言でこちらを観察してから、少女はまた口をひらいた。「森が」おずおずと言う。「今日はおかしい。前にきたときと違う」

「すごく変だね」ボーンは熱心に同意し、相手が池をまわってくるのをながめた。ひとあしひとあし、慎重にきっちりと動かしている。実はまわりじゅうに怪物が眠っていて、起こすまいとしているのかもしれない、と考えたくなるほどだ。

「いろいろなものでいっぱいだ」少女は続けた。「この前はからっぽに見えたのに」

「どんなもの？」ボーンは問い返し、切り株にもたれかかった。他人がどういう幻を見ているのか、興味をおぼえたのだ。

「巨人は別だけど」少女は言いなおした。

「巨人を見たのか？」

「前のときだ。今回は、鳥の群れが見えた」

「俺は蚊一匹お目にかかってないよ。この池の上にさえいない。飛ぶ虫の卵がうようよあってもいいはずなのに」

「それが口をきいた」

「それ——？」

「鳥が」少女は池をめぐって、数フィートの位置まで近づいていた。もう目の色がわかる。ごく淡い色合いの眉の下にある、薄青のひとみ。「話していることが理解できた。不思議だと思わないか？」

「そりゃ、驚くな」とあいづちを打つ。「なんて言ってた？」

「とくに一羽が——全身の羽毛が炎みたいに赤くて、真っ黒な目をしてた。その鳥が、森で出くわすものに気をつけるように、と。だから——」

「だから」諒解して、ボーンはその先をひきとった。「俺を見てあんなにびくびくしたんだな」

「一瞬だけ」少女は認めた。「火を吐くものとか、自分の腕ぐらい長い牙が生えているものを予想してたから。でも、あなただった」

「俺が視たのは伯父だけだ」ボーンは考えこんだ。「ふだんとまったく変わらなかったから、一週間前に第二邦に帰ったはずだってことを忘れてたぐらいだ。ほかになにを視た？」と、人間より森の獣に近いような、一風変わった少女に問いかける。魔術師には有益な性質だろう。なかには、人間性を忘れるのにもっと苦労する者もいるのだから。

「あれこれ」少女は記憶を呼び起こしているらしく、曖昧《あいまい》に答えた。無意識に一歩踏み出す。「木が話しかけてきた。ひどく年をとった男の人みたいだった。体がねじれてて、動きが鈍くて、苔むした髪が足もとまでのびてて、枯葉みたいな目で。あんまりしゃべらなかった。わたしの名前だけだ。一度も見たことのない木が、こっちの名前を知ってるなんて、すごく変な気がする。それに、枝角に炎が燃えている牡鹿たちもいた。そっちは口をきかなかった。戦士があとを追いかけてて」

「戦士」

「上から下まで武装して、白い軍馬に乗ってた。大きな剣を腰に差してて、柄に加工していない宝石がはめこんであった。人の手でふるうには重そうで、長すぎるみたいだったけど。とても背が高くて、肩幅も広かった。顔も手も見えなかった。面頬《めんぼお》がおりてたし、手はもちろん籠手《こて》で隠れてたから。冑《かぶと》の下から髪がなびいてたけど、あの金色なら、誰でも変じゃないし」

「誰でも」ボーンは当惑してくりかえした。「そいつは話をしたのか？」

「ううん。指さしただけ。その先には棘だらけの大きな繁みしかなかった。わたしじゃなくて、ほかの人が目にするはずだったのかもしれない」

「さあ、この森がそういうふうに働くのかどうかは疑問だが」ボーンはゆっくりと言った。「もっとも、今日はみんなそろって森に出たわけだから。新入りの学生にしては、ずいぶんたくさんのものを視たんだな、きみは」

少女は目をぱちくりさせた。どの言葉にひっかかって黙りこんだのだろう、といぶかっていると、むこうが答えを口にした。「学生」

「きみは学生だろう？」

「魔術師の学院の？」

今度はこちらが、どういうことかと頭を悩ませながら黙る番だった。少女のおもてに、食べたことのないものをかじってしまったというような、奇妙な色がよぎった。「あなたは学生な

もらうことだった」

「ああ」と答える。「空の学院の学生だ。今日の課題は、ここにずっといて、森に話しかけてもらうことだった」

少女はあえぐような笑いをもらした。「あなたがそうだと思っていたのに」と告げる。「森のなかのものが、わたしに話しかけているんだと」

「だったら、きみは誰なんだ？」あっけにとられて、ボーンはたずねた。相手は一歩さがり、表情を消した。まずい質問だったらしい。

「もう行かないと」少女は言った。

あるいは、これこそ森の魔法の一部で、こちらが気づかなかっただけなのかもしれない。

「どこへ？」と、むこうみずに訊いてみる。

「帰る。いなくなったと気づかれる前に」

「平原に泊まっているのか？」

少女は躊躇《ちゅうちょ》してから、小さくうなずいた。「うん」

「でも、きみはあんなにいろいろ視たのに——森が話しかけてくれただろう。きっと魔法の才能があるんだ。無視すべきじゃない」

「そういうことなのか？」少女は首をかしげた。「自分では確信できたためしがない。誰もそんなことは重要だと思わないみたいだし」さらに後退したものの、その位置にとどまって視線を向けてくる。また用心しているようだったが、今回はおびえていなかった。「両方とも現実だって、どうやったら確実にわかる?」と問いかけてくる。

ボーンは反駁しようと口をひらき、また閉じて、苦笑した。「それなら、どっちも幻だったことにしておこう」と、重々しく提案する。「お互いにとって、ここにしか相手が存在していないとしたら、また森で再会できるかもしれない」

「うん」

「とにかく、助かったよ」

「どうして?」と問い返してくる。

「話をしにきてくれて。かなり淋しくなってきてたからな」

意表をつかれたような、本物の笑顔を浮かべてから、少女はくるりと背を向けた。ふだんはあまり笑うことがないのではないか、とボーンは推測した。森がその姿を覆い隠すまで見守ったが、ずいぶん長い時間だったように思われた。

「実に妙だな」小声でつぶやきながら、粗末な毛織の布と上質の絹、自信のなさそうな顔に浮かぶ奔放さと力強さ、という矛盾を思い浮かべた。どうしてあの顔に見覚えがあるのだろう、とまごついて首をひねる。しゃんと背筋をのばし、切り株から一、二歩離れたところで、この終わりのない黄昏のなかでさえ、すっかり暗くなっていることに気づいた。

一日じゅう外にいたのか、と悟って驚く。そのとき、また少女のおもてが視えた。完璧に結いあげた髪に珠玉を飾り、頭を高くもたげ、首筋をこわばらせて、上に戴く王冠がはずれないように支えている。

また皮膚がひきつれるのを感じた。「まさか」ようやく、かすれた声でそう言い渡す。「きみが現実だったなんて、ありえない」

やっと記憶を通り越してふつうの景色が目に映ると、池のすぐ先に、学院のどっしりした壁がそびえていた。まるで、たったいま門扉を叩いたかのように、表門がひらきはじめている。

9

ヴィヴェイは平原を見晴らす塔の高みに腰をおろし、これまでの人生を呼び起こそうとしていた。夜も更けた時刻だった。かたわらの巨大な暖炉では細々と火が燃え、とうに忘れ去った事柄をささやきかけてくる。まだ理解していなかったときの火の言語を思い出すことさえできれば、とぼんやり考えた。たえまない風が分厚い窓をがたがた鳴らし、記憶と同じように手をのばしてくる。いつか、はるかな過去、はじめて風のなかに立って、心と体をその流れにとけこませ、月下に歌う昏《くら》い力と化したことがあった。いまでは白い毛皮をまとい、石と硝子《ガラス》の内側で耳をかたむけている。内なる耳をすませば、海の音を聴きとることができた。到来しつつある突風にかき乱されて渦を巻き、王宮に到達しよう、風をとらえようと、白銀の指先で断崖に挑みかかる海。内なる目をこらせば、荒々しい春の夜をのぞきこむことも可能だった。遠い昔なら、その力を身の内に吹きこもうとしただろう。その領土へ踏みこむため、みずからの骨の形さえ変えたことだろう。

風を理解するほうが簡単だ、と思う。泡立つ海の表面を歩くほうが、そうしたいという渇望を思い出すよりやさしい。無知よりも知識を、無垢よりも経験を思い出すほうがやさしい。現在の自分を知るほうが、かつての自分、あまりに時を隔《へだ》てすぎて、まったく違う世界に生きていた自分を頭に浮かべるよりやさしい……

硝子戸を通って部屋に入ってきたガーヴィンの影に、ヴィヴェイははっとした。それほど深く過去に思いをはせていたのだ。ふりかえって、その表情、というよりむしろ無表情に目をとめる。

「書いていたのか?」ガーヴィンは努力を見せてそうたずねた。ヴィヴェイは首をふった。

「若いとはどういうものか、思い出そうとしていたのです」むっつりと答える。相手のこわばった顔つきがいくぶんやわらいだが、まだ充分ではなかった。ガーヴィンは葡萄酒をつぎ、ブーツを脱ごうと寝台に腰かけた。煙と風、馬、それに麦酒《ビール》のにおいがした。あちこちぶらついていたのだろう。平原や城壁の衛兵と話し、噂話や事件の断片を拾う。それが手がかりになるかもしれないし、なんらかの意味を持っているかもしれない。そうやって、自分の把握するレインに目を配っているのだ。一方で、こちらが見張っているのは——見張ろうとしているのは、ヴィヴェイ自身の理解の及ばないレインだった。

「あの連中がみな家に帰ればいいのだが」ガーヴィンは嘆息した。

「陛下は巡幸なさるべきなのかもしれませんね」ヴィヴェイは考えこんだ。「十二邦を訪問してまわるのです。そうすれば、誰もがお迎えするために自分の領地へ戻らざるを得ないでしょう。陛下も学ばれることがあるかもしれませんし」

「ご自分の領土の広さか」ガーヴィンが示唆《しさ》する。

「かかえている問題の大きさもです」ヴィヴェイは室内を横切り、寝台に座ったガーヴィンの隣に腰をおろした。「お勧めしてみましょうか」

「あなたも同行しなければなるまい」

ヴィヴェイはぞっとしてその発言を検討した。「まさか。そんな必要がありますか？」

「ほかに誰がいる？　母君か？」

「もっと若くて元気な魔術師でしょう、もちろん。考えただけで骨が痛みますよ」

「あなたは、陛下の父君の信頼厚い相談役だった」と指摘がくる。「十二邦の太守たちは、あなたを知っている。いっぺんに新しい女王陛下と見慣れない魔術師に対応するというのは、みな避けたいところだろう」

ヴィヴェイはいらいらと立ちあがり、背の高い燭台やタペストリーのあいだをしばらく行ったりきたりした。「結局、いい考えではないかもしれませんね。かつてはわたくしも魔術師でした」と、じれったそうにつけくわえる。「きちんと魔力を行使したものです。いまでは、ダンスの教師になった気分ですよ。この時間に誰と踊ったらよいか、どの足から踏み出したらよいかと、いちいち女王陛下にご注意申し上げるばかりで」

「感謝すべきだろうな」ガーヴィンは笑って忠告した。「いまはまだ音楽が途絶えておらず、誰もがなごやかに踊っていることに対して」

「長くは続かないでしょう」

ぽろりと出てきた台詞《せりふ》は、ひどく暗澹《あんたん》とした響きをおびていた。ヴィヴェイは口をつぐみ、ガーヴィンと目をあわせた。一瞬のち、小さなうなずきが返ってきて、最大の不安を裏付けた。

「私も感じていた」ガーヴィンは低く言った。「風に騒乱の気配がある。だが、どちらの方向から吹いてくるのか見当もつかず、いくつかの件を結びつけて模様を見出すこともできない。もめごとはいずれも、ほかと関係なく行きあたりばったりに起こっているようだ。しかも、全員がまだここに残っているのなら、誰が攻撃してくるというのだ？」

「シールのアーミンは家に戻りました」

「しかし、私がまず謀反を疑うとすれば、シール侯だ」ガーヴィンは率直に言った。「本人の行動でさえ、意外性がなくなってきている。まして魔術師の学院にいるあの甥――」

「そちらはフェイランが見張っています」

「あまりに見え透いていて、ばかばかしいほどだ。ボーンに魔法の才はあるのか？」

「フェイランはそう言っています。憂慮すべき人物かもしれませんが、ただ、その甥はなにごとも真剣に受けとらないたちで、伯父の言葉でさえまじめに考えず、自分ではなんの野心もないようだということなので」

「もし実際にはあったとしたら？」

「だとしても、フェイランにはわかりませんよ。目下のところは、用心していることしかできません」

「われわれ全員が、そうするしかない」ガーヴィンは言い、立ちあがって帯をゆるめはじめた。

ヴィヴェイはふたたび窓ぎわへ近寄った。外に広がる夜は、きらめく小さな窓に片目を押しつけ、はかない憩いとなぐさめのひとときを盗み見ている。その厖大《ぼうだい》な闇に視線を返した。

「こちらが見通すこともできるのですよ」とささやく。

「なにか？」

「たぶん、女王の魔術師がどう行動すべきか、陛下の母君が提案してくださったことを、そろそろやってみるころあいなのでしょうね」

「というのは？」

「魔法です」


そういうわけで、翌日、女王がしぶしぶ客につきあって、平原の東にある広大な森林へ狩りに出ているあいだに、その台詞を実行に移すことになった。ガーヴィンのほうは、少しでも不安をやわらげてやるため、節々の痛みに溜息をつきながら、女王に随行する衛兵と馬を駆っていた。ヴィヴェイは自分の姿を消すと、いくつもの壁を通りぬけて、召使いすら存在を知らないせまい通路をさまよった。そよ風に舞う羽毛のように、そこかしこで人の言葉に惹きつけられる。ぽつぽつと流れてくる声、会話の断片、貴婦人や小間使いの低いささやきなどに誘われて、高所にある風通しのいい部屋から、石造りの蔵へ、朽ちかけた地下牢へ、そしてさらに深く、岩に掘りぬかれた風変わりな迷宮、王立図書館へとおりていく。そこはざっと一瞥しただけだった。レインの長く波乱に満ちた歴史においてさえ、君主たちが司書を連れて戦いに赴《おもむ》くことになったためしはない。

誰の目にもとまることなく、狩りを遠慮した貴族や廷臣のなかを移動する。若い人々の大半は女王に同行しており、年輩者は個室や会議室で暖炉の火にあたっていた。十二邦の太守たちの関係について、驚くべき発見がいくつかあったが、新女王にとって予想外に厄介な問題になりそうなものはなかった。ほかの連中は陰謀を企んでいる、と誰もが思っていたが、実際に行動している者はひとりもいなかった。

黄昏がおりると、風に乗って平原をめぐり、人々の声に聞き入った。兵士や召使い、居候の身内、呼び売り、流れの民、商人、さらには新しい女王をひとめ拝もうとして、とほうもない距離を旅してきた各地の村人たちまで。テッサラを見ることは幸運を招くとされていた。若さは力と美を、経験のなさは現実に毒されていない叡智を表しており、繁栄と希望に満ちた常春《とこはる》の国へとレインを発展させてくれる、と考えられているのだ。しもじもにまじってひとり白馬で進んでいたり、樹上に浮かんだ空の学院から舞いおりてきたりと、女王は信じられないような場所で目撃されている。強く賢く美しいだけでなく、魔法の力まで身につけているという。

本人はきっと、誰のことかと首をひねるだろう、とヴィヴェイは苦笑した。運勢を占っているみすぼらしいまじない女のもとで足を止め、言葉を交わす。レインの未来を占ってもらうと、まじない女は、黒い線が一文字に引いてある金色の絹の上で、彫刻した小さな骨と水晶のかけらを投げた。

「線の上にくれば吉だよ」と教えてくれる。「下は凶だ」

そして、目をつぶり、ごたまぜの商売道具をほうった。骨と水晶は、線の上に弓なりに散らばった。まじない女は手を叩いて感嘆し、レイン十二邦にとって、このうえない吉兆だと宣言した。黒い線の上の完璧な虹のアーチ、水晶と骨がぴったり交互に並んでいる形からはっきりと読みとれる。偉大な君主が即位したことは間違いない。かつてなく平和でゆたかな治世の始まりだ。

「間違いありませんね」ヴィヴェイは言い、新女王の横顔が刻まれた硬貨を一枚、まじない女の手もとに残した。

間違いなく、もしそれが事実なら、不吉な胸騒ぎを感じてうろつきまわり、ひとにぎりの関節の骨でその理由を探ろうとしたりはしていなかっただろう。

ふたたび、風の流れをとらえて漂っていく。魔術師ならその姿を半透明ととらえ、渦巻く布や象牙色の髪の筋に気づくだろうが、ほかの者には見えない。求める場所へは、風が導いてくれた。眠りもせず目覚めもしない獣のごとく、平原に黒々とうずくまる闇のかたまり。その内部に舞いこんでいったとき、森の意識を感じた。木立のあいだで体勢を立てなおしたヴィヴェイは、海風がほえたけっているときでさえ、この場所が不動の静寂に包まれていることに、いつもながら驚きをおぼえた。

「レインの未来になにが見えるか、教えてほしいのです」と、森に問いかける。だが、葉っぱ一枚、折れた小枝一本、答えはよこさなかった。一拍おいて、周囲の木陰よりいっそう濃い学院の影が現れただけだ。門がひらき、明かりが招いた。ヴィヴェイはなかに入っていった。

それは、学生の目に映る学院ではなかった。学生たちが見ているのは、石造りで隙間風が多く、必要に応じて形を変える、奇抜なびっくり箱だ。ときおり、石の壁が動いて森を迎え入れたり、空をとりこんだりすることもある。どんな天候にもなるし、食事や就寝時以外は、階段や廊下がどこにつながるか、まず予想がつかない。通路を怪物がぶらついていることもあるだろうし、扉をひらけば、そこに待っているのは豪華な宝か見知らぬ獣か、ひょっとすると、見渡すかぎりなにもない空間かもしれない。さまざまな魔術師が何世紀にもわたって、試験のために、または教える手立てとして、屋内に呪文をかけつづけてきたのだ。ひとつひとつの扉の奥になにが待ち受けているか、閉ざされた魔法の部屋がいくつあって、不運な学生がたまたま戸をあけるまで忘れ去られているのか、もはやフェイランでさえ把握していない。建物自体が、学生の最初の試練となるのだ。学院の気まぐれなふるまいにしりごみするような、融通のきかない精神の持ち主は、決してここに長く残ることがなかった。

ヴィヴェイに門をあけてくれた学院は、厚い絨毯《じゅうたん》やかびくさいタペストリー、ずんぐりした蠟燭でいっぱいの、雑然として居心地のいい場所だった。わきを通りすぎると梟《ふくろう》がのぞきこんできたし、窓辺では大鴉《おおがらす》やカワセミが眠そうにぶつぶつ言っている。隅の暗がりにいた乳白色の蛇が鎌首をもたげ、青玉のひとみを片方ひらいた。壁面に並んだ本、ひらいたまま台の上に載せてある本。みずから内容を読みあげて、たえずささやきかけてくる書物もあった。やがて、歩いていた廊下が部屋につながった。木材と象牙が精緻な模様を描く床、樫《かし》材とステンドグラスを組み合わせた壁。そこにフェイランがいた。ヴィヴェイが森に足を踏み入れた瞬間から、ずっと待っていたのだ。

月光と蠟燭の灯のもとに座り、なにかの獣の頭を掻いてやっている。獅子とも熊ともつかない生き物に見えた。黒い毛皮、牙の生えたのっぺりと平たい顔、大柄で強そうな体。ごろごろと喉を鳴らしているようだ。くすぶるような赤いひとみをちらりとこちらに向けると、ふたたびまぶたを閉じて、フェイランの膝にずしりともたれかかった。

「いったいぜんたい、それはなんです？」ヴィヴェイはたずねた。

「さっぱりわからないのですがね」フェイランは答えた。「いつか読んでいた古書から出てきて、二度と戻らなかったのです。害はないようですし、たいそう気立てがよいもので。学生に変身の呪文をかけさせてくれるのですよ。手に入るときには苺《いちご》を食べます」つかの間、獣の尖った耳をさすりながら、こちらをながめる。「どうなさったのですかな？」

「不安なのです」ヴィヴェイは硬い口調で言った。

「なにが原因で？」

「なにが原因なのか、わたくしにはわかりません。レインのことが心配なのです」

「まあおかけください」フェイランに勧められ、幅広い石の長椅子に腰かける。その上にはクッションや毛皮が積み重なり、なぜか乾燥した花びらが散らばっていた。森に外の世界とは違う月が昇っている、と気づいて感嘆する。これがはじめてではなかったが、驚きは常に変わらなかった。その晩はみごとな満月で、あけはなった窓から光がふりそそいでいる。レインのほかの場所では、月など影も形もないのだ。奇妙な獣が吐息をもらし、フェイランの足の上にへたりこんだ。魔術師は椅子の背によりかかり、おだやかなまなざしを向けてきた。「十二邦が女王陛下に対して陰謀をめぐらしている、と心配されているのですかな？」

「ええ、それもあります。そのことはいつも頭にありますから。ですが、この長い人生でご忠告申し上げてきた歴代の国王陛下は、ひとり残らず――そう、争いごとと取り組まねばなりませんでした。他国に仕掛けられるにせよ、王国に新たな領土を加えようと、みずから仕掛けるにせよ、戦の可能性は必ずあります。不安なのがそのことだけなら、いままでに特定することができていたはず」

フェイランはふたたび沈黙した。眉間にしわがひとすじ、出たりひっこんだりしている。心の平安を破ってしまったらしい。

「そのことだけなら、とは」のろのろとくりかえす。「十二邦が相争うよりも悪いことがあるとおっしゃる?」目にもとまらぬ勢いで、ぱっと立ちあがる。下敷きにしていた足をひきぬかれて、獣がしわがれた抗議の声をもらした。「よもや、十二邦に宣戦しようという国が?」

愕然として、ヴィヴェイはその可能性を検討した。「なんの噂も流れていません。そんな徴候はありませんでした」

「しかし、なにもなければ不安になられることはありますまい」

「どうでしょうか。ひどく年老いているうえ、過去を思い出そうとしているわたくしです。ひょっとすると、遠い昔の懸念を掘り起こしているだけなのかもしれません。だからここを訪れたのです。わたくしを誰よりも長く知っているあなたなら、たんに寄る年波のせいでぴりぴりしているのか、教えてくれるでしょうから」

フェイランのおもてはまた動かなくなった。平静というよりは、用心しているようだ。「誰よりも長く知っているのは、ご自分ですよ」と指摘する。「死を恐れておられるのですかな?」

「死ぬことなど考えているひまはありません。テッサラさまのことが気になりすぎて」

「では、ふたりで力を合わせてみれば、お悩みの原因が視えるかもしれませんな。こちらへどうぞ」

フェイランが模様のついた床の中央へ進み出たので、ヴィヴェイはついていった。まるで太古の月のように、古びた象牙が円形に敷かれており、複雑に入り組んだ線が何本も放射状にのびている。フェイランはそのへりに立ち、森の月に顔を向けた。月明かりが象牙を照らし、背後に影が落ちる。身ぶりでうながされ、ヴィヴェイはその姿と向き合うように立った。月光は背中にあたっており、足もとの月の表面に影がのびている。

「森の月を見てこれを思いついたのです」とフェイランは説明した。「森が話しかけてきたのですかな。でなければ、ふたつの白い円を、わしがまったくでたらめに結びつけたのかもしれませんが。ともかくやってみましょう。なにを恐れておられるのか、月に示していただかなければ」

「どうしてそんなことができます、自分でもわからないというのに?」

フェイランはほほえんだ。「ただ、いまのお話を心の内で伝えればよろしいのですよ」

そこで、ヴィヴェイは月にひとことひとこと不安を打ち明けた。やがて、言葉にする必要すらなくなった。恐れを口にするより、心で感じるほうが楽になったからだ。足の下の象牙が水面《みなも》のようにゆれ、雲のように実質を失っていく。本物の月が宵闇《よいやみ》を透かして輝くように、象牙の円はヴィヴェイの影越しに光りながら、じっと視線をそそぎ、奥にひそむものをあきらかにしていく。表面になにかの形が浮かびあがりはじめた。暗くぼんやりとした姿で、人間のように見えるが、顔がなく、不思議なきらめきを放っている。ヴィヴェイは眉をひそめ、正体を見きわめようとした。石の洞の奥で、あらけずりな石の椅子に腰かけているようだ。膝の上に白い光の筋を横たえ、頭には黄金の環をはめている。

ヴィヴェイはふいに、驚愕して息をのんだ。

「これはなんです？」フェイランがたずねる。

「たぶん――」その姿がもっとはっきりしてきた。顔がないのは、冑《かぶと》の面頬《めんぼお》をおろしているからだ。細長い光の筋は鞘におさめた剣、黄金の環は冠だった。「マーミオンだと思います」

「誰ですと？」

「レインの初代の王。夢見人です。みずからの領土を守るべく目覚める日まで、崖の奥の洞穴に眠っているという。それにしても、いったいなぜ――」理由も定かではないまま、唐突に言葉を切る。とつぜん、なぜなのか知りたくなくなった。ぎゅっと目をつぶるように月を隠し、無知の闇に這い戻りたかった。

鎧《よろい》におおわれた夢見人の手が、固く剣を握りしめる。その上に光がとけこんだ。冑をかぶった頭がわずかに動く。あたかも上の世界から物音が伝わり、眠りを乱されたかのように。ヴィヴェイは白い眉をはねあげ、みじろぎもせずに凝視した。フェイランの乱れた呼吸が耳に届く。月のただなかで、夢見人は目覚め、立ちあがった。

10

雷《いかずち》の矢
夜の皇帝
時のあるじ
星々の軍勢を率い
何処《どこ》にもない門より馬を進め
ジルクシアの高き塔をゆるがし
地に沈め
古き王墓を荒らす

ネペンテスは手を止めて、訳した分を読みなおした。「ジルクシア」とひとりごちる。「ジルクシアってなに？　なんだったの？　そもそも、ほんとにこれ、ジルクシア？　この茨《いばら》は〝ジ〟じゃないかも。ティルクシア？」その文字をにらみ、ペンで髪をかきまわす。「それに、何処《どこ》にもない門ってなんなの？」頭をふって髪をばらばらにすると、腰かけの上でぐったり力をぬき、溜息をついた。四方を本に囲まれ、視界も心も茨に占領されている。ここだ、と考えた。

この図書館にこそ、時のあるじが軍勢を率いてくぐりぬけた、何処《どこ》にもない門が立っている……

しかし、その門を通ってきたのはレイドリーだけだった。またもや、かびくさい巻物をいくつもかかえている。ネペンテスはその姿をながめた。何時間も作業をしたあとで、ほかの人間の顔が見られるのはうれしかったが、ひねくれたことに、別の人の顔だったら、と願わずにはいられなかった。茨と同様、どこにでもボーンが浮かんできてしまう。一度、思ってもいないときに、どこからともなく現れたというだけで。たぶん、何処《どこ》にもない門というのはそこにあるのかもしれない、とひらめいた。ここ以外のあらゆる場所に。

「アクシスについての古い叙事詩をいくつか見つけたよ」レイドリーが言った。

ネペンテスはすぐさま身を起こし、ボーンのことは忘れて巻物に手をのばした。「レイドリー、ジルクシアのことをなにか知ってる?」

「なんだって?」

詩の断片を見せると、レイドリーは熟読した。集中するあまり、若い顔が胡桃《くるみ》のようにしわだらけになっている。

「これが〝ジ〟なのはたしかかい?」とうとう、そうたずねる。

「ううん。ジでなければなんなの?」

「ディルクシアだ。南の砂漠地方にある、小さくてすごくゆたかな王国だった。いまでは第九邦になっている」

「きっとそれだ」

「でも」

「でも？」

相手は視線を向けてきたが、こちらを見てはいなかった。自分がいつもレイドリーを見るときと同じだ。茨しか目に映っていないのだろう。「アクシスが生きていた時代には存在していなかったんだ。だから、征服したはずがないよ。後世の詩じゃないかな。つまり、きみが訳している本は、アクシスの死後何世紀もたってから書かれたわけだ。ということは、もちろん、この中身はすべて、真実ではない可能性があるということだ。事実と伝説と詩が、全部いっしょくたに編集されてね」

「そんなふうには見えないけど」ネペンテスは反論した。「ケインは事実と伝説を分けようとしてるみたい」

「ケイン？」

「とにかく、これはケインの文字なんだし。彼女が発明したの」

「彼女？」レイドリーはいまや、魚のように目をむき、口をぱくぱくさせていた。「ケインは女性だったのかい？」

「この本にはそう書いてある。だから仮面をかぶってたの」

「そうかもしれないけど、どうしてケインに、自分の死後何世紀もたつまで存在していなかった王国のことが書けるんだい？」

ネペンテスは、うっかりペンの先のほうに髪の毛を巻きつけてしまいながら、その意見をじっくり検討した。「だったら」と結論を出す。「ディルクシアじゃなかったってことだよね」

「ほっぺたにインクがついてるよ。後世の王国が、前にあった国の名をとっていれば別だけど」

「そういうことってあるの？」

レイドリーは肩をすくめた。「そうしたければ、できると思うよ。だけど、どうやったらケインが女なんてことがありうるんだい？　アクシスの兄弟じゃないか。少なくともひとつは双子だという記述がある」

「ぜんぜん血がつながっていないって話もあるでしょ。伝説なんて、時がたつうちに変わるもの。ほかの伝承とまじりあったり、名前が変わったり、まるっきり関係ないできごとがくっついて内容が変化したりもするんだし」

「それは知ってるよ。でも、性別はふつう一定してる。男が女になるなんてことはない」

「でも、この本では女の人なの」

「ケインを示す茨を勘違いしてるってことはないのかい？」

「代名詞だけの問題じゃないの」ネペンテスは辛抱強く言った。「ケインになる前、社会のなかでどういう位置にいたかってこと。歴然としてるでしょ。アクシスが結婚したあと、そばにいるためには性別を隠さなくちゃいけなかったの。だから顔のない謎の人物になった。仮面の魔法使い、頭巾の君に」

レイドリーはうなった。完全には納得していないらしい。「なんだか、アクシスの伝説にほれこんだ作家の願望の産物みたいだけどな。嘘みたいな部分をひとつ残らず説明して、ついでに自分でもその一部になろうとしてるみたいだ」

「じゃあ、どうしてケインの茨文字で書いてあるわけ？　そのためにわざわざ秘密の文字を発明する人なんている？」

「できる人はやるだろうね」レイドリーはあっさりと答えた。「第一、それが当時の秘密の言葉だなんて、どうしてわかるんだい？　もしかしたら、ほかの記録は全部、自分の使ってる言語しか認めない征服者に抹消されちゃったのかもしれないよ」

「アクシスとか？」ネペンテスは皮肉っぽくほのめかした。「レイドリー、もっと役に立ってくれないんだったら、あっちに行ってよ。いま話をするまでは、なにもかもはっきりしてきてたのに」

「本を持ってくるのをやめたほうがいいかい？」レイドリーは残念そうにたずねた。

ネペンテスは息をつめ、大きく吐き出した。「ううん。それに、この話ができるってことでは、役に立ってくれてるし。だけど、あたしが読んでるものは伝わらないの、自分で――自分で――」

「自分で茨文字を訳してみないと」かわりに相手がしめくくった。ネペンテスは茨を見おろした。かばうように両手があがって、渦巻く文字をするりと覆い隠す。そんな理由もないのに、と当惑して自分に言い聞かせる。ネペンテスにとってもレイドリーにとっても、隠す理由などどこにもない。

「ケインは女魔法使いだったの」と、静かに告げる。「この文字はアクシスとの秘密だった。ほかの人は誰も知らなかった。もしかしたら、この本になにかの封印を施《ほどこ》したのかもしれない。何千年もたっても、まだそれが残ってるのかも」

「だとしたら、なぜきみにその秘密がわかるんだい？」

「さあ。でも、秘密を守り続けたいって気分になるの」

レイドリーは指の隙間から文字をのぞこうとして、あきらめた。「まあいいよ」ついに、そう言う。「もし僕にその字を教えたいと思ったら、言ってくれれば。そのあいだ……」声がとぎれ、じっと見つめてくる。そして、思いついたようにネペンテスの頬の汚れに手をのばした。こちらが反射的に頭をさげてよけたので、ふれることなく手をひっこめる。

「そのあいだ、なに？」平静さを取り戻すのを手伝おうと、ネペンテスは問いかけた。

レイドリーはいっそう赤くなっただけで、もごもごと言った。「もっと注意してみるよ、ケインの――さっき話した――」

「代名詞の件ね」

「ああ」と硬い口調で答え、書物の列のほうへ立ち去る。ネペンテスは、しばらく両手に視線を落としてから、その手で守っていた茨に目を移した。

その晩は、寝室で遅くまで読書にはげみ、レイドリーが持ってきた叙事詩に、ジルクシアかどうか定かではないが、そういう名前が言及されていないかどうか探した。代名詞にも目を配った。だが、どの叙事詩でも、頭巾の君は男とされていた。忘れ去られた諸国の文書を翻訳した、下手くそな断片においてさえも。アクシスの兄弟。わずかに遅れて生まれた双子の弟。皇帝に仕えた年齢も出自も定かではない魔術師。妻よりも恋人よりも信頼されていた、もっとも近しい友。妻や恋人に関しては、その時代の慣例だった美辞麗句以外、詩人はめったにふれていなかった。

ボーンがふっと、どこからともなく現れたとき、ネペンテスはひらいた頁につっぷして居眠りしていた。夢のなかで黒い頭巾をかぶり、仮面をつけて、レイドリーに真の名を告げているところだった。

わたしはケイン。

はっと目覚めると、頭巾をかぶった姿が火鉢の炭をつついていた。かぼそく声をあげると、相手はふりかえり、見覚えのある顔をあきらかにした。

「あなた……」

ボーンは頭巾を払いのけ、にっこりした。「遠距離を移動する術を練習しているんだ。もうきみの寝室がわかってるから、ふたりきりになるのも楽だな」ネペンテスは寝返りを打ち、からみついてくる毛布と格闘した。「起きなくていい」

「あなたがケインかと思った。ううん」目をこする。「あたしがケインだって夢を見てたの」

「なぞなぞみたいだな。ケインというのは何者だ？　別の孤児？」

「違う」ネペンテスは体を見おろした。「服を着たままだったみたい」

「たしかに」

火鉢越しに、ふたりの目が合った。そこですっかり目が覚め、ネペンテスはほほえんだ。ボーンの微笑が深まった。「まだいくらか距離があるけどね」と、意見をのべてみる。

「たった一歩さ」相手は答え、その距離を縮めた。

翌朝、銅鑼《どら》の音が盛大に朝を告げても、ボーンはぐずぐずしていた。学院に戻っているはずの時刻をすぎているのに、まだとどまっていたいというそぶりを見せている。

「ゆうべ迷ったって言うよ」と、笑いながら言う。「魚でもなんでもいいから、仕事のことなんか忘れろよ。崖の階段までおりていって、洞穴のなかの夢見る王を捜して、海の音を聴こう」

「行けないの」うしろめたい気分で学者の魚のことを考えながら、ネペンテスは言った。しかし、求めているのは茨文字のほうだった。なんとボーンよりも、ペンの下に広がっていく、あの古い未完の物語のほうが気になっている。そう自覚して驚いた。「そっちだって戻ったほうがいいでしょ。魔術師の先生たちが捜しはじめて、あたしの寝台の上で見つかっちゃったらどうするの」

「誰もこないよ」ボーンはうけあった。「学生が飽きたりいらいらしたりして、一日ぐらいいなくなるのはめずらしくない。たいてい夕食までには戻ってくる。俺もそうするさ」

「こっちだって仕事があるし」

「ないよ。今日は休みだ」

「ううん」ネペンテスは相手の顔を両手ではさみ、視線をとらえた。「あるの」

ボーンは見つめ返してきた。無造作に寝床からほうりだそうとしている相手の価値を、つくづく思い知らされる。豪奢な黄金の髪と目と肌、笑みをたたえたこの口もと。それでも、頑として沈黙していると、そのひとみがきゅっと細まった。信じられないという口ぶりでささやきかけてくる。「あの本だ。そうだろう?」

ネペンテスは手を放し、一回転して体の下からぬけだした。「あたしは働いてるの」と、強情に言い張る。「図書館でしつけや教育をしてもらったお返しにね。魚の写本を持ってきた学者先生なんて、お駄賃をくれるかもしれないんだから。なんの理由もないのに、一日留守にするわけにはいかないの」

ボーンはあとに続いて寝台からおり、肩をつかんできた。「この前、きみが本を持っていることを司書に伝えると約束したはずだ」

「伝えるから」と、ふたたびうけあう。「これを訳し終わったらね」

「なにをやってるのか見せてくれ」

「だめ」ネペンテスは断乎として主張した。「秘密なの」

「誰の秘密だ?」

「あたしの」

「いや、違う」肩をつかむ手の力が強くなった。急に見知らぬ人のまなざしになったようだ。魔術師の目、とネペンテスは考えた。そのひとみで見た魔法を反映しているのだ。「それは別人の秘密で、きみはそこに巻きこまれてるんだ。その茨にとりこまれてる。そいつがなにを隠しているのか教えてくれ。でなければ、こっちから司書に言うぞ。魔術師たちにもだ」

ネペンテスは、怒りに顔を紅潮させて相手をにらみ返した。どうしてこんな人を好きだと思ったりしたのだろう。「言わないで」と、ようやく答える。「見せるから」

「危険でなければ――」

「危険なんかじゃない！　ただの古い古い物語だもの。この本を手放して二度と読めなくなる前に、結末を知りたいだけ」

「結末まで訳させてもらえるだろう。きみはもう、文字を解読してるんだから」ボーンはネペンテスの乱れた髪をかきあげて、また目をのぞこうとした。「そうだろう？　それとも、まかせてもらえないと思う理由があるのか？」

「そうじゃなくて――」息を吸いこみ、混乱した思考をまとめようと試みる。「どうして手放したくないのか、自分でもわからないの。最後まで訳したらわかるかもしれない。そうすれば、どうでもよくなって、ぜんぜん気にしないで司書の人たちに渡せるかも。でも、たしかにそう。あたしはこの茨の文字が好き。すっかり夢中なの。これがどういうものか教えてもいいけど、たぶん理解してもらえないと思う。きっと、あなたの目に映るのは、レインがこの世に現れるずっと前に死んだ、ふたりの人間の物語だけ」

「そうかもしれない」ボーンはひどく蒼ざめていた。見るからに気楽そうなこの若者が、ここまで深刻な表情を浮かべることなど、ありえないと思っていたのだが。「でも、魔術師の学院で学んだことのなかで、いちばん説得力があったのは、言葉とはみずから命を持ち得る、ということだ。きみがやってることを見せてくれ。もし危険だと思ったら、そう言うよ。それでもわかってくれなければ、司書たちに伝える」

ネペンテスは大きく息をついた。「わかった。そうしたら、もうほっといてくれる？」

ボーンは驚いて目をぱちくりさせた。「ほっといて――」

「せめて今日一日は」いくらか気持ちをやわらげて言う。手をあげて、ボーンのこわばった肩に添えた。相手はうつむき、顔を押しあててきた。吐息をもらすのが感じられた。

「今日一日は」と、ボーンは約束した。

ふたりは服を着替えると、食堂に出かけていき、大釜の底に残ったわずかなオートミールをこそげとった。ネペンテスは先に立って長い廊下を進み、ボーンを石の奥深く導いた。廊下の終わりには、半円形の小部屋がずらりと掘りこんであった。どのくぼみも、埃のたまる隙間もないほど草稿や書物や巻物であふれている。ネペンテスの場所は、いつものようにごちゃごちゃと散らかっており、半分突き出した机もそのままになっていた。ただし、レイドリーが座っていることをのぞけば、という話だ。

レイドリーは、ボーンの姿を認めて机からすべりおりると、なにも言わずにぎこちなく立った。どちらもいなくなってくれればいいのに、とネペンテスは願った。

そっけなく声をかける。「レイドリー、こちらはシールのボーン。アクシスとケインの本を渡してくれた人。あたしが訳してる原稿を見せるって約束したの」

「アクシスとケイン？」ボーンがあっけにとられてくりかえした。

赤くなっていたレイドリーは、やっと舌を口蓋からひきはがした。「僕には見せてくれなかったのに」と、責めるように言う。

「だって、見せなかったら司書に言いつけるなんて脅さなかったでしょ」ネペンテスはむっつりと答えた。「ボーンは、これが魔法の品か、でなければ危険なものかもしれないって思ってるの」

「その、かびの生えた古くさい話が？」

「違う」ボーンが正確に言いなおす。「かびの生えた古くさい話の、言葉が、だ」

「どうせここにいるんだから、レイドリー、ふたりに見せてあげる」

レイドリーはふんと鼻を鳴らしたが、論評は控えた。ネペンテスは本と手書きの原稿をひらき、人差し指を茨から茨へと動かしながら読みはじめた。

「はじめての戦いは七つの年だった……」

ときおり読みあげるのを中断して、難解な言葉に疑問を示したり、そんなふうに訳した理由を説明したりする。ふたりは黙って耳をかたむけ、話が終わるまでネペンテスの表情に視線をそそいでいた。それから、思いがけなく、いったいどういうことかと顔を見あわせた。

「なんでそんな衝動に駆られるのかわからないな」ようやく、ボーンが口にした。

「僕もだよ」レイドリーは机に戻り、もつれたりほどけたりしている文字をしげしげとながめた。「でも、実際にこれを書いた人物が誰なのか、ちょっとした謎だね」

「ケインだってば」ネペンテスは強情に言い張った。

「だけど、死後何世紀もたってから書かれた詩を、どうやったら彼が——彼女が引用できるんだい？」レイドリーがもっともな質問をする。

「学者が間違ってるの」

「なにを？」

「この詩が作られた時期を」

「それが書かれた国々は、ケインが生きていたときには存在していなかった——」

「だったら、ケインの死んだ時期が違うんでしょ」ネペンテスは反駁した。

「ケインはいつ死んだ？」ボーンがたずねる。「アクシスとケインに関しては、ほんとうに最低限のことしか知らないんだ。実在したとか、アクシスが当時知られていた世界全土を征服したとか、ふたりとも死んでるとか。俺の記憶にあるのは、うちの曾祖父が国家への反逆罪で首を斬られるころまでで、あとはどの時代もみんなごっちゃになってるんだよ」

レイドリーは、薄い髪をくしゃくしゃにしながら考えこんだ。「アクシスの治世がいつだったかってことは憶えてるけど、どっちも死んだ時期は思い出せないな」

「行って調べてみたら？」ネペンテスは勧め、自分の腰かけに戻った。

「そうだね」驚いたことに、レイドリーはそう答えた。

ネペンテスはあてつけるようにボーンをふりかえった。「そんな知識が危険だって思わなければってことだけど」

「危険ってことはなさそうだな」相手は認めた。茨が語りかけてこないもの、その言葉の裏に隠されているものをすべて聴きとろうというかのように、なおも本の上に身を乗り出している。だが、なにも耳には届かなかったらしい。まだ気がかりそうなおももちで身をかがめ、立ち去る前にネペンテスにくちづけていく。

「ふたりがこのとげとげした言葉で話してるときには、どういうふうに聞こえたのかな」ボーンはつぶやいた。

「じゃあ、司書には言わないの？」

ボーンはかぶりをふった。「まだ言わないよ。もっと事情がわかるまではね」

そして、身を離した。その姿が時の流れにとけこみ、彼方に消え失せることを予期して、ネペンテスは見守った。だが、ボーンはそのかわりに、歴史の記録をたどろうとしているレイドリーに追いついた。残されたネペンテスは、ふたりの背中をまじまじと見つめた。

「みんな、とりつかれてる」仰天してつぶやいたものの、ペンをとりあげると、そんなことは忘れ去った。

11

はてしなく続いた狩りのあと、松明《たいまつ》に照らされた中庭で、疲れきったテッサラはよろよろと馬からすべりおりた。鞍袋に入っている野ウサギのことを考える。自分の矢がたまたまあたってしまったのだ。矢が食いこんだとき、ウサギは金切り声をあげた。その記憶に、まだ涙があふれてくる。

ごめん、と声に出さずに謝る。ごめん。

そう言ったところで、もはやウサギが気にするはずもない。皮をはがれ、骨をシチュー鍋にほうりこまれて、女王の食卓を囲む連中の腹に入る途中なのだから。馬丁が馬を引いていった。

頭上に松明が掲げられ、テッサラはぎょっとした。

父に仕えていた老司令官が、一礼してやさしく笑いかけてきた。天を衝く塔にヴィヴェイと住んでいる男だ。「長い一日でしたな、陛下」と感想を口にする。「なかにお連れいたしましょうか?」

「うん」躊躇《ちゅうちょ》せず答える。本能的に相手が気に入り、信頼していたのだ。父もそうだった。

「狩りに出ていた時間が骨身にこたえておりますよ」そう言いながら、足もとを照らして中庭から宮殿へと入っていく。

「わたしも疲れた」テッサラはひっそりと告げた。「もともと狩りはあんまり好きじゃないから」

「女王陛下ともあろう方でしたら、いやなことなどなさらなくてもすむのでは、と思うところですが」と、同情をこめてささやき返してくる。

「たしかに。でも、ぜんぜんそんなことはないってわかった。とくに、自分の殺したウサギが悲鳴をあげたあとで」

「そうでしょうな」一拍おいて、老司令官は言った。「私もあの声にはついに慣れませんでしたよ、陛下。何年も戦場ですごしたあとでさえ」

「わたしが殺したのは野ウサギ一匹なのに」そう答えると、一瞬、こちらの洞察力に驚いたことが伝わってきた。「もっとひどいものを聞いたりしないですめばいいけど」

「私もそう祈っております」ガーヴィンは低くつぶやいた。「われわれ全員のために」

衛兵が扉をひらいた。老司令官は松明を支えの台に置き、ふたりは広間に入っていった。出迎えた女官たちが、女王のマントとブーツを脱がせ、こわばった足にそっと上靴をはかせる。ガーヴィンが重い剣をはずし、ほっとしたように召使いに渡すのをテッサラはながめた。痛む筋肉をさすったところで、こちらの視線に気づき、また微笑してくる。今回は、老いた自分に対する苦笑だった。それから、ほほえみかけた対象と、その目的が変わった。どこを向いているのか確かめようと首をめぐらすと、ヴィヴェイがやってくるところだった。

テッサラ自身の笑顔は薄れた。溜息がもれそうになったが、おもてには出さなかった。ヴィヴェイはあとからあとから要求してくる。いつでもなにか求めてきて、決して満足しないように思われた。あの魔術師が亡き王を心から慕い、理解していたのは知っているが、王の娘のほうは、まったくの期待はずれらしい。ガーヴィンのほうは、ヴィヴェイを恐れてはいないようだった。もちろん、この老司令官なら、じれったくなるほど鈍感ではないから、魔術師が不自然なほど冷静に、辛抱強くふるまう必要もない。たぶん、わたしは年をとって白髪になるべきなのかもしれない、とテッサラは思った。それに剣の使い方を覚えて、口ひげでも生やせば、ヴィヴェイに気に入ってもらえるのではないだろうか。

目の前で立ち止まった魔術師は、奇妙な表情になっていた。いや、奇妙な空気をまとっていた、というほうが近い。淡々とした顔つきは、人前ではまず変化しなかったからだ。内心では動揺しているらしい、と感じつつ、テッサラは、ふだんなら相手をひどく苛立たせるはずの表情を浮かべて、なにも言わずにそちらを見つめた。ヴィヴェイのようすは、自信を持って踏み出したのに、足の下に階段が存在していなかった、という雰囲気だった。

「どうした?」機先を制してたずねると、あっけにとられたまなざしが返ってきた。

しかし、ヴィヴェイはすばやく立ちなおり、片手を女王の肩に乗せて、手ぎわよく女官たちから引き離した。「お母上さまが、お休みになる前にあいさつを、と仰せになっておられます」聞いている者の耳に届くよう、声を調節してささやく。「陛下がなにごともなく狩りを終えられ、お元気でいらっしゃるかどうか、ご自身で確認なさりたいとのこと」

「うん、そうか」テッサラはおとなしく言った。経験上、母が待っているわけではないということは心得ている。これは、なにか重大な問題を話し合うため、ふたりきりになろうとするときの常套手段だった。

だが、今回は意表をつかれた。まっすぐ母の部屋に連れていかれたのだ。そこでは、ザンティアがまだ黒に身を包んで打ちひしがれていた。近くの盆にクリームとブランデーで煮込んだウズラが載っており、食欲をそそるいいにおいがしていたが、まるで無視している。どういうわけか、ふたりがくるのを予想していたらしく、ひとりきりだった。目を閉じて椅子に沈みこみ、片手の甲を眉にあてがった恰好で、もう一方の手をのろのろとさしだしてくる。テッサラはぎこちなくその手をとった。ようやく目をあけたザンティアは、娘を引き寄せると、心配そうに観察した。

「大丈夫なの、いい子や？」

「野ウサギを一匹殺した」

「賢い子だこと。狩りが好きなところは、お気の毒なお父さまにそっくり……」やつれた顔をいらいらと魔術師に向ける。「さあ、ヴィヴェイ。こんなときには、なによりも静かに休むことが必要だとわかっているでしょう。自力で対処できず、わたくしを騒がせるほど緊急なことというのはなんなのです？ 涙をぬぐう布切れさえ、ようやく持ちあげている状態というのに」

「レインは戦になります」ヴィヴェイは短く言った。「そうなれば、静かにお休みになってなどいられなくなりますよ」

ザンティアはまじまじと魔術師に視線をそそいだ。ふちの赤い、雨に打たれた菫《すみれ》の色の双眸《そうぼう》を大きくみひらく。その目がきゅっと細まった。いきなり背筋をのばし、刺繍つきのビロードのクッションをはねとばす。

「誰です？」と詰問する。

「まだ判明しておりません」

「ではどうやって――」

「夢見る王が目覚めたのです。テッサラさまを崖の洞穴へお連れして、レインに迫りつつある危機とはなにか、王より啓示があるかどうかを確かめたいと思っております」

顔から血の気が引くのがわかった。話そうとしたが、口蓋に言葉がはりついて出てこない。支えを求めて枕を胸にかかえた母のほうも、一瞬口をきかなかった。氷のように蒼白なおもてに、気を失うのではないかとテッサラは思った。

それどころか、ザンティアはすっくと立ちあがり、枕を部屋のむこうにほうりなげた。「いったい何者が、わたくしの娘を攻撃しようなどともくろんでいるのです？」

「その件はお話しいたしましたね。十二邦のいずれであってもおかしくありません」

「みな、この王宮に滞在しているというのに！」ザンティアはくちびるを引き結び、行ったりきたりした。魔術師も女王も、立ちすくんでそのようすをながめた。「これまでに夢見人が王のために目を覚ましたという話は、聞いたことがありません。ただの伝説と思っていました。ヴィヴェイ、たしかなのですか？」

「疑う余地なく」

ザンティアはぱっとふりむき、娘の目をとらえた。「では、行かなくては。当然です」

テッサラはようやく言葉を押し出したが、その声はひどくふるえていた。「骸骨と話なんかしたくない」

「この国はお父さまの領土であり、いまやそなたのものなのですよ」ザンティアは激しく言った。「女王の座を保つため、なすべきことをなさい」

「どうやったらいいのかわからないんだ!」

ヴィヴェイが目を閉じた。「まさしくそのことをお伝えしようとしていたのです——」

「ヴィヴェイ、いちばんあやしいと思う邦国があるはずでしょう。ただし——」ザンティアは息をのみ、口もとに手をやった。「ただし、全部いっぺんに攻めてくるというのでないかぎり。でも、十二邦の太守たちは——」

「みな、ここにおります」ヴィヴェイがしめくくる。「シール侯をのぞいて全員が。ですが、レインの初代の王たる方が、シールのアーミンについて警告するために、わざわざ骨からよみがえるとは思いませんね」つかの間、無言でその問題を考慮する。淡いひとみはほとんど色を失い、おそろしくひややかだった。やがて、宙にすえていたまなざしが動いた。矛先を向けられたテッサラは、骨に霜が食いこむほどの冷たさをおぼえた。「明日の朝早く、崖をおりることにいたしましょう」

「ヴィヴェイ」テッサラは訴えた。「おまえが王と話せないのか? 魔術師なんだし、それに——」

「レイン十二邦の君主は陛下にあらせられます。もし眠れる王が目覚めているなら、声をかける相手はテッサラさまです」

「死人なんだ！　舌なんかないだろう！」

「王は眠っているのです」ザンティアがきっぱりと口をはさんだ。「夢を見ているのですよ。そこまでおりていって、どうすべきかお訊きなさい。そして、そなたは――」声がとぎれ、ヴィヴェイを見やる。そのおもてから、ふたたび目に見えて気力が薄れていった。手探りして、テッサラの肩を見つける。「そなたとガーヴィンで――」

「はい」ヴィヴェイはさっと近寄り、ザンティアを椅子に座らせてやった。

「誰であろうと、わたくしの娘をおびやかす者を捜し出しておくれ――」

「承りました」

「そして、その場で崖から突き落としてやりなさい」

「その場で」ヴィヴェイは厳然と約束した。

なかば椅子に倒れこんだザンティアは、またわっと泣きだし、くしゃくしゃになった布切れを探してスカートのひだをかきまわした。ヴィヴェイが隣室から女官たちを呼び寄せる。恐怖に身をこわばらせたテッサラは考えた。今晩、森に逃げよう。木が隠してくれる。わたしの名前を知っているから。そうすれば、二度と見つからないですむ……

取り乱した王太后を残して扉をしめたヴィヴェイは、探るようなまなざしをこちらにすえ、静かに言った。「いま行きましょう」

その時刻には、宮殿の大部分が夕食の席についていた。女王の不在を疑問に思う者がいたら、今晩は悲嘆にくれている母親とすごしていると伝えるように、とガーヴィンに伝言を残していく。すりへってつるつるした階段を照らしてやるために、ヴィヴェイは松明を携えていた。そんな気を遣う必要はなかっただろう。寒さと不安で歯をがちがち鳴らしているテッサラの目に映るのは、脳裏に浮かぶ幻影ぐらいのものだったからだ。それは、冠を戴いた骸骨が石に腰かけている光景だった。体が動くたびに、あちこちゆるんだ鎧《よろい》がからんからんと音をたてる。頭部はところどころ骨がむきだしになっており、しわの寄った肉がたれさがっていた。しなびて怒りに満ちたひとみが、目の前のよるべない子どもに不信のまなざしを向けている。

予はそなたを夢に見て目覚めた、と初代の王は告げた。その声はいんいんと墓所に反響し、波のように逆巻いた。かよわく無力な、とるに足らない虫けらよ、いかにして十二邦を統べる王となったのか？　汝自身がレインに対する脅威となろう……

雲に向かってうなり、泣き叫んで懇願している風が、その言葉を奪い去った。ヴィヴェイの術のおかげで、階段から吹き飛ばされることはなかったが、一、二度、いっそとびおりられたらいいのに、と考えずにはいられなかった。荒れ狂う深い海のほうが、戦いを前に目覚めた夢見る戦士よりまだやさしいに違いない。だが、ヴィヴェイは決して身投げなど許してくれないだろう。ふたりはぐんぐん下っていった。言葉もなく、恐怖にぶるぶるふるえ、ろくにものも見えなくなっているテッサラと、松明を頭上に掲げ、決然と後ろに続く魔術師と。悪夢のなかをはてしなく歩いたように思われたあと、とうとう、崖に砕けるかすかな波音がはじめて耳に届いた。

テッサラは目をつぶって足を止めた。膝ががくがくして、立っていられなくなりそうだった。もはやおそろしいという気持ちなど忘れ去ってひさしいヴィヴェイの声が、どこか遠いところから響いてくる。「おびえることはありません。陛下はレインの女王たるお方。夢見る王にはそれがわかるはずです。力をお貸ししたいと思うでしょう」

あいかわらず、厳然とした声音だった。テッサラは目をひらいた。戻るすべはない。背後にいる魔術師が、洞穴の死せる王のもとへと、牧羊犬のように駆り立てているのだから。霧で髪がべったりとはりついている。湿った袖で目のなかの水をふきとった。女王なんて気分じゃない、と思った。森の野ウサギだ。逃げようとしてめちゃくちゃに走りまわってる……

答える手間はかけず、むりやりまた歩きだす。岩にぶつかる水音やこだまが次第に大きくなった。絶壁に襲いかかる波は、ひとつ砕けるたび、ひとつ水柱を噴きあげるたびに、ぐんぐん高くのびあがっていく。やがて最後の石段に到達し、夢見人の岩屋へ流れこもうとして。ヴィヴェイの手が肩にかかり、テッサラは立ち止まった。前方を見つめたまま、最後の段に立っていることさえ気づいていなかった。もう一歩進めば、空を踏むことになっていただろう。

ヴィヴェイはなにも言わなかった。一瞬のち、テッサラは首をめぐらし、切り立った崖を見た。松明が一枚岩に光を投げかけ、せまい通路を示した。死者と話すためには、その道をたどって石の奥に入っていかなければならない。

戻ることはできない。海に身を投げるわけにも、大地と海の狭間で永遠に迷っているわけにもいかない。「お進みください」ヴィヴェイの声は、ひとすじの風と炎が吹きつけたようだった。「わたくしは入れません。どうぞおひとりで」死者と立ち向かう以外に道はない。そこで、テッサラは海に背を向け、石の奥に入っていった。

甲冑をつけた姿は、立ちあがって待っていた。

テッサラは、墓所の入口で足を止め、凍りついた。暗く空ろな穴は、石を切りこんだ人工の洞だった。その内部にいる武装した戦士を、松明がぼんやりと照らしている。面頬《めんぼお》がひきさげられているせいで、頭蓋骨もただれた肉も見えなかった。戦士は丈高く、上から下まで武具に身を固め、頭には冑《かぶと》に鋳こんだ黄金の環を戴いていた。腰に差した剣は、テッサラの身長ほどもありそうだ。鍔《つば》に沿って加工していない宝玉がずらりと並び、火影を受けてほのかにきらめいた。籠手《こて》の甲には小さな石がはめこまれ、白熱した輝きを放っている。冑の下から流れ落ち、すらりとした肩にかかった髪は、トウモロコシの穂を思わせる淡い金色だった。

テッサラは喉がつまるのを感じた。そのかたまりが消え去ると、ふたたび声が出るようになった。いったいどれだけのあいだ、甲冑姿の長身を見つめていたのだろう。ようやく口をひらいたときには、ヴィヴェイの存在も、おびえきって夜の崖をえんえんと下ってきたことも忘れていた。夢見人の洞穴に入ったことで、その夢の一部になったような気がした。

「どうすればいいのか、わからないんだ」とささやく。

武装した戦士は片方の籠手をあげ、冑をはずした。若く美しく、力強いおもてをまのあたりにして、テッサラはひとりでに心がほぐれていくのを感じた。あまりに長くこりかたまっていたので、もはや気にもとめなくなっていたようだ。戦士は微笑し、大剣を鞘からぬきはなった。

「われらが領土を救うがよい」金属がこすれ、ふれあう音が洞にこだまするなか、低くあまやかな女の声でそう告げる。「レインの女王よ。レイン十二邦を救うがよい」

テッサラはうなずいた。心臓が早鐘を打ち、乾いたくちびるは塩の味がした。「どうやって？」

「予がともに戦おう。必要とされたときには、心の内に宿って力を貸そう。気をつけよ。気をつけよ」

「なにに？」その声は音になっていなかったが、夢見人は聞きとった。

「茨《いばら》に気をつけよ」

「茨？」

「われらすべてが滅ぼされる前に、茨を滅ぼさねばならぬ」

「なんの茨だ？」

水沫か雨粒のまじった風が洞穴にごおっと吹きこみ、松明の火がいまにも消えそうにまたたいた。エメン、と聞こえたが、その言葉は激しい風にさらわれた。エデン、エジェン……ふたたびあたりが見えるようになったとき、甲冑の姿はごつごつした石の玉座にどさりと腰を落としていた。冑をかぶった頭は胸もとにたれ、顔はまた面頬に隠れている。長い髪は乾いた夏の草を思わせた。こがね色にひからびて、ふれただけで粉々に崩れてしまいそうだった。

光が潮のように壁にあふれ、やっとヴィヴェイが入ってきた。

「王は話をしましたか？」眠れる古代人を疑わしげにながめ、たずねてくる。「なんと言ったのです？」

レインの女王は、ようやく死者から目をそらした。「女王だ」

「は？」

「女王だ。レインの始祖は、女性だったんだ」

ヴィヴェイの口がひらいたが、なにも出てこなかった。長い髪が松明の灯とからみあう。もどかしげにそれをつまみとりながら、テッサラのひとみをじっと見すえた。そこに戦士の女王のおもかげを探しているかのように。「女王は」と声をもらす。「なんと言ったのですか」

「わたしたちすべてが滅ぼされる前に、茨を滅ぼせと」

「茨」

「うん」

「たしかにそう――」

「そう言った。茨だ」テッサラは、相手に向かってひとあし踏み出した。また寒さを感じ、体がふるえはじめていた。「どういう意味なんだ？」

常に厳格で、恐れを知らないヴィヴェイの声が、風にさらされた松明の炎のようにふっとゆらいだ。

「ひどく困ったはめに陥ったということでしょう。それがどういう意味なのか、わたくしには皆目見当もつきませんから」

12

アクシスの第二の戦いは、父の弟であり、下エベンに広大な領地を持つ、摂政テルメノンとのあいだでおこなわれた。アクシスが成長するまで、九年間エベンを統治した摂政は、権力を少年に譲ることを嫌った。アクシスは十六の年に、大エベンおよび下エベンの王として戴冠した。婚礼の三日前、蛇川の名において、王国を二分する大河の流域に住まう者すべての君主となったのだ。摂政はその日が訪れることを長年予想しており、手はずを整えていた。婚礼のひと月後、王妃の家族が故郷に戻ったのち、下エベン軍を率いたテルメノンは、少年王を攻めるために馬を進めた。その軍勢は、アクシスに軍を集める隙を与えず、夜のうちに蛇川を渡り、暁までに王宮を包囲するはずだった。イリシアからの婚礼祝いがいなければ、テルメノンの計画どおりにことが運んでいただろう。

口をきかず、顔のない長身の影の行動といえば、退屈な午後、若い王妃と廷臣を楽しませる芸を披露することだけだ、と考えられていた。ケインは、からのゴブレットから鳩を、花々から真珠を引き出してみせた。杖から葡萄酒をほとばしらせ、中庭の池に咲く睡蓮《すいれん》の上で踊った。誰も、どれだけ力があるのかと不思議に思ったりはしなかった。水面《みなも》を歩むときでさえ、醜くひょろりとした芸達者な召使いにすぎなかったからだ。魔法でもないかぎり説明がつかず、芸の複雑さを疑ったほうがいいような場面があっても、首をひねる者はいなかった。ケインはいつでも命じられたとおりにふるまった。自分の考えを持っていたとしても、決して表に出すことはなかった。呼ばれなければ姿も見せなかったし、アクシス以外の人々が思い出すまでは、目に映らないも同然だった。

実際、そのとおりだった――多くの場合、姿を消していたのだ。ケインは何年も摂政を観察していた。アクシスと同様、子どものときから相手を知っていたからだ。先王の弟が摂政となったあと、姿を消すすべを学んだケインは、新しく身につけた力を王宮のあらゆる場所で試した。母親の面前でさえ使ってみた。こうして、テルメノンとその配下の将軍のひとりが、反乱の芽となる相談をしているところへ偶然行き合わせ、エベンの支配権を手放す気などさらさらないことを知ったのだ。その芽は助力を得て、下エベン全土にこっそりと陰謀の根を張りめぐらした。だがケインは、アクシスの心に気づくまで、そのことを伝えなかった。ひそかに想われていたことを知り、アクシスにも秘密を守ることができると悟るまでは。若き王の美しく猛猛しいおもては、うずくまって機会を狙っている獅子の顔さながらに、内心をうかがわせなかった。獅子とは、襲いかかる刹那《せつな》、はじめて内心を示すものなのだ。

そういうわけで、月明かりのもと、テルメノン軍が蛇川の南岸に現れたとき、アクシスの軍勢は畑から馬を乗り出して迎え撃った。その戦闘は、はるか以前、泥の兵隊と父王が蛇に殺された場面をしのばせた。ケインが見張っているあいだ、アクシスは夜の闇にまぎれてひっそりと待ち構えた。テルメノン軍の大半が川に入ったとき、ケインは獅子に攻撃の合図を出した。

月影のもと蛇川は朱に流れ
水面に浮かぶは紅の月
血にまみれ、かっとみひらく蛇の眼《まなこ》
存分に腹を満たしつつ
テルメノンの軍勢は
蛇川の水底にひきずりこまれ
おのが血を飲みほす

少年王
のちの夜の皇帝は
父の弟を屠《ほふ》り
瀕死の軍勢を蛇にふるまう

ケインは蛇が腹を満たすのに手を貸した。季節は夏の終わりだった。軍隊を渡らせるため、テルメノンは大河がもっとも浅くなる時期を選んだのだ。それだけ多くの兵士を溺れさせるとしたら、のちに詩人が描写したように、川はエベン全体の雨水と雪融け水でふくれあがっている必要があっただろう。そこで、ケインは水中にいくつか幻影を創り出し、怪我人を恐怖に陥れた。さらに、支流や畑の水路を逆流させ、蛇川の氾濫《はんらん》を導いた。暗がりにいた兵士たちは、渦巻く洪水にすっかり混乱してしまった。歩いて渡れるはずの川で蛇が動いていると思いこんだのだ。ある者はあわてふためいて味方の剣につきあたり、ある者はやみくもに水を横切ってアクシスの軍隊につっこんだ。詩人が思い浮かべた血まみれの眼は、その晩の満月をなかなかうまくとらえていた。赤く染まった水に影が映っていたからだ。火矢が宙を飛び、南岸でまだ奮闘している軍勢に射かけられるさまを目撃した一兵士の目にも、そう見えたことだろう。戦いが終わっても、敗走した兵の多くはなお、誰に襲われたのかわかっていなかった。アクシスは自軍の兵士に黒ずくめの恰好をさせ、ケインの変装に似た頭巾やヴェールで顔を隠すよう指示した。それが、顔のない夜の軍隊の始まりだった。

少年王は
仮面の軍を率い
闇の奥
星々と炎のただなか
何処《どこ》にもない門より現れ
エベンの敵を打ち破る

詩人はひとつ間違っていた。テルメノンはその晩死んだわけではない。暗闇で見つけたわずかな敗残兵を捕えたアクシス軍は、捕虜のなかに摂政を発見した。傷ついたテルメノンは、明け方に地下牢からひきずりだされ、自分が廃位をもくろんだ少年王と顔をつきあわせた。なりゆきに茫然として、口もきけないほどかんかんになっていた。ケインはむろんその場にいたが、誰かが気づいたとしても、ただの影にすぎず、実体のほうは目に映らなかった。

甥の前に膝を屈した摂政は、汚れて汗まみれになり、一方の肩に走った傷から血を流していた。アクシスの父を彷彿《ほうふつ》とさせる姿に、獅子の心が憐れみにやわらぐものとケインは思った。王は怒りの色を見せず、その声は淡々としていた。いつもどおり、大きな黄金のおもては、ほとんど内心を表していなかった。

「さて、叔父上」まだ黒の戦衣に身を包んだまま、顔を隠した布を首のまわりにたらして、そう声をかける。「いかに処置すべきと思われるか？　予に帝王学を教えたのは叔父上だ。どのように助言される？」

敗北の苦々しさに耐えきれず、叔父はアクシスの足もとに唾を吐いた。とはいえ、賢明にも的ははずした。獅子はまばたきもせず、黄褐色の目をすえて、ただ待った。

「なにゆえわかった？」ようやく、テルメノンはしわがれた声で問いかけた。「誰がわしを裏切って秘密をもらした？」

「みずから秘密をもらしたのだ。そのうえ、予を裏切ったのは叔父上だ」

「誰だ？」テルメノンは問いただした。「殺す前に教えてくれ」

「知ることはあるまい」アクシスは静かに応じ、そのとおりだった。敗軍の兵士はひとりとして秘密をもらした相手を知ることはなく、誰もが疑いをかけあうことになった。摂政の権力を覆したのは、はるか以前、アクシスもそのうち成長して忘れるだろうから、とあっさり切り捨てられた十四歳の少女だったのだ。テルメノンは、自分をどう処置すべきか、甥に教えてやった。アクシスは小規模な軍隊を下エベンに遣わし、首のない遺体を身内に返却させた。その使者は同時に、テルメノンの領地を没収し、家族を追放する旨を宣告した文書も携えていった。家族の首は残されたし、運べるものを持ち去ることも見逃してもらえた。異議を申し立てた者はいなかった。

こうしてアクシスは大エベンと下エベンを束ね、経験は浅くとも、蛇川の双王国をしっかりと支配下に置いた。それから、その一件に触発されて、ほかに征服する対象はないかと探しはじめた。母は抗議したし、妻は懇願した。平和を強く望んでいたからだ。ただし、テルメノンが摂政に立っていた期間を通じて、エベンは平穏だったのだが。ふたりは孔雀《くじゃく》に囲まれて中庭に座り、噴水の歌や鳩の鳴き声に耳をかたむけながら、アクシスの子どもたちと遊ぶことを願っていた。若き王妃はみごもっていたのだ。

アクシスの長い治世のあいだに、王妃は多くの子を産むことになるが、すべてが夫の胤《たね》というわけではなかった。とはいえ、アクシスの子も全員が王妃から生まれたわけではない。ふたりが結婚したのは国家の都合によるものだった。互いに期待する事柄はあっても、愛情や貞節は含まれていなかった。かくて、妥協が成立した——夫は戦闘をエベンに持ちこまないこと、妻は恋人を夫に気づかせないこと。王妃はある種の幻想をあきらめなければならなかった。だが、若い夫を見あげるひとみに、かすかな希望と期待の光がともっているのをケインは見た。

王のまなざしに応えるものはなかった。王妃は国事の一部だった。妻であり世継の母である存在として、やさしく配慮をもって扱いはしても、決して愛することはないだろう。王妃は実際的なたちだったので、みずからの地位と、夫と同席できる権利になぐさめを見出した。そして、愛情深い母、慎重で目立たない妻となっていった。そういうわけで、詩人はめったに王妃にはふれず、たまに言及してもあっさりとすませた。詩人たちの見るところ、恋愛詩にも悲劇にもならない人生だったからだ。

ケインでさえ、それ以上の感情はまず目にしなかった。もっとも、誰にも看破されなくとも心を蝕む思いがあるということは、よく心得ていた。しばらくのあいだは、アクシスが自由に羽をのばしていても、こちらは常に仮面をつけ、口をつぐんだまま、じっと観察していることしかできなかったからだ。子ども時代に戻りたい、とケインは心から願った。従兄とめったに離れることがなく、人前で素顔を見せてほほえむことができ、ふたりで庭園に隠れて秘密の言葉で語り合ったあのころに。だが、相手も同様に恋しがっていようとは、思いもよらなかった。アクシスは妻を迎え、父となり、おのれの王国を治めている。一方自分は、芸で王妃を笑わせ、影として想い人のあとをたどるしかないのだから。

獅子よ
偉大にして不敵、一千年を経ても変わらず
欲望のまなざしを投げ

かくて奪う
影を歩み、かのまなざしを恐れよ
獅子の目は時を超え
雲と星々を透かし
異なる時を見る
汝の時なれば用心せよ
獅子の探る目を警戒せよ

アクシスの黄金のまなざしは、蛇川に落ちた。大河はエベンの西で別の王国に接しており、東側ではさらに違う国土を通りぬけて、バルトリア海にそそいでいる。西の国クリベックスと縁戚となって蛇川の上流を固めたのは、個人的な目的のためだった。エベンと海にはさまれた王国は、川が海に流れこむ地点の、扇状に広がる肥沃な三角州を含んでいる。獅子の興味を惹いたのはその国だった。アクシスは蛇川に一種の親近感をおぼえていた。テルメノン叔父の不運な戦いのさい、大河は王の身内を山ほどのみこんだ。したがって、蛇川の支配下にある地は自分のものであるべきだ、と結論を下したのだ。

その件は、秘密裏に軍の司令官たちに切り出された。アクシスの要請を受けて、ケインは鉢植えの椰子の陰で会議のようすを聞いていた。その後、そうして話し合うときの習慣で、ふたりは真夜中に会った。ケインは衛兵の目にとまることなく、王の私室までついていった。そこに余人が入ることは許されず、アクシスが顧問官の忠告を熟考し、過去や経験に照らして検討する場所と考えられていた。愛人や戯れの相手を通すため、秘密の戸口があるともいわれていたが、誰もその扉を発見したことはなかった。その部屋で、ケインはアクシスの目にだけ姿を見せた。

顔を包んだ薄い黒のヴェールをほどくとほっとしたが、いくらか不安も感じていた。もうずいぶん素顔を見られていないし、自分でも忘れてしまったほどだ。もうすぐ十六になろうとしていたが、あまりに長いあいだ、ひとりぼっちの醜いケインでいたため、実際にそうなりかけているに違いないという気がしていた。黙然と見つめている、獅子の無表情なおもても助けにはならなかった。

ようやく、相手は口をひらいた。「海の王国ケイオルデップと戦うことにした。なにか同行する理由を見つけるように」

理解できず、ケインは目をぱちくりさせた。「なぜ、イリシアの子どものおもちゃを戦に伴うのですか?」

「さあ」まだ、じっとこちらに視線をそそいでいる。間隔のあいたひとみは、猫のように内心が読めなかった。「つまり、どう説明すべきかはわからない。ただ、そばにいてほしいだけだ」

ケインは目を閉じた。吐息が音もなくもれた。「はい」

「妃を迎える前には、ふりかえればおまえがいた。名を呼べばよかった」

「はい」

「いまは、くる日もくる日も、ヴェールに隠れたおまえを、この目にすら映らない姿を見ていなければならない。顔を見ることも、声を聞くこともなく。影となったおまえが、妃のなぐさみのために驚くべき力を使うさまを、ただながめているしかない」

「わがきみ、ほかに手立てを考えつきませんでした——」

「名を呼べ」

「アクシス」

「もう一度」

「アクシス」

両手をつかまれた。指先に相手の鼓動が感じられるほど、間近にいる。言葉が出ない。涙があふれて顔を伝った。アクシスが頬骨にくちびるをふれ、熱い塩味をとらえた。その片手をケインの頭の後ろにすべらせ、きつく巻いたヴェールをほどく。解放された髪は背にこぼれおち、幾筋も涙の上にはりついた。それを払いのけ、ふたたびくちづける。ここにも、そこにも、涙のしずくを見つけた場所すべてに。

「美しくなった」と、耳もとで声がささやく。「この身はエベンの王であり、父であり、王位のために干戈《かんか》を交え、はじめての戦に勝利を収めた。常に、常に変わらず、耳の奥におまえの声を聞き、脳裏におまえの顔を思い浮かべながら。また人生の一部となってくれ。どのように説明しようとかまわない。もう一度そばにいてほしい。ケイン、あとにも先にも、いとしい相手はおまえだけだ。実現させてくれ」

「ええ」ケインはささやき、生まれてはじめて、言われたとおりの存在だと感じた。美しく、望まれ、愛されていると。アクシスがその言葉を口にしたからだった。自分に対して、それほどの力を及ぼす存在なのだ。

その晩、アクシスとケインは結ばれたが、どの詩も沈黙を守った。

このとき以降、ケインは芸を披露して宮廷を楽しませるとき、微妙な変化を加えるようになった。杖の力でうっかり壁に穴をあけたり、テーブル掛けに火をつけてしまったりすると、誰にもおとらず仰天してみせた。償いをしようと懸命になって、もとの場所に石を飛ばして壁を直し、魚の池から水を導いて火を消したあとは、廷臣の怒りにおびえてちぢこまり、杖でわれとわが身を打とうとした。子どもたちに火をつけられるのではないかと不安になった王妃は、この事故のことをアクシスに話した。興味をそそられた王はケインを呼び寄せ、居並ぶ顧問官や司令官の面前で力試しをさせた。

ケインは恐怖にぶるぶるふるえながら、巨大な花瓶を三つ破壊し、窓から中庭の上空へと炎を放った。孔雀の群れが金切り声をあげて逃げまどった。作戦室で、顧問官たちは沈黙のうちに相談しあった。

「わがきみ、これはもはや玩具ではございませぬ」とうとう、ひとりが言った。「武器とみなすべきかと」

たちまち、ケインはがっくりと膝を落とした。杖をほうりなげ、額が床につくまでうなだれる。

「おのれの力を知らぬのですな」誰かがやんわりと評した。

「では、どうすればよい?」アクシスは首をひねった。「殺すにはしのびぬ。悪意のかけらもないうえ、力があることは本人の咎《とが》ではないのだから。とはいえ、わが子らにとって脅威となりうることも事実」

「脅威となるのは、御子にとってのみとはかぎりませぬ」顧問官のひとりが、ケインをながめながら将来を見越してつぶやいた。

「イリシアに送り返すわけにはいくまい」

「はっ、わがきみ、ごもっともでございます。送り返すのは愚かな行動と申せましょうし、殺すというのも、仰せのとおり気の毒なことで。おそれながら、ケイオルデップへお連れになり、戦場での働きを見てはいかがでございましょうか」

アクシスはすっくと立ち、絨毯《じゅうたん》の上にうずくまっているヴェールの影に歩み寄った。「そなたは予に忠誠を誓った」とケインに声をかける。「エベン軍のため、その杖を武器とするか?」

ケインはわずかに身を起こし、王の手をつかんで熱心にくちづけた。それから、片腕をのばすと、片隅に転がっていた杖が舞いあがり、ぴたりとその手におさまった。立ちあがると、ふいに沈黙がおり、あたりに緊張がみなぎった。杖をアクシスの手に託し、自分の両手を心臓の上にあて、頭をたれる。

こうして、アクシスとケインは、はじめてともに戦場へと馬を乗り入れた。

13

ボーンは魔術師の学院の一室に立ち、姿を消そうと試みていた。そこにいるのは自分だけで、部屋はがらんとしている。戸口をひらく時間が一瞬でもずれていれば、雪のように白い竜に蒼い炎を吐きかけられたかもしれないし、ひとり座して死を待ち受けている、学院そのものより年老いた魔術師が、こちらをひとめ見て命を終えたかもしれない。あるいは、腰をぬかすほど美しい女が、なにか未知の言葉で語りかけてくるという可能性もある。三つとも、いつか学院で扉をあけて発見した光景だ。手あたり次第の試験のようなもので、合格したのか失敗したのか、はっきりわかったためしがなかった。竜に対しては、扉をとざすのがいちばん単純な答えのように思われた。死んだ魔術師のときには、もう少しで戸口をしめ、助けを探しに行くところだった。しかし、ここで背を向ければ、扉が学院内の違う場所か、別の時間に移動してしまいかねない、ということを寸前で思い出した。そこで部屋に入ったのだが、死んだ魔術師のそばに立った瞬間、声に出さずに助けを呼ぶ方法を会得した。日あたりのいい部屋にいた美しい女のほうは、喜んで合流したいところだったが、片足を戸口の内側に置いたとたん、まるで心に耳が生えたように、理解できなかった言葉の意味がのみこめた。〝扉をしめて〟と言っていたのだ。そういうわけで足を引き、立ち去った。

いま立っている室内には、いくつか蜘蛛の巣がかかっていて、曇った鏡が二枚、一方の壁に立てかけてあるだけだった。あけはなった窓から、光と森の甘い息吹が流れこんでくる。王宮が見晴らせないかと外をながめやったのは、この部屋が梢《こずえ》と同じぐらい高い位置にあるようだったからだ。しかし、窓のむこうの森ははてしなく続いていた。平原すら見えず、どこまでも梢が続いているだけだ。その日はなにもすることがなく、ネペンテスのことが頭を離れないま、ずっと学院をうろついていた。だが、前の晩、明日はどんな誘惑を受けても仕事から離れたりしない、とはっきり言い渡されていた。夕食の時刻に食堂で会う、それ以前はだめだ、と。

そこで、探検して時間をつぶした。怪物でも戦士の魔術師でも、謎でも課題でもなんでもこい、と無鉄砲に扉をひらいてまわったが、見つかったのは古い家具と埃ぐらいのものだった。問題がありそうな魔術書ひとつない。ついに、鏡に映った影を見て、自分に課題を出したのだ。どうやったら、鏡像さえ映らないように姿を消せるだろう？

どの学生も知りたがった。しかし、フェイランはこう告げただけだった。「まだそのときではない」そして、なんの手がかりも与えてくれなかった。答えが載っていそうな書物は、絶対にひらかないか、その主題が出てくると白紙になってしまった。学生たちは抗議したが、フェイランはあっさりと答えた。「辛抱しなさい」そのことに強い関心をよせていると知られたくなかったので、ボーンはなにも言わなかった。目に見えなくなれば、宮殿じゅうを自由にさまよって、秘密の会合に耳をかたむけ、各邦や女王が隠しているかもしれない強みや弱点を発見できる。そうすれば、シール侯は甥の力量に感心し、学院にずっと残ってほしいと望むだろう。

その日のボーンは、ネペンテスに会い続けるため、まさしくそうしたいと願っていた。

だが、姿を消すことはできなかった。どんなにがんばっても、鏡にはじれったそうな顔が映るだけだ。目をつぶって、ひたすら無心になるようつとめる。やがて、これだけやれば体も消えたはずだという気がしてきた。片目をひらくと、片目の自分がのぞき返してくる。ボーンは困惑して、なにか薬でもあるに違いない、と考えた。または唱える呪文か、思考の糸で織りあげたマントか。ひょっとすると、またあの竜を捜すべきなのかもしれない。姿を消さなければ逃げられないような危険に身をさらせば、せっぱつまって手段を見つけられるのではないだろうか。なにしろ、強い望みのおかげで、平原を一歩で移動することができたのだから。恐怖が別の魔法を呼び起こしてくれる可能性はある。

ボーンは両目をあけ、親指の爪で眉を掻きながらぼんやりと立ちつくした。はたして、死ぬほど竜におびえているときというのは、自分の身を救う力があるかどうか確かめるのにふさわしい場面だろうか。鼻の下で風がそよぎ、ひらきはじめた葉と湿った土のにおいを運んできた。野生の花々も、うららかな春の陽だまりに馥郁たる香りをふりまいている。こんな光のもとでなら、ネペンテスのひとみは茶色から緑へと変わるだろう。記憶のなかで、その姿が首をめぐらし、やわらかな若葉色のひとみを向けてくる。目を閉じたボーンは、あまやかな陽射しの熱をくちびるに感じた。せつなさと苛立ちのこもった低い声を押し殺し、落ちつきなくひとあし踏み出す……

すると、そこにいた。木々のかわりに革と羊皮紙と蠟のにおいがして、まわりじゅうに無情な石の壁が立ちはだかっている。まぶたをあける前に、戻ったほうがいい、と自分に言い聞かせる。扉をしめろ。気づかれる前に。もっとも、すでに見られていて、面倒なことになっているかもしれない。いますぐ姿を消せれば、話は別だ……

また用心深く片目をひらいてみると、ネペンテスの机とインク壺、魚文字でいっぱいの羊皮紙が視界に映った。視線をあげると、魚の上でこちらを見ている顔があった。

ボーンはまじまじと見つめた。ネペンテスの腰かけに座り、見苦しくあんぐりと口をあけているレイドリーも同様だった。ようやく口を閉じて、咳払いしたが、やはり声は出てこない。

「ここでなにをしてる?」ボーンはたずねた。「ネペンテスは?」

「そっちこそなにを?」レイドリーはとうとう言葉を押し出した。「今日の夕方までくるなと言われたくせに」

「ネペンテスは、おまえになんでもかんでも話すのか?」ボーンはあぜんとした。その声に、レイドリーのことだけでは説明できない棘《とげ》が含まれているのが、自分でもわかった。

レイドリーはかぶりをふっただけだった。「違うよ」そこでためらう。「だから、僕がここにいるんだ」

「なるほどな」ボーンは諒解し、机に近づいた。「それで、俺と同じぐらいうしろめたそうな顔をしてたわけか」

「僕はただ——ネペンテスは今日、学者の先生の写本を終わらせると言っていたんだ。僕は、アクシスとケインのことがもっとわかったから、教えてあげようとしてきたんだよ。でも、ネペンテスはいなくて、それに――」

「それに茨《いばら》の本もなかった」ボーンは静かにしめくくった。

「そう、茨の本もなかった。捜してみたけど、どこかほかのところで作業しているらしい。僕らから隠しているんだ」

ボーンは溜息をついた。「ある意味、もっともだな。俺のせいだ――とりあげるって脅したからな。ネペンテスが姿を消せるとは思わなかったよ。どこにいるんだろうな？」

レイドリーは肩をすくめた。「図書館はものすごく広いからね。部屋ごと何十年も忘れられている部分もたくさんある。どこにいたっておかしくないよ」

「空の学院みたいだな」ボーンは魚文字の原稿を押しやり、机に腰かけると、ひっそりとした廊下の片側をぼんやりながめ、ついで反対側に目をやった。「さてと。その気があれば見つけられるかもしれないが、邪魔をするなと言われてるしな」

「夕方になれば、ちゃんときみを待っているよ」レイドリーが言った。「たとえ茨のためだって、忘れるはずがない」

ボーンは虚をつかれ、ちらりと相手を見た。「ここにくるつもりはなかったんだ」一拍おいて、説明する。「偶然さ。ただネペンテスのことを考えていたら――」

「うん」寄り目になるほど熱心にインク壺のひとつを観察しながら、レイドリーは答えた。

「悪かったな」

「なにが？」レイドリーはインクに問いかけた。思いがけなく、その言葉は荒々しかった。ぐっと唾をのみこみ、ようやくインク壺から目を離すと、ボーンを見る。「僕はずっとここにいる」と、簡潔に言った。「きみがネペンテスを忘れたときにも」

「上等だ」ボーンは低くささやいた。「そのときには、三人ともよぼよぼになってるかもしれないぞ……」机からすべりおりる。「ネペンテスに見つからないうちに帰ったほうがよさそうだ」

「どうやって？」

「なに？」

「きみをここに引き寄せたのはネペンテスだ」レイドリーは答えた。「ネペンテスのことを思って魔法を使ったんだろう。あの学院にも、引き戻されるほど強い魔法があるのかい？」

また意表をつかれて、ボーンは考えてみようとした。「たぶん、魔法自体が引き戻すんじゃないかな。不可能なことをやってのける可能性ってやつさ。ネペンテスがいないほうが難しい。だが、その難しさでさえおもしろくなってくる。謎解き、目標だ。あとは——」躊躇《ちゅうちょ》してから、笑い声をあげてつけくわえる。「伯父がかんかんになるだろうな、さんざん規則を破ってるせいで学院を追い出されたら」

「魔術師になろうとなるまいと、どうして伯父上が気になさるんだい？　きみはシールの太守の身内だろう。仕事を持つ必要なんかないじゃないか」

ボーンは、相手の明敏すぎるまなざしを避けるために、魚文字を見おろした。用心しながらも、無頓着にふるまおうとする。「伯父は俺に才能があると考えているんだ。きっと、ほんとうに魔術師の力をほしがっているのは伯父のほうなんじゃないかな……これがその学者の写本だろう？　ネペンテスが魚の話をしてた。これはなんだと思うって？」

「ある隊商の商品目録らしいよ」

「つまり、茨に加えて、そのすてきな内容に夢中になってるわけか」そのとき、自分がわざとぐずぐずしていることに気づいた。どこの片隅に隠れているのか知らないが、ネペンテスの名を本人が聞きつけて、誘い出されてこないかと期待しているのだ。これはうまくいくかもしれない、と思ったので、また口にしてみた。「アクシスとケインについて、ネペンテスに話すことがあるって言ってたな。なんなんだ？」

「ああ」レイドリーはぴんと背筋をのばした。無知な相手に知識を伝えようとする学者の熱意で、ほかのことは頭から吹き飛んでしまったようだ。巻物をとりあげる。「ディルクシアの件でね」

「なんだって？」

「ネペンテスは、アクシスが征服したある王国の名前を読みとるのに苦労していたんだ。実のところ、征服した、という表現は、アクシスの行為にあてはめるには弱すぎるね。津波が都をひとつ征服した、といったところで、たいして変わらないよ。この単語には、相手に抵抗するひまがあったという含みがあるだろう。いっそのこと、圧倒した、とでもいうべきじゃないかな。ひとのみにした、というか」

「へえ」むしろ、ぺらぺらまくしたてるレイドリーに圧倒された気分で、ボーンはぼうっと言った。

「僕らはそれがディルクシアだと思ったんだけど、ディルクシアはそもそも、アクシスがいた時代に存在していなかった――」

「それはいつだ？」歴史の洪水に押し流されたボーンは、せめて手がかりを、という気分でたずねた。

「いつ――」

「アクシスが生きていたのはいつだ？」

「ああ。おおよそ三千年前、エベンが世界を支配していたころだよ。いつ死んだかということは特定できていない。何世紀にもわたってあれだけ詩が書かれていたところを見ると、ずっと生きていたんじゃないかと思うぐらいだ。それはともかく、その王国エベンと同時期に実在していて、アクシスに征服された国を見つけた。国名はキリクシアで、エベンの東、バルトリア海を渡った先にあったんだ。山羊とオリーヴの木でいっぱいで、交易路が通りぬけていたらしい。かなり大きいけど、とうてい裕福とはいえない国だ」

「もしかしたら、征服の練習でもしてたのかもな」

「そうかもしれない」レイドリーは、ボーンの冗談を真に受けて言った。「でなければ、詩の趣向として、平凡な場所になんらかの特徴をつけたのか。アクシスが征服したということは――」

「取り柄がなかったはずがない」ボーンはあくびをかみ殺しながら、そうひきとった。一瞬のち、まじめになってつけたす。「だが、そう聞くとやっぱり不思議にならないか？」

「そうかい？」

「なぜネペンテスが、この件にそんなに執着してるのかということさ。古代の歴史だろう。過去の遺物、墓場にすぎない。虫に食われた写本の余白に描いてある、首なしの像みたいなものだ。どこに魔法がある？」

「なんの魔法だい？」

「あの茨は、ほんとうはなにを告げているんだ？　そのせいでネペンテスは、俺たちにも見せようとしないで、ひたすら本にしがみついてる――しがみついてるのは茨のほうかもしれないが。まるで、棘だらけの繁《しげ》みに埋められて、自力でも出られないし、入っていって助け出すこともできなくなってるみたいだ」

「なにに埋められているって？」レイドリーは、理解しようと努力してたずねた。

「そこだよ。わからないんだ。もし茨のひとつひとつが、書いてある言葉以外にも魔法を構成してるとしたら？　あいつらがネペンテスにどんな指示を与えているか、知りようがないだろう」

レイドリーはふたたび目をみはっていた。「そんなことが可能なのかい？　文字自体が――形そのものが魔法かもしれないなんてことが？　言葉や物語は無害でも、違う形の文字に魔力がひそんでいるなんて？」

「ネペンテスを見てみろよ」ボーンはとほうにくれて言い、実際に見えたらいいのに、と願った。「すっかり夢中になってるだろう。亡霊に心を奪われてる。誰だってあくびが出てくるような歴史の断片にだぞ。あれを読んでいるとき、ほかのものが話しかけて、こっちには見えもしなければ聞こえもしないものを伝えてるんだ。目や頭で読みとる内容とは、まったく違うことを心に語りかけて――」

いきなり、レイドリーがみぶるいした。「聞いていたら、なんだかぞっとしてきたよ」と、とがめるように言う。「きみは想像力がたくましすぎるんじゃないのかな」

「それが魔法の始まりなんだ。想像力を自由に働かせて、あとを追ってみる」

「あとを追ったら、崖から海に落ちそうだよ」

ボーンは口をつぐみ、ネペンテスと茨の光景について考えこんだ。心が奇妙に虚ろになる。まるで、ふと見おろすと、大地と海の境にある厖大《ぼうだい》な空白が、たった一歩先に広がっていたかのように。恐れだ、この感覚は、とふいに悟る。めったに遭遇したことのない感情だった。

「ネペンテスを捜しに行ってくる」不安にかられて口にする。「あの茨は危険だと思う。魔術師たちに知らせるべきだ」

「魔術師はもう見ているはずだろう」レイドリーが指摘した。気がかりそうではあったが、自分の知っていることに固執しているのだ。「だから司書に送って、解読してもらおうとしたんじゃないか」

「だったら、司書に解読させればいい。ネペンテスじゃなくてな」

「むりやりとりあげたら、感謝してはもらえないと思うよ」

「そうだろうな」

「学者はいつだって、わけのわからないものに執着するんだよ。たとえば、隊商の荷物の目録とか。その目録が書かれている古代の言語とか」

「でなければ、三千年前に死んだ覇王か？　おまえはネペンテスに本を持っていてほしいんだろう。違うか」

「謎解きだからね」レイドリーは白状した。「やりがいのある問題だよ。それに、ネペンテスのためにいろいろ探したり、持ってきたりして、話す理由ができるから。別に害はないように見えるし。まあ——完全にとは言い切れないけど。それは認めるよ。でも、僕らの手に余るほどじゃない」顔をあげ、訴えるようにボーンと目をあわせる。「三人いるんだ。魔術師と学者と、魔法を読み解く者と」

ボーンはまた沈黙し、不思議と心を動かされて、じっと相手を見つめた。「わかった」こわばった口調で答える。「わかったよ」すると、ちぢこまっていたレイドリーの肩が、ゆっくりともとの位置に戻った。「だが、ネペンテスと話したい。どうして俺たちに茨を隠す必要があると考えているのか、はっきり言ってもらいたいんだ。いったいどこにいると思う？」

レイドリーは立ちあがった。「僕も捜してみるよ。古代の叙事詩がたくさん収納されている場所を知っているから。そこにいる可能性はある。きみはネペンテスの部屋を見てみたらどうだい。それですむかもしれないし」

「部屋はどっちだ？」ボーンはたずねた。あいかわらず、迷宮の道はさっぱりわからなかったからだ。レイドリーは指さしてから、廊下を逆方向に進んでいった。

「ここで落ち合おう」と声をかけられ、ボーンはうなずいた。

「ここがどこにしてもな」ぶつぶつ言うと、立ち並ぶ書物のあいだをぬって、主廊下と思われるほうへ向かう。それから、名案を思いついて立ち止まった。要するに、ネペンテスを念頭において足を出せばいい……。

自分と望むものとのあいだを、なにかがよぎった。ボーンは急に平衡を失ってとまどった。まったく別の世界に踏みこんだようだ。しかし、まばたきして見まわすと、本と岩に囲まれた同じ場所にいる。そして、すぐ前に女性がいた。

ネペンテスではなかった。また目をしばたたかせると、その丈高い姿が誰なのか、見分けがついた。銀を紡いだ長い髪、海上を覆う冬の空を思わせる双眸《そうぼう》。おびえていることを自覚さえしないうちに、顔が蒼ざめるのを感じた。

「ヴィヴェイ」

相手はうなずいた。そのひとみに見すえられ、ボーンは岩にくぎづけになった。「シールのボーン」と呼びかける。石を砕くように硬質な声だった。「あなたを捜しに空の学院へ行きましたが、ここにいたのですね。誰にも知られることなく、女王陛下の御座所の地下に」

「なにかあったんですか――」かろうじて言う。

「ええ、ありましたとも。あなたの伯父のアーミンが、第一邦を攻めようともくろんでいるのですよ。反逆罪により、あなたの身柄を拘束します」

14

　ヴィヴェイは若者を空の学院へ連れ帰った。腹立たしさのあまり、その短い時間にもう一度口をきく気にもなれなかった。シールのボーンはただ茫然としていた。一度、なにか言おうとしたらしい。脳裏をかすめた顔が視えた。大きくみひらいた目には、さまざまな言葉がひそんでいる。だが、学院に到着し、学生がめったに見ることのない一室でフェイランと対面するまで、なにも言わなかった。古書や臆病な動物にあふれた部屋は、贅沢だが雑然としており、居心地がよかった。そのころには観念したらしく、ボーンは力なくフェイランをながめた。

「森ですごした日ですね」と言う。

　フェイランのてかてか光る頭がわずかにさがった。まなざしはいたって落ちついている。

「むろんわれわれは、森がきみに対してどのような形をとるか、観察していた。心をかたどるのだから、なにひとつ隠すことはできない」

「だったらなぜ――」ボーンはぶっきらぼうに言い出したが、そこで唐突にまた口をつぐんだ。

　その思考のなかに、ふたたび例の美しい顔が浮かぶのを視て、ヴィヴェイはけわしく答えた。

「もはや隠しごとはできないものと思いなさい。その娘に森で会わなかったのは、おそらく、あなたの感情が間違いようもないほど明白だったから、ということにすぎないでしょう」

「娘というのは?」フェイランがたずねた。

「ただの書記です」ボーンが教えた。「司書たちが拾って育てた孤《こ》児のひとりです。あの娘は図書館の外の世界に注意を払ったりしません。古代の言語で頭がいっぱいなんです。なにも知りませんよ、その――その――」口もとをひきしめ、頭をふる。視線がフェイランの目からそれた。「伯父がなにをしているとしてもです」としめくくる。

「あなたは知っているのですか?」ヴィヴェイは詰問した。

「推測はつきます」一拍おいて、ボーンは答えた。「伯父が言ったことや、俺に学ばせたがってることから」

「それなのに、あなたは一度もそうした事柄を疑問に思わなかった」

若者のおもてが鈍い赤に染まった。「国王陛下に反逆するのは、うちの一族の伝統なんですよ。曾祖父はそれで首を斬られていますし」

「まじめに受けとっていないのですね!」ヴィヴェイはかっとなって叫んだ。「そんな態度では、自分の首を失うことになりかねませんよ」

「違います」ボーンは目をあわせてきた。ヴィヴェイにだけでなく、自分自身に対しても説明しようと懸命になっているのがわかった。「この件は真剣に受けとめています。まじめにとりあったことがないのは、アーミン伯父の言うことなんです。たいていは口だけだと思ってたので。伯父が期待していたのは、俺がここで勉強して、力を身につけて、シールがレインに反乱を起こしたら手助けをすることです。俺自身は、実際に役に立つことが学べるなんて、夢にも思いませんでしたよ。でも、勉強の内容は好きになりました。だから、伯父がここにいろと言うなら、学ぶのは苦になりません」

「そして、学んだことすべてを第二邦に持ち帰り、その力を使って女王陛下と戦おうというわけですね」

「その力」ボーンは信じられないという口調でくりかえした。ヴィヴェイからフェイランへと視線を移す。「森で俺の力の限界は見たでしょう。火を呼んで、木の皮をいくらか焦がした程度ですよ」

「きみは空の学院を宙に浮かべた」フェイランは答えた。

ボーンの顔から、ふたたび血の気が引いた。まじまじとフェイランを見つめる。自分の術を思い出すと、そのひとみにふっと霧がかかった。静謐といえるほどだ。「やってはみました」と、ささやき声がもれる。「ひまつぶしだったんです。俺は——まさかそんな——あれはただの夢みたいだったのに。願望とか。頭のなかで持ちあげただけだと思ってました」

「心で持ちあげたのだよ」

ボーンはまばたきすると、ふいに心配になったらしく、問いかけてきた。「落としたのも現実だったんですか？」

「学生はたいてい、最初のときには落とすものだ。わしが支えた」そのときヴィヴェイは、フェイランのひとみの奥に、暗い森の上に広がる午後の空を見た。夢見るような黄金に輝く空を。

「なにか起こったと知らせるために、わざと音をたてたのだよ」

「なにかというのは、伯父のアーミンだったわけか」

「実際、伯父上は学業の妨げになっている。きみは自分で道を選ぶべきだった」

「そうかもしれません」ボーンは髪をかきまわし、こわばった顔で苦笑した。「どうも俺は、自分のことも伯父のことも、まじめに受けとめられないようですね。だから森は、あとから女王陛下を送ってきたんですか？　もうひとつの道があると示すために？」

相手はすぐには答えなかった。ちらりと目をやったヴィヴェイは、冷静な表情の裏に困惑の色を読みとった。どういうことか、と問いかけるように、フェイランはこちらを向いた。「あの日、陛下は森におられたのですかな？」

「そんなはずがないでしょう。テッサラさまが森にお出かけになったことなどありません。なんにでもおびえておいでなのですから」

「そうですね」記憶がよみがえったらしく、ボーンが口をはさんだ。「あれが誰だったにしても、たしかにびくびくしてました。最初は学生かと思ったんです。森に見せられたもののことを話していたので」

「どんなものです?」ヴィヴェイはうわずった調子でたずねた。

「老人に話しかけられたけど、それは木だったとか。枝角に火をともした鹿の群れとか。ほかにもあったな……武装した騎手です。これは学生じゃないと気がついたときには、森の魔法のひとつかと思いました。いなくなったあとで、前にどこであの顔を見たのか思い出したんです。戴冠式でした。もう遅すぎますが、いまでは、なぜ森が送ってよこしたのかわかりましたよ」

「あの日、陛下が森におられたのだとすれば」フェイランが応じた。「わしは見なかった」

「だったら、こっちの勘違いでしょう」ボーンは言った。

だが、自分でその台詞《せりふ》を信じていないことは見てとれた。「相手はどのような外見でしたか。なにを着ていました」ヴィヴェイはきびしく問いかけた。

「髪は長くて、とても淡い色でした。青白い小さな顔で。すごく内気そうでしたよ。それに、やたらと用心深くて、いまにも厄介ごとに出くわすだろうと思ってるみたいでしたね。着ていた服は、なんだかちぐはぐな気がしたので、はっきり憶えてます。ピンクの繻子《しゅす》で、上には古くてだぶだぶの黒いマントを羽織っていて――」

ヴィヴェイがひとこえ発したので、言葉を切る。「本物だったのですか？」ヴィヴェイはフェイランに問いただした。「それとも、森の幻ですか？」

「わかりませんな」フェイランはおだやかに言った。「わしは見ませんでした。しかし、学生に働きかける魔法に注意しておりましたのでな。女王陛下が森にいらしたのであれば、こちらが気づく間もなく出入りされたのでしょう。ボーンの言ったことから判断すると、森のほうは陛下に気づいて話しかけたようですな。ご本人に訊いてみてはいかがですか」

「そのつもりです」ヴィヴェイはしばし沈黙し、いくつかの不可解な事柄にまとめて取り組んだ。テッサラがひとりで森に入りこんだかもしれないということ、フェイランの目にはとまらなかったが、森には認識されていたこと、伯父と一緒に反逆をたくらんでいたことになっているボーンが、これほど思いやりと洞察力に満ちた口ぶりで女王の姿を描いてみせたこと。「森でなにをしていたのか聞きましたか?」

ボーンは思い起こそうと努力しつつ、慎重に答えた。「いえ。さっき言いましたが、はじめは学生だと思っていたので、目的はわかっていると思っていたんです。そう伝えたら、むこうは笑って俺に――」

「笑って? テッサラさまは笑いませんよ」

ボーンはためらった。「ああ。そうだろうなって気はしました。笑うのに慣れてなさそうだって」

「続けて」ヴィヴェイはむっつりとうながした。「どうして笑っていたのです?」

「学生に間違われたからです。むこうは俺のことを、森の幻影のひとつだと思ったらしいので」ふたたび間をおいて、一瞬目を閉じると、またひらく。そして、疲れたように言葉を継いだ。「ほかにも聞いたことがあります。鳥が話しかけてきて、森で会うものに気をつけるように、と言ったそうです。会ったのが俺で、ほっとしたようでした」

ヴィヴェイのほうも目をつぶると、冷たい指でまぶたにふれた。「これほど理解しにくい若者に会ったのははじめてですよ。監禁する部屋を用意しなさい」と、フェイランに言う。「わたくしが術をかけて、ここに閉じこめておきます。おのれの力を知らず、どんな真似でもしでかしかねない者にふさわしい術をね」

フェイランはうなずいた。ボーンは床を見つめた。「すみません」と言ったが、なにを謝っているのかわからないようだった。「伯父はせいぜい、ちょっとのあいだ陛下にご迷惑をおかけするぐらいのことしかできないと思います。ほかの邦国が伯父に権力を握らせておくわけがないし」

「その火花が、レイン全土に燃え広がることはありえます」ヴィヴェイはぴしゃりと返した。「しかも、それすら問題の始まりにすぎないかもしれないのですよ」

ボーンはぱっと顔をあげた。フェイランでさえ、いくぶん落ちつきを失っていた。だが、その場ではなにも訊かなかった。まわりの建物を無数の形のひとつへと折りたたみ、囚人用の部屋を提供する。室内に家具はほとんどなく、窓は皆無で、一カ所だけ頑丈な扉がついていた。ボーンがぎょっとした顔つきで見渡しているあいだに、ヴィヴェイはせかせかと変化を加えた。もし囚人が自分でも仰天するような力を発揮して、壁を通りぬけたとしても、つぎつぎと壁の列が立ちはだかることになる。なんとか扉をあけたとしても、その瞬間にどこかで燃えている火の奥か、崖のむこうの奈落につながるはずだった。脱走するには、ヴィヴェイの裏をかかなければならない。それも可能だろう、と陰鬱《いんうつ》に考える。昨今はどんなことが起こってもおかしくないようだ。テッサラはひとりで逃げ出して木々と会話しに出かけるし、レインが茨《いばら》に滅ぼされると警告するために、実は女王である王が目覚めるのだから。

それから、ちっぽけな硬い寝台に腰かけ、この苦境に思いをめぐらしているボーンを残して立ち去った。

ふたりが姿を消す前に、ボーンはたずねた。「このあとどうなるんです？　伯父は？　まだ王宮にいる俺の身内は?」

「まだ決めておりません」ヴィヴェイは告げた。「あなたの伯父を捕えるため、第二邦に軍が派遣されました。一族の者は、宮殿内で監視されています」

ボーンは音もなく嘆息した。がらんとした周囲の状況に、もうげっそりした顔つきになっている。「せめて紙をもらえませんか?」と頼みこんできた。「ペン一本、本一冊でも」

「だめです」ヴィヴェイは無情に断った。「そこに座って、どういう経緯でこんなところに行きついてしまったのか、なぜそうなったのか考えなさい。あなたの曾祖父は、そういう理由で斬首されたのですよ。一族の伝統を継いで新たな首なし幽霊になる前に、きちんと自分の行動を省みることです」

フェイランがふたたび学院内の壁と空間を動かし、もっと快適な環境に連れ戻してくれた。ヴィヴェイは腰をおろさなかったし、相手のほうも、こちらが口をひらくのを待ってはいなかった。

「問題とはなんなのですかな?」

そこで、テッサラと眠れる戦士の女王と、わけのわからない警告について話した。

「茨?」フェイランは耳を疑うというふうにくりかえした。「なんの——」

「想像もつきません」

「言われたことはそれだけですか?」

「ええ。茨に気をつけるようにとテッサラさまに告げ、そのまま朽ちかけた骨に戻ってしまいました」

「ひょっとすると、陛下にはおわかりになるのでは？」

「いいえ」

フェイランは黙りこんだ。ふだんの平静さが消え、動揺した見慣れない顔つきになっている。はげ頭を掻き、とうとう言った。「ほかの魔術師に話してみましょう。全力をつくしてこの件を調査することにしますよ」

「わたくしもです」ヴィヴェイは約束した。「テッサラさまに質問したあとで。いったい、レインの女王陛下があの森をぶらついていて、あなたさえ気づかないなどということがありえますか？」

「何世紀にもわたって魔法が流れこんだ森ですからな、みずからの意思をそなえているのですよ」

「どうやら、テッサラさまもそのようですね」

「それがテッサラさまだとしたら、ですが」

「ご本人のように聞こえましたよ。ピンクのガウンなら知っています」自分で言っておいて、頭をふる。「もっとも、そんな陛下はとても想像がつきませんが。テッサラさまが、見知らぬ若い男と立ち話をするとは。しかも笑いながら。まして、人もあろうに——」

「陛下にお訊きすることですな」フェイランはくりかえし、ヴィヴェイはその勧めに従った。

宮殿に戻ると、女王はいるべきところにいた。三邦の貴族たちと、顧問官六人とともに、会議の席についていたのだ。話し合いの内容は、邦国から邦国へと移動する商人に課す国境税についてだった。しゃちこばって座ったテッサラが、問題を理解しようとつとめているのはありありとわかった。ぼうっとした顔つきやこわばったまなざしから推測するに、その努力はたんに思考を妨げているだけらしい。気の毒になって、ヴィヴェイは話をさえぎり、女王を連れ出してやった。残った顧問官に処理させればいい。どうせ、茨相手に戦うことになるのなら、そんなことは重要ではなくなるだろうから。

うるさくつきまとってくる若い貴族を何人もやりすごし、海に臨《のぞ》む個室に女王を連れていく。いつものように、テッサラは窓辺に行くと、海や空や雲や、言葉で話しかけてこないものすべてに見入った。今回、ヴィヴェイは背中に向かって話すかわりに、隣に立った。躊躇《ちゅうちょ》したのは、どう切り出したら不安にさせないですむかと悩んだからだ。

結局、それは断念し、単刀直入にたずねた。「最近、森にお出かけになりましたか？　お姿を見たという者がいるのですが」

テッサラはたちまち警戒し、黙って視線を向けてきた。親しげな好奇心しか見せないようにつとめながら、ヴィヴェイは答えを待った。ようやく、女王はおずおずと答えた。「世間から離れようとして行ったんだ。二、三日前」

「誰かとお話しになりましたか？」

「木。鳥が何羽か。学生ひとり。あれは学生だったと思う」

「そうです」ヴィヴェイは平静に答えた。「誰も陛下があそこにいらしたとは知りませんでした。魔術師は誰も、という意味です。気づいてしかるべきだったのですが」

「わたしが伝えておくべきだったということか？」

「いえ。つまり、それはそうです。もちろん、誰にも伝えず、おひとりで出かけるのは危険です。衛兵のひとりも連れずに――」

「悪かった」

「けれども、先ほどの言葉はそういうことではございません。陛下は、魔術師たちが共同で、きわめて強力な監視の目を向けている場にもぐりこまれたのです――まるで、入ったときに森の一部と化したかのように。あるいは、森自体が陛下をとりこんだかのように」

テッサラはまた沈黙した。自分が面倒な立場になっているのかどうか、見きわめようとしているらしい。落ちつきはらったしぐさ、静かな息遣いのひとつひとつで、わたくしを信頼してください、とヴィヴェイは懇願した。ついに、女王の体からわずかに力がぬけた。ふたたび海に目をそそぐ。「森はいろいろなものを見せてくれる」そっとつぶやいた。「あそこに入っていくと、心が変化するんだ。わたしの心が、においや影や、苔《こけ》や花や蔓草《つるくさ》や、古い木に変わる。ときどき、みんながしゃべっているのが聞こえてくる」ヴィヴェイは喉をつまらせた。声を押し殺し、ものも言えずに、レインの型破りな若い君主をながめる。そのとき、女王はなにかを思い出したらしく、小さく驚きの声をあげた。「あそこだ、最初にあの人を見たのは。レインの初代の女王。甲冑をつけて、あの大きな剣を腰に差して、森のなかを馬で進んでいたんだ」

「目覚めて、森で馬を乗りまわしていたのですか?」ヴィヴェイはささやいた。「夢見る王、いえ、女王が?」

「そのときは、顔が見えなかった。あの長い金髪だけだ。口はきかなかったけど、あの戦士は女性だって勘でわかった」

「むこうは陛下を目にとめましたか?」

「青《かぶと》をかぶった顔をこっちに向けて、指さした——」女王の声が、とつぜん途絶えた。ひとみがまた警戒の色をたたえて大きくなる。だが、今回だけは、ヴィヴェイから離れるのではなく、身をよせてきた。

「なにを?」つい声を高くして、ヴィヴェイは問いつめた。

「茨を」

15

ケイオルデップにすみやかな大勝利を収め、婚姻と戦によって蛇川の全域がエベンの傘下に置かれると、詩人たちはお決まりの華麗な比喩以外のことも書き留めはじめた。アクシスは、ケインという恐るべき姿で、戦場に魔法をもたらした。配下の将軍たちは、その杖からうなりをあげて放たれる力に仰天した。アクシスと肩を並べ、命がけで戦っていたケイン自身さえ驚いた。愛が炎を燃え立たせ、敗走する敵兵の足を焦がす武器を鍛えあげたのだ。それまでのケイオルデップというのは、漁師と農夫が住民のほとんどを占めるのどかな王国で、三角州に沿ってゆたかな都市が並び、バルトリア海をめぐる商船が停泊して交易をおこなっていた。そういうわけで、戦への備えはできていなかったし、まして、これほど苛烈な攻撃の前にはなすべもなかった。街をひとつ焼き払うと脅されただけで王は降伏し、民に慈悲をと嘆願した。ケインも含め、望んだものすべてを手に入れたアクシスは、みずからを蛇川王国の守護者と称し、新領土の秩序を回復する仕事は将軍のひとりにまかせると、故郷に戻って休息した。

しかし、すぐに落ちつかなくなって、顧問官や将軍を召集した。ケインはまたもや陰にひそんで聞いていた。

「川だけでは不足だ」と、アクシスは言い渡した。「エベンは蛇を取り囲んだが、なぜそこで打ち切る必要がある？　世界はエベンの国境で終わっているわけではない」

ケインの力の可能性をまのあたりにした将軍たちは、強い興味を示した。年嵩《としかさ》の顧問官がひとりふたり、疑いの念を表明した。父王の治世に数々の戦を経験して、テルメノンの摂政時代の平和なひとときに愛着を持っていたからだ。

「わがきみ、仰せのとおり、世界とはエベンがすべてではございませぬ。実のところ、この川の王国よりはるかに広うございます。ケインすら打ち勝てぬ軍勢を目覚めさせることのないよう、どうかご用心を」

「そも、ケインとは何者でありましょうや？」別のひとりがぶつぶつとつぶやいた。「まず信頼を得たうえで裏切り、イリシアにエベン全土をさしだす心づもりがないと確言できましょうか？　手妻使いとして参った者が、いまや魔法使いとなっております。次になにを始めるやら、わかったものではございませぬ。いっそ顔をあきらかにさせては」

「顔なら見ている」アクシスは泰然と言った。「心の内もだ。あれは誓いどおり、寿命のつきる日まで予に忠実に仕えるだろう」

「わがきみはいまだお若く――」

「いかにも」と、老いた顧問官たちにほほえみかける。「予はエベンの若き獅子であり、行く手を阻む者が現れるまで戦いぬこう。とどめたければこの命を絶つがいい。ケインに顔を見せよと強《し》いることは、残酷な行為以外のなにものでもあるまい。たってというならば命じよう。ただ傷つけるだけであろうが」

顧問官たちはなおも不満をもらしたものの、その件はひとまずおくことにした。ケインへの疑いを植えつけても、エベンの獅子を静かなねぐらにおさめておく役には立たないという事実は明白だったからだ。もっと若い将軍たちは、楽々と手にした勝利に昂奮《こうふん》しており、地図を持ち出してきて、あれこれ意見をのべ、論争を始めた。アクシスは全員の言葉に耳をかたむけた。それから、あとになって秘密の部屋に行くと、どう思うかとケインにたずねた。

王宮は寝静まっていたが、ふたりは腕をからめあって横たわり、アーモンドや棗椰子《なつめやし》を互いの口に運んでいた。

「あなたは川の王でしょう」ケインはあっさりと言った。「どうして海の皇帝になってはいけないの?」

「海全体のか?」アクシスは棗椰子の核を吐き出すと、片肘をついて身を起こし、相手を見おろした。

「あの内海には、まわりじゅうに裕福な港町があります。それがエベンのものになってはいけない理由はないはず」

アクシスは両手の指を大部分使って、海を取り巻く王国を数えた。「なぜエベンのものになる必要があるのかと、七人の王が問うてくるだろう」またケインを見ると、黄褐色のひとみが蠟燭の炎の片鱗を映し出した。「ともに七つの王国と戦えるか?」

ケインはうなずいた。「この命あるかぎり、どんな戦いでもそばにいます」

はたして七つの戦に勝つことができるのか、実際にはまったくわからなかったし、アクシスも訊かなかった。初期のそのころには、ふたりとも自分の力を試していたのだ。どこまで行けるのか、想像もつかなかった。例によって、ケインは戦いに本気で興味を持っていたわけではない。心にあるのはアクシスだけだった。本人が危険に身をさらすのなら、月をひきずりおろしてでも危害を食いとめてみせよう。とはいえ、ふとしたときに、中庭でのんびりとすごした午後をなつかしく思うこともあった。得意げに身づくろいする孔雀《くじゃく》。続々と結婚したいとこに生まれた子どもたちの笑い声。歯も生えていないアクシスの娘は、ケインの芸に感嘆してきゃっきゃっと陽気にはしゃぎ、わけのわからない言葉を口にしているし、よちよち歩きの世継の君は、若い母親と生き写しのまるまるとした顔で、妹より真剣に見守っている。だが、子どもたちといられないのは残念でも、ぎりぎりと心に食いこむアクシスへの渇望は、ついにやわらいでいた。

「双子のようなものだ」と、一度ならず本人に言われたものだ。「対の頭脳、対の心、対の力。こちらには野望があるが、おまえのほうがすぐれた案を出す」

その日は、たしかにそうだった。将軍は誰ひとり、バルトリア海を囲む王国をことごとくエベンに併合してはどうか、などと進言しなかったからだ。顧問官ならあわてて指摘したことだろうが、そのうちの一国は、ほかの六国を合わせたほど広い領土を占めていた。それでいて貧しくみすぼらしい、老いた獅子といった国だ。荒寥《こうりょう》とした土地や、乾ききった急峻な山脈は、勝ちとったところで得るものがない。価値があるのは港町ひとつだけだった。

「いちばん危険な、防御の堅い国をまず攻めては」ケインは勧めた。「そこが陥落すれば、ほ

する。

「最大の国土は最後にとっておけばいいわ。バルトリア海の両側から、あなたの強力な軍隊が猛然と挟み撃ちすることになります。きっと戦おうとさえしないでしょう」と、無謀にも保証

「それで、キリクシアは？」

かの国は恐れをなして、やすやすと征服できるでしょう」

その考えに刺激され、アクシスは声をたてて笑った。「では、水の皇帝になるというわけか。そのあとは？　どうなる？　空の皇帝か？」

「火の皇帝に」ケインは言った。相手のこがね色の皮膚に蠟燭の炎が映りこむのをながめているうち、声がかすれていた。「夜の皇帝に」

夜そのものを制覇するはるか以前に、アクシスはケインの夜となった。最初の数年間は多忙で、それほど機会があったわけではない。アクシスが慎重にふるまったおかげで、ケインが疑われることはなかった。かかしめいた仮面の魔法使いを、王の秘密の恋人と結びつける者などいるはずがない。まして、とうとう素顔が暴露されたあとでは。

ケインははじめから、襲撃を予測していた。動機は不信か嫉妬か、たんなる好奇心ということもありうる。だが、宮廷で二年をすごして油断していたうえ、戦場での評判が二の足を踏ませるだろうという思いもあった。したがって、いよいよ襲われたときには、備えこそあったものの、用心する必要があることをすっかり忘れていた。

その日、ケインは王妃から中庭に呼びつけられていた。その命令を意外に感じたのは、ケイ

オルデップとの戦以来、子どもたちに近づくことを禁じられていたからだ。奥の中庭をめざし、花盛りの蔓《つる》を這わせたアーチ状の格子棚の下を進んでいるうち、見られているという気がしてきた。だが、顔のない異様な姿が王宮内を移動していれば、たえず視線をそそがれることが日常になる。沈黙をおかしいと思うべきだったのだろう。噴水が戯れ、孔雀の羽毛がそよいでいても、耳に届くはずの音が聞こえないことに気づくべきだった——女性と子どもの声が。アーチの終わりをぬけたとき、庭の煉瓦らしきものが頭を直撃した。

悲鳴をあげるところだったが、仰天したあまり声も出なかった。その瞬間は、いったいなにが起こったのか想像もつかなかったのだ。いきなり空から星が降ってきたかと思うと、いまや燃えるように頭が痛んでいる。それから、誰かに杖をもぎとられ、ようやく自分が口のきけない危険な存在であることを思い出した。別の相手が目にきつく布を押しつけ、両端を結びあわせようとした。頭を後ろにそらされ、ケインは苦痛にあえいで抵抗しはじめた。ひとことふたこと、くぐもった言葉が聞こえた。籠手《こて》をはめた両腕が背中で縛りつけられる。顔面を一撃され、よろめいて格子棚にもたれかかると、体の下から、つぶれた柑橘《かんきつ》類の花の甘い香りが漂ってきた。ざらざらした大きな指が、顔のまわりのヴェールをひっぱろうとする。

ケインはもがいてみせたが、もっともらしく見える程度にしか力は入れなかった。男がひとり、かみつくように言った。「動きを封じよ。気をつけるのだぞ——姿を見られてはならぬ。魔法使いの仮面の下で、素顔は何者なのか、この目で確かめてやろう」

「このヴェールが、長衣の下で体に巻きつけてありまして」違う男が低くうなった。「これでははがせませんが――」

「切れ」

喉に刃がふれ、ケインは凍りついた。絹が裂け、ひらひらとはためく。ほぼ二年ぶりに、口もとに日の光を感じた。

ケインの口。ふいに、中庭はしんと静まり返った。まるで、孔雀さえ恐怖に押し黙ったようだった。ついで、一羽が金切り声をあげた。遠く、尾を引いて消えていく音。醜くゆがんだおもてを凝視する男たちの、荒い息遣いが耳につく。

襲撃者の一団は、ものも言わずに押さえつけていた体をほうりだし、逃げ去った。

ケインはそこに横たわっていた。ひとりで起きあがり、手当てをするために姿を消して立ち去るより、誰かに見つけてもらえるのを待っていたのだ。あの声は、アクシスの老顧問官のひとりだった。はてしなく戦を求める王にうんざりして、なんとか切りあげる理由を探していたのはあきらかだ。会議の間で一、二度顔をあわせただけの魔法使いが、まさか自分を憶えているとは考えていないのだろう。同じ室内で、姿を消したケインが、ひっそりとすべての台詞《せりふ》に耳をかたむけていたなどとは、思いもよらないのだ。

ひとりの召使いが、血を流して意識を失いかけているケインを発見した。ずたずたになったヴェールから醜怪な顔がのぞいており、その娘が悲鳴をあげたので、さらに人が駆けつけた。みな衝撃を受け、ざわざわしながら屋内に魔法使いを運びこんだが、医者を待っているあいだに、なぜか患者は消え失せてしまった。よろよろと外に出たケインは、賊のひとりが格子棚の上に投げあげた杖をとってきた。そのあと、例の秘密の部屋に行くと、痛む頭をヴェールで包帯して眠りについた。

あとになって、アクシスはそこでケインを見つけた。

ケインが目を覚ますと、大きな黄金のひとみが、またたきもせずにこちらを見おろしていた。体の上に身をかがめてくると、吐息のようにそっと、腫れたくちびるにキスを落とす。

「何人《なんぴと》であろうと、下手人は殺す」これほど感情を欠いた声は聞いたことがなかった。「誰がやった」

「アクシス」と口にする。話すのは苦痛だったが、一刻の猶予もなかった。

「言え」

「言います」すばやく肩先に、手首にふれ、なだめるようにぽんぽんと叩いてやる。「言うけれど、わたしの話を聞いて」

「誰だ？」

「ケインは――ケインは王を欺《あざむ》いてなどいないと、人々に知らしめなければならなかった。ケインの――わたしの力はすべて、あなたのものだということを。みんなに信頼してもらわなければならなかった。だから、わざと――わざと顔を見せたの」

すると、アクシスはあっけにとられて目をしばたたかせ、手の甲を頬にあててきた。「この顔をか？」

「ケインの顔です。見たい？　あの人たちのために創ったの」

ためらいがちに小さくうなずいてから、アクシスはびくっとした。いとしい相手の顔がゆらぎ、なにか醜くいびつなものに変化したからだ。左右で位置の違うちっぽけな目、大きさの違う頬骨。それぞれ勝手な方向に突き出た歯は、なんとしてもくちびるからはみだしてしまう。アクシスは唾をのみこみ、ようやく声に感情をよみがえらせた。「これほど醜いしろものは、いまだかつて目にしたためしがない」

ケインはほほえんでから、痛みに顔をしかめた。「いま見せた顔は、あなたを慕っている者の顔」と告げる。「イリシアからの婚礼祝い、戦場においてあなたの力となる者のおもてです。これで誰もが、ケインはただのケインだと、奇術師から魔法使いになっただけだと悟るはず。あなたに害なす存在ではないのだと」

「それでも」アクシスは、見慣れた顔をもう一度なでた。「それでも殺してやる、何者であろうと――」

「だめ」ケインの指がその手首を探り、力をこめる。「だめよ。あなたは人を殺すほどケインのことを気に入ってはいないのだから」

「そんなことはない」

「みんなが知っているケインは、そんな相手ではないでしょう。わたしのために誰かを殺せば、あなたがなにかの形で支配されていて、ほかの人の意見よりわたしの言うことを聞くと思われるわ。そして、おびえた人々がわたしを陥れようとたくらむことになる。あなたに心から忠誠を誓っているからこそ、その命に従うのだと思わせなければ。わたしがあやつっているのではなく、真実すべての力を握っているのはあなたなのだと」

アクシスはくちびるを引き結んだ。やさしくケインを助け起こし、頭に巻いた血だらけの布の結び目をほどいて、自然にはずれるまでそっと水で濡らしていく。ケインはその胸にもたれて静かに座り、子どものように頭を肩に預けた。とうとう、アクシスは口をひらいた。「どうしてほしい？」

「あの人たちは、わたしに対してこんな真似をしたわけではないわ。自分が知っているケインを襲ったのよ。それなら、あなたはどうする？」

そのときには、返答はなかった。ケインが襲撃されたことは、夜更けまでに宮殿じゅうに知れ渡った。婚礼の日からずっと廷臣の憶測を呼んでいた外見の謎は、ついに解けた。本人の言葉どおり、見るもおぞましい顔だった。その事件はまた、最近になってケインの耳に届いた噂をかき消すことにもなった――ヴェールの魔法使いは、実はアクシスと恋愛関係にあった美しい女性で、みずからを婚礼祝いとして贈ったのだ、という。王がときおり、誰にも理由を教えず秘密の部屋に閉じこもり、ほかの人間を締め出して夜をすごすのはなぜか、という疑問については、さまざまな説があったが、この噂も答えのひとつとして浮かんできたものだった。ケインの顔を知ったことで、王妃は好奇心だけでなく、不安も手放すだろう。魔法使いは恐れではなく、憐れみの対象だ。凛々しく大胆不敵な若き王を、ケインがひたすら崇拝し、そのためだけに魔力をふるうわけも、こうなれば自明の理とされるだろう。

一日二日たち、ひそかに会議の場を訪れることができるほどケインが回復するまで、アクシスはその件についてなにも口にしなかった。それから、あらためてエベンの強みと弱み、戦の可能性について論じた。やがて、そわそわとみじろぎしていた年嵩の顧問官のひとりが、話をさえぎった。

「わがきみ、大いなる力を持つことは事実にせよ、ケインも傷つくことはあるようでございます。たとえあの者の忠誠がゆるぎないものであっても、あまり頼りになさるのはいかがなものかと」

アクシスは無表情にその意見を検討した。誰にも見られず、いつもの物陰に立っていたケインは、例の声音に気づいた。

「あれを伴わず戦に赴《おもむ》けということか？」

「いえ、わがきみ――」

「では、連れてゆけと」

顧問官は嘆息した。「ケインなくして、バルトリア海を囲む王国すべてと戦うことはできますまい」

「そのとおりだ」

「しかしながら、わがきみ、あの者は噂ほど無敵の存在ではございませぬ。たかだか石ひとつで動きを封じられてしまうとは」

「それでは」アクシスはひどく静かに言った。顧問官の顔が、白くなりかけたあごひげの下で、いきなり蠟のように白くなる。「そなたが決してあれの背後に立つことのないよう、よくよく気を配らなければなるまい。いかなる武器がケインを倒し得るか、そなたのみが承知しているからだ」間をおく。室内は水を打ったようにしんとなり、庭園の鳩が悲しげにクークー鳴く声まで聞こえてくるほどだった。「そこまで戦いに出ることを渋るからには」と、アクシスは続けた。「平穏なわが家にとどまるほうが、そなたにとってははるかに幸福であろうと考えざるを得ぬ。残念だ。貴重な助言を失うことになるな」

「ですが、わがきみ――」

「明日出発するがいい」アクシスはきっぱりと告げた。「身内の者たちが、さぞほっとして迎えてくれることだろう」

だが、身内がどう感じたのかということは、永久にわからなかった。顧問官はわが家にたどりつかなかったからだ。王宮の北にある岩山で、随員ともども盗賊に襲われ、遺骸だけが帰宅することになった。アクシスはその知らせを受けとると、王ふたりと摂政ひとりの相談役をつとめた人物の死を悼み、まる一日喪に服すると発表した。そして、その日の大半をケインとふたりですごした。

それからまもなく、ケインをかたわらに置いたアクシスは、バルトリア海の諸国に対して、大規模な軍事作戦を開始した。

七王国を降《くだ》す
海の皇帝

七つの王冠を奪う
バルトリアの水の七つの真珠
死者は海を取り囲み
生者は慈悲をこいねがう
無面の君をかたわらに
皇帝は水面《みなも》を歩み、バルトリアを渡る
敵軍は武器を捨て
その名はキリクシアの山々に鳴り響く

16

ネペンテスは背をまるめて机に向かい、魚をながめていた。文字たちは口や尾や背びれで立ち、穀物の籠、塩のかたまり、オリーヴや葡萄酒の壺などの内容を伝えようとしている。目には映っていたが、意味をもって頭のなかに流れてこない。なにかが邪魔をしているのだ。現実になることも、脳裏から出ていくことも頑固に拒んでいる幻。ただそこに居座って、癪《しゃく》にさわるほど黙りこくっているだけだ。問いに答えようともしなければ、魚に口をきかせてもくれない。

あっちへ行って、とネペンテスはひややかに命じたが、同時に自分の心が訴えているのが聞こえた。きて。ここにきて。

どちらも起こらなかった。両手で髪の束を大きくつかみ、ぐいぐいひっぱって頭を左右にゆらす。それでも、ボーンの顔は消えてくれなかった。しつこく頭につきまとい、無視することもできず、たえまなくいらいらさせられる。まるで、靴下からとりだせない小石のようだ。どこにいるの？　必死で問いかけたが、応答はなかった。ボーン。どこに行っちゃったの？

「なにをしているのだね？」

目をあけ、学者のあっけにとられたまなざしと出合う。魚がどうなったか見ようとして、ぶらぶらおりてきたらしい。「ああ」その顔には興味をおぼえず、ネペンテスは短く応じた。髪を離して、ペンをとりあげる。「もうほとんど終わりです」

「魚がとつぜん、それほど難しくなったのかね？」

「違います」ネペンテスはおざなりに単語を書こうとした。ペン先はからからに乾いていた。

「では、問題なのは二本足の生き物だろう」学者は鋭いところをついてきた。

「陸に棲む相手です」むっつりと認める。クロイソス師は気晴らしをしたがっているらしく、床に高々と積みあげた書物の山にまたがった。いくらか健康的な顔色に戻っており、目つきもほぼ人間らしくなっている。上の世界でおこなわれている戴冠式の祝宴も、そろそろ終わりに近づいているに違いない。

「なにか新発見でもあったかね？」学者はたずねた。

「魚のことですか？　この、あぶくがいっぱいついたやつに困ってるんです。ほかの表には出てこないので」

クロイソス師は身を乗り出して調べた。「真珠では？」と、ためらいがちに意見をのべる。

「貨幣か？」

つかの間、ネペンテスはボーンの顔を忘れた。「秤《スケール》？」

ふたりは首をひねりながら顔を見あわせた。「いや」学者がのろのろと否定する。「秤ではあるまい」

「そうですね」ネペンテスはおうむ返しに言い、溜息をついた。結局のところ、これは本物の魚ではないのだし、どんな言語であろうと、計測用の秤《スケール》が魚の鱗《スケール》に似ていることはありそうもない。ペンの端っこをかんでいると、案の定、またもやボーンの顔が浮かんできた。「もう家にお帰りかと思ってました」とつけたす。

「わしもそう思っていたがね」クロイソス師は答えた。尻の下の本を動かし、声を落とす。「騒動になるという噂があってな。しかし、誰もそのことを話しとらん」

ネペンテスはペンを口から離し、髪をかきまわしながら、理解しようとつとめた。「噂って。どうして噂ってわかるんですか、もし誰も――」

「誰もなにが起こっているか知らんのだ。きのうは家に戻ろうという者などひとりもいなかったが、今日になると、とつぜん誰もが帰りたがっている。だが、そう都合よくはいかないものでな。女王陛下が貴族の会合を命じられたが、あとから延期されたおかげで、みな出発できなくなっとる。太守の方々は別の会議に呼ばれたが、それもシールのアーミン侯が王宮に戻るのを待たねばならん。会議の理由は漠然としているうえ、くるくる変わる。宮廷は動揺しとるが、なんの説明もない。平原にいた連中でさえ、荷造りをして立ち去りかけとる。しかし、ほかの者は誰も、ひらいた戸口を見つけられんようでな」

ネペンテスは適当にあいづちを打った。考えが別のことに流れていく。たぶんボーンも――だが、ひらいていようが閉じていようが、戸口などいらないはずだ、と言い聞かせる。必要なのはただ――

「あたしのことを考えて」とささやいてみた。喉の奥をしめつけられたように感じ、唾をのみこむ。

「なに?」

ネペンテスはペンを投げ捨てた。「なんでもありません」

クロイソス師は、なおも宮廷の問題について頭を悩ませていた。「つまり、おまえがこの魚を解読する期限がのびたというわけでな。この分なら、わしが発つ前に仕上げられるだろう。いつになるかわからんがね。しかし、なにをするにしろ、この場所からは動かさんようにな」

「大丈夫です」

「万が一、なにかの理由で、たとえば真夜中にさっと出発する必要に迫られたような場合、どこにあるか承知しておきたいのでな」

ネペンテスは黙って相手を見た。雲が陽射しをさえぎるように、ふたたびボーンは脳裏から消え去っていた。「上はどうなってるんですか?」急に心もとなくなって、小声でたずねる。だが、クロイソス師は聞いていなかった。また視線をすえてきたが、こちらを見てはいない。図書館じゅうが闇にまぎれて逃げるとしたら、いったいどんな手段で、どこをめざすのか。

「そうか!」だしぬけに声をあげられ、ネペンテスはとびあがった。「どこでおまえの顔を見たかわかったぞ!」

「あたしの顔」ぽかんとしてくりかえす。

「はじめて会ったときから、思い出そうとしていた」

「前にあたしを見たことがあるってことですか?」

「たいそう古い書物の余白にな」

「そんな古い本のなかだったら、あたしの顔じゃないでしょう」

「いや、おまえだ」クロイソス師は強情に言い張り、立ちあがった。「その書物を見つけて証明してみせよう」

ネペンテスは当惑して、ひっそりと押し黙る本と石のなかに自分を残し、廊下の先へと去っていく学者を見送った。もう一度、あぶくがびっしりついた魚をためつすがめつしてみる。そこにボーンの顔が割りこんできて、視界いっぱいに広がった。思い出や憧れや、答えられない問いが心にあふれてきた。

どこにいるの、と叫びたかったが、返事をしてくれるのは石だけだろう。

とうとうネペンテスは、魚に見切りをつけ、学者を頭から追い出して、茨《いばら》を隠した秘密の場所にペンとインクを運んでいった。

そう長くは隠しておけないとわかっていた。ボーンがどこからともなく現れ、見つかってしまうだろう。だが、三日間ちらりともその姿を目にしていない以上、もうどこで見つかろうとかまわなかった。学生はときどき試験を受ける、とは聞いている。不思議なできごとによって魔法への洞察が深まるまで、まる一日学院や森から出られないこともあるらしい。とはいえ、約束していた夕方にも現れなかった。火が絶え、細い蠟燭が一、二本残るだけになるまで、ずっと食堂で待っていたのに。こちらが気落ちしていることを察したレイドリーは、ボーンがそのとき の日、もっと前に図書館にやってきて、ネペンテスを捜しに行ったと教えてくれた。そのときには会わなかったし、夕食の時間になっても戻ってはこなかった。翌日も、その次の日も。弁解や言い訳さえ送ってこない。どんな文字でもだ。この件に関して、レイドリーの沈黙があまりに雄弁だったので、三日目になると、食事の銅鑼《どら》を投げつけたくなっていた。

「はっきり言いなさいよ」ついにその朝、オートミールを食べながら、ネペンテスは怒りをぶちまけた。「だから言ったのにって」

レイドリーは正直にふるまうことさえできなかった。口に入ったものをのみこみ、目をぱちくりさせて眉をあげる。「僕はびっくりしているんだ」ようやく、言葉を押し出した。

「ひらひら飛びまわってるだけの人だっていうんでしょ。まじめな考えなんかどこにもなくて、次から次へとあっという間に心を移して――そんなことわかってる。キスもしないうちから、ちゃんとわかってたんだから」

「あいつはきみを心配していたよ、茨を隠されたときに。僕らはふたりともきみを捜しに出かけたんだ。また落ち合う予定だったのに、むこうはこなかった。ひょっとしたら、すっかり迷子になって、まだ図書館をぐるぐる歩きまわっているのかもしれない――」

「あたしを見つけることはできるはずだもの」ネペンテスはオートミールを見おろした。ボーンの顔はそこにさえ映っていて、朝食の前に立ちはだかっている。スプーンを碗に投げこむと、立ちあがった。「一歩で見つけられるはずなのに」とささやく。「ただ頭に浮かべるだけで。そうしたいと思ってたら」

厄介な時期だから、などとしどろもどろに言っているレイドリーを残し、ネペンテスは魚の写本に取り組みに出かけた。そこなら、ボーンが望めばすぐ見つかるはずだ。だが、肝心の相手は現れず、かわりに学者がやってきた。

そして、いまは傷ついて茫然としながら、茨に囲まれて自分をなぐさめている。見つけてくれないかと一縷《いちる》の望みをかけて、ボーンから身を隠しているのだ。

茨自体もどんどん棘《とげ》が多くなっていた。アクシスがエベンを取り巻く世界を制覇するにつれて、言語も複雑になる必要が生じたかのようだ。聞いたこともない王国がその軍門に降《くだ》った。エベンの獅子は、飽くなき欲望を秘めた不死身の存在と見えた。レインの歴代の王が、一千年かけて獲得した領土より多くの国々を、わずか五、六年で手に入れている。あらゆる君主の名、あらゆる国の名が、茨の繁《しげ》みさながらにもつれあっていた。この先も歴史上の名前を確認してもらうため、レイドリーにこの隠れ場所を教えなければならないかもしれない、とネペンテスはしぶしぶ認めた。アクシスが破竹の勢いで当時の世界地図を塗り替え、詩人がその勝利を大仰にほめたたえる一方で、ケインの思考は、以前より広範な語彙《ごい》を必要としはじめていた。ネペンテスのペンの先には、意味が通るのか通らないのかはっきりしない、不可解な概念が育っていった。からみあった茨は、さまざまな考えがねじれた形で結びついているか、そうでなければ、過去とも未来ともつかない曖昧《あいまい》な時制を使っている可能性がある、と示唆《しさ》しているらしい。頭を掻きながら蔓《つる》を解きほぐそうとしていたおかげで、まるまる一分間もボーンを忘れていられた。学者がいなくなったあと、ネペンテスは午後から夕方までずっと作業を続けた。新たな難問に惹きつけられると、一文、ときには半頁にわたってボーンのことを考えずにすんだし、そう思うたびに元気が出た。夕食のことも頭から消えていた。銅鑼の音は、茨のむこうでぼんやりと響いただけだった。

やっとペンを置き、あくびをもらしたとき、周囲がすっかり暗くなっていることに気づいた。遠くに蠟燭が一本だけともっている。誰かが廊下を歩いてくるらしい。ネペンテスは驚いてその灯を見守った。茨を持ちこんだ部屋には、古代の遺物がぎっしりつめこまれている。文書も山ほどあって、割れた砂岩だの、蠟だの、大理石だのの厚板に彫りつけてあったり、なめし革に描かれていたり、骨や角に刻まれていたりした。ふと、強い不安をおぼえる。ひょっとしたら、クロイソス師がほんとうに真夜中に逃げ出すはめになって、捜しにきたのかもしれない。

だが、それはレイドリーだった。

部屋に入ってくると、遺物のなかに腰をおろし、腕にかかえた本の山をわきの床にざざっと落とす。

「心配したよ」レイドリーは簡潔に言った。「夕食にこなかったからね。あちこち捜しまわったんだ」

「そう、いま見つけたじゃない」そっけなく応じたのは、相手がボーンではなかったから、それに、隠れ処《かくが》に侵入されたせいだった。それから、手助けが必要だったことを思い出して、態度をやわらげる。「あたし、夕食に遅れた?」

「何時間もだよ」

「レイドリー、オーラヴィアって王国があった?」

一瞬、無表情にこちらをながめてから、レイドリーは答えた。「うん、あったよ。アクシスが生まれた九百年後に存在していた」

「九百年」

「そうだよ。言っただろう。それを書いたやつが誰でも、歴史的な順序なんかおかまいなしに、なにもかもごっちゃにしてるんだって」

しかし、ネペンテスは興味をそそられて、親指の爪をかじっただけだった。「そうかもね。だけど、ケインは自分でわかってやってたの。あたしはそう思う。それで説明のつく部分がいくつかあるし」

レイドリーは不服そうにこぶしで片目をこすった。「まったく辻褄が合わないよ」

「うん。でも、あたしの訳のほうは、辻褄が合ってることになるの」

レイドリーは、背後の大理石の破片に頭を打ちつけた。「今度は、きみの言ってることが理屈に合わない」

「わかってる」

「読んでみてくれないか」

ネペンテスは相手を見やって思案した。この風変わりな文字にもずいぶん慣れてきて、もう読めるのは単語だけではない。だが、ケインの世界の地名や人名はわからないし、レイドリーにはその知識がある。もし知らなくても、調べ方を心得ているはずだ。ボーンと違って、無害な古代の言語に恐れをいだいてもいない。本をとりあげると脅したりしないだろうし、それどころか自分のように心を奪われることもありうる。

ボーンのことが頭に浮かんだとたん、心臓のあたりが暗い霧に覆われた。せつない気分で本の上にうなだれる。この夜のどこにひそんでいるのだろう、なにをしているのだろう、少しでもこちらのことを思ってくれているだろうか。考えてみれば、茨のおかげで気がまぎれていたのだ。このあとは、またもや寝室であれこれ悩む長い一夜が待ち受けている。どうせ眠れないなら、レイドリーにこれを読んで聞かせるほうが、一晩じゅう魔術師の学院の沈黙を気にしているよりましだ。

そこで、茨とともに姿を隠したあと、新たに訳した部分を朗読しはじめた。

最後まで行かないうちに、ふたりとも、埃まみれのがらくたに囲まれて眠りこんでしまった。ネペンテスは、くりかえしボーンに呼ばれている夢を見た。だが、言葉を知らないせいで、名前を正しく口にできないようだ。声を出すたびに、棘のついた蔓の形で、別の単語が出てくる。茨の壁がまわりを囲みはじめ、次第に相手の姿が見えなくなってきた。返事はできない。茨で正確に名前を言ってもらえないからだ。こちらの反応があるまで、ボーンは呼ぶのをやめないだろう。ネペンテスは急にぞっとして、呼び方を教えようと、自分の名を叫びはじめた。だが、茨の牢獄にいるボーンには、その声が届かないらしい。間違った言葉が増え続け、やがて金色の頭の先しか見えなくなった。

それから、金髪が黒い頭巾のてっぺんに変わった。茨越しに、かろうじてその黒がのぞいていたかと思うと、聞き覚えのない声が自分の名を呼んだ。

おうむ返しに言おうとしたとき、目が覚めた。あれは貝殻が含まれた名前だっただろうか？それとも、蛾？

「ネペンテス」と、静寂をふるわせて銅鑼が告げた。そしてふたたび、レイドリーの声で「ネペンテス」

「ううん」と抗議する。銅鑼のこだまにも似て、その名がどんどん薄れていったからだ。「そうじゃないの」

ようやく目をひらくと、朝になっていた。

床の上で寝入ってしまったらしい。訳した原稿が膝に載っており、頬にくっきり残っているのは、由来も不明な蠟の浮き出し文字の痕だ。持ちこんだ本の山を枕代わりにしたレイドリーが、眠そうに目をしばたたいた。

「思い出せないんだ」ぼうっとした口調で言う。「どこまでがきみが読んだ部分で、どこまでが夢だったのか。夢のなかで、アクシスが行ったりきたりしていたよ」

ネペンテスはこわばった体を起こし、まぶたから髪を払いのけた。「歩きまわってたの？」

「そうじゃない。行ったりきたりしていたんだ。アクシスはちっとも気にしてなかった」

「レイドリー、なんの話？」

「行ったりきたりだよ」頑固に言いつのると、石の破片のなかで起きあがった。「もう一度読んでくれないと。なにもかも夢みたいだ」

「レイドリー、あたしの名前を言ってみて」

「ネペンテス」と答え、あくびする。

ネペンテスは首をふった。「ぜんぜん自分の名前って気がしない」

「きみは孤児だろう」レイドリーは指摘した。「もとの名前は知らないはずだ」

「知ってるの。聞けばわかる。最初から孤児だったわけじゃないんだから。誰かが夢のなかであたしの本名を言ったの」

「誰が？」

答えようとして口をつぐむ。レイドリーの夢におとらず、意味をなさない答えだったからだ。だが、結局、頭をひねりながら言った。「ケインが」相手はうなっただけだった。それから、ネペンテスははっと息をのんでささやいた。「それにボーン。ボーンが呼んでた。何度も何度も」

「返事をしたのかい？」

「ううん。どうやって？　むこうはあたしの名前を知らなかったのに」

レイドリーは目をぱちくりさせた。ネペンテスは、膝の上の紙束をかきあつめて立ちあがったが、そこで目的を見失ってしまい、茨の壁でも探しているように、ぼんやりと室内を見まわした。

「夢だよ」レイドリーがつぶやく。「願望だ」

「かもね。でも、誰かがたしかに呼んでたし、あたしの名前だって聞こえたのに」恋しさともどかしさに涙が出てきそうだった。夢のなかの秘密の言語は、まったく異質なものなのだ。みずからの言葉でなければ問いに答えようとせず、しかも夜ごとに変わってしまう。「なにが現実で、なにが過去なのか、あたしにもわからない」ネペンテスは唐突に、レイドリーに向かって叫んだ。

相手は唾をのみこみ、ただ重々しく言った。「なにか役に立てることはあるかい？」

「国王と国名の一覧を渡したら、調べてくれる？」

「いいよ」

「そうすれば、せめてそれだけはわかるから」

「なにが？」

「アクシスとケインにとって、なにが真実だったかってこと」ネペンテスは答え、その刹那《せつな》、レイドリーの夢の言葉を理解した。「行ったりきたり」と、かすかな声を出す。「行ったりきたり」衝撃のあまり氷のように冷たくなった指が、口もとを押さえた。「どうしよう、レイドリー」

「気にしないようにしたほうがいい」レイドリーはふらふらと本の束を集めながら言った。「あいつはたぶん、きみのことが好きだから。本気でそう思う。でなければ、こんなことは言わないよ」

朝食の香りを追って、部屋の外へ出ていく。ネペンテスはまだ立ちすくんだまま、その後ろ姿を目で追った。やがて、ようやくわれに返ると、またもや茨のなかに座りこんで、ペンをとりあげた。

17

女王は森のなかで茨《いばら》を探していた。

もし茨が十二邦をおびやかすというのなら、ただの棘《とげ》だらけの繁《しげ》みではないはずだ、と判断したのだ。この森のように、大いなる力を持つ茨に違いない。魔力の源といえば、テッサラはここしか知らなかった。もちろんヴィヴェイは別だ。だが、そのヴィヴェイでさえ、謎めいた森がいつ生まれたか、なにができるのか、はっきりとは心得ていないらしかった。レインの始祖の亡霊が甲冑姿で現れ、警告してきたのもこの場所だ。死者さえ惹きつけるということだろう。

女王はその朝、どこかで誰かに会う予定になっていた。そのあいだにもうひとりを待たせてはらはらさせておき、さらに別の貴族に対して、宮殿じゅうに呼び出しをかけているはずなのだ。貴族は複数だったかもしれないが、忘れてしまった。容赦なく女王の気まぐれにつきあわせておきながら、いっさい質問に答えようとはしないヴィヴェイのせいで、誰もがぴりぴりしている。神話の獣のようにはなやかで物騒で、摩訶不思議な噂が廊下をひとり歩きしていた。出発を許可されたのはシール侯の身内だけで、しかも不便な時間にひっそりと出ていったらしい。ともかく、姿が見えない理由はそう説明された。ほんとうは、ヴィヴェイの塔の下の階にある数室に拘束されているのだ。平原と海を見おろす景色はすばらしいが、それ以外には心をなぐさめるものひとつない部屋に。今朝なら、留守にしても気づかれない可能性が高い。いくらあの魔術師でも、誰になにをしろと言いつけたか、四六時中憶えてはいられないだろうから。

「茨」テッサラは森にささやきかけた。「茨だ。どういう意味か教えてほしい。どこにあるのか」

黙りこくった木々のあいだをぬって、あてもなくさまよう。話すものはなかった。森の外では、春の風が平原をごうごうと吹き荒れている。輝くちぎれ雲が、草に落ちた自分の影と競争していく。まだ平原にいる人々は、焚火を囲んでかたまっているか、荷馬車のなかにひっこんでいた。なぜ残っているのだろう、なにを待っているのだろう、とテッサラはいぶかった。もしかすると、直感でいちばん頼もしい存在の近くにとどまっているのかもしれない。彫刻した豚の関節の骨でも投げて、警告を読みとったのだろうか。あざやかに彩られた占い札に、太陽が空から落ちてくるか、星の嵐が炎の矢さながらに夜を焼きつくす予兆でも出たのだろうか。そんな災難が起これば、どこにも逃げようがないのだから、どうしてよそへ行くことがある？新しい女王が、自分の身を守るついでに保護してくれるだろう。

その新しい女王は、辛抱強く茨を探していたが、木苺《きいちご》の蔓《つる》一本見つからなかった。もの言う鳥がいないか、木が賢明な助言を与えてくれないかと期待して、あたりを歩きまわる。しかし、今朝はなにもかも、まだらな影と霧のもとで半分眠っているようだった。消えかけた燠《おき》からほのかなぬくもりが立ち昇るように、あたりには夢がにじみ出ている。水中を泳ぐようにそのなかを歩いていると、香りや漠とした記憶や、音のない言葉が、身の内に満ちてくるのを感じた。夢のひとつは、幾重にも森に囲まれ、波紋を描いて広がっていく安らぎだった。テッサラはそれを吸いこんだ、いや、のみこんだのかもしれない。いまや動作が木に近づいている。時の重み、ゆるやかすぎて言葉にならない思考。樹皮に覆われた外形は小さく不恰好で、頭の上では髪がなにやら不可解なことになっている。

その姿で、自分自身もろくに思い出せないままに、森の巨人と出くわした。

もっとも、相手のことはちゃんと憶えていた。分厚くたくましい肩、つるつるの頭と表情を欠いた顔。この前会ったときには、森から追い出された。今回は逃げない。平原の人々と同様、行くあてがないのだし、むこうのほうが森をよく知っているのだから。

思考を木の皮で偽装し、髪には葉のついた小枝がびっしりとからまっていたので、巨人はこちらに気づかなかったらしい。まわりでは、森が夢から覚めて活気づき、興味津々で耳をかたむけている。

「巨人」と言う。どうやって声が出てきたのか、よくわからなかった。「手伝ってくれないか。どなっても、喉がかれるまで脅してもいいけど、わたしはこの森を出ていかない。どこに茨が隠れているのか教えてほしいんだ」

奇妙な表情が相手の骨の奥からにじみだし、顔の表面に広がった。巨人は口をひらいた。

「テッサラ?」

その言葉に、自分が縮んでテッサラの形へと戻るのがわかった。それでも逃げなかった。森はじっと見ている。望むものを隠しているのだ。大剣を携え、美しいおもてを凜然と掲げた甲冑姿の戦士は、なお女王の心の内で馬を駆り、勇んで戦おうと身構えていた。

テッサラはひややかに告げた。「そう、わたしはレインの女王だ。この地のすべての巨人、すべての鳥、耳をすます木の葉の一枚一枚に至るまで、力を貸してほしい。わたしたち全員が滅ぼされる前に」

巨人はおごそかに答えた。「助けてやろう。ねぐらまでついてこい。こちらへ」

そして、向きを変えた。テッサラはねぐらまでついていった。

巨人に導かれて戸口をくぐる。石の壁は高さも幅も圧倒的で、木立にまぎれてほんとうの大きさがわからないほどだった。なかに入ると、巨人は消えてしまった。とんでもないいたずらをされるのではないかと、テッサラは敷居のところで躊躇《ちゅうちょ》した。なにも起こらなかった。両側に長い廊下がのびており、閉じた扉がずらりと続いている。どれも異なっていた。黒くて四角いもの、まるくて色が塗ってあるもの、彫刻を施《ほどこ》した楕円形のもの。掛け金も鉄、木、金めっきした金属とさまざまだ。扉のひとつには色つき硝子《ガラス》の窓がついており、別のひとつには、あらけずりした厚板三枚を木の釘で留めてあった。釘の頭は巨人の親指の爪ほどもある。どこかの扉から本人がとびだしてくるのではないか、と待ち受けたが、そんなことはなかった。助けてくれると約束したのに、とざされた扉が並ぶこの場所へ連れてきたのだ。奥にはなにがあってもおかしくない。もちろん、とふいに思い至る。自分が探していたものも含めてだ。

「茨」テッサラはかすかに言い、いちばん近くの扉をひらいた。

すると、茨がいた。鋭い棘が連なった葉のない蔓がうねうねともつれあい、巨大な山を築いて床を覆っている。まじまじと見ているうちに、占拠している部屋の壁を這いあがりはじめた。扉が手からもぎとられたのを感じてふりむくと、音をたててしまり、そのまま石にとけこんでしまった。なるほど、これが巨人のいたずらというものらしい、と陰鬱《いんうつ》に考える。自分の願ったものがあふれている部屋に閉じこめられ、出口がないときている。茨が石の表面をすべり、鉤爪のようにひっかいている音が聞こえた。一瞬、わっと泣きくずれて、赤ん坊のように助けを求めたくなった。

でも、こんなのはなんでもない、と言い聞かせる。眠れる古代の君主が墓のなかで身を起こすほどの災難と比べたら、茨でいっぱいの部屋なんか、なんでもない。

「わたしはここにいる」足もとでとぐろを巻きはじめた蔓に向かって、そう告げる。「レインの女王だ。おまえがレイン十二邦を滅ぼすつもりなら、まずわたしと戦え」

すると、茨は石のむこうから、低い声で心に語りかけてきた。脳裏に大きな繁みが現れ、葉をつけ、白や薄紅や緋色の花を咲かせて、とうとう平原の草のように青々とした小山になる。葉が棘を隠し、花が葉を覆った。あっけにとられて、ブーツに巻きついたわびしいむきだしの茎《くき》を見つめていたテッサラは、急にはっと理解した。

「そうか！」と声をあげる。「光がほしいのか」急いであたりを見まわす。四方の壁と、切れ目のない石の天井。這い出せる戸口すら残っていない。どうやったら、この餓えた茨に光を与え、芽吹かせてやれるというのだろう？　蔓の動きがだんだんしつこくなってきて、スカートの裾をからめとられた。日光という糧を求める、棘だらけのばかでかい獣。

「巨人！」茨が一本手首にふれ、テッサラは神経質に呼びかけた。「扉をあけろ！　出られないんだ」

どうやら、衝動のままに生きる巨人に一杯食わされたらしい。返事はなかった。せっぱつまって壁をながめ、せまい隙間や漆喰《しっくい》の割れ目はないか、天井からちらりとでも光がもれてこないかと探す。いまや茨はくるぶしをぐるぐる巻きにしていた。ブーツ越しなので感触はわからないが、歩こうとすれば真ん中に倒れこんでしまうだろう。ある光景が頭をかすめた。森のなかで、武装した顔のない戦士が籠手《こて》をはめた腕をのばし、茨に気をつけろと警告している。

「あの剣があったら」棘にスカートをひっぱられながら、あえぐように言う。「この石をいくつか叩き壊して——」

ずっしりと手にかかった重量に、もう少しで剣をとりおとしそうになった。銀の光線と宝玉のきらめきぐらいしか見えない。だが、十二邦をいっぺんにつかんでいるように手をとられた。しかも、落とすわけにはいかない。また消えてしまうかもしれないのだ。口もとがこわばり、眉のあたりに玉の汗がびっしりと浮かぶのがわかる。生まれてはじめてというほど努力して、両手で柄をぐっと握りしめた。めったに使わない筋肉を見つけ出し、刃をむりやり持ちあげ、肩の上に構える。はりつめた腕と背中の痛みに耐え、ぶるぶるふるえながら、力いっぱい剣を前に突き出して、むかいの壁に投げつけた。

石が雨あられとふりそそいだ。テッサラは悲鳴をあげて頭をかばったあと、片肘の下からのぞいてみた。ぎざぎざした壁の穴から陽射しがさしこんできている。その先では、森が見守っていた。木々がざわめき、鳥が一羽さえずった。大量の茨がどっと壁の外にあふれだし、春の景色に流れこんでいく。ようやく蔓から解放されたテッサラは、これで巨人の家を出られるとほっとして、そのあとに続こうとした。

ところが、最後の茨の後ろで壁は閉じてしまい、またもや石の内側に押しこめられることになった。どんどん叩いたが、いっこうに動かない。少したつと、こぶしの下に音もなく戸口が出現した。木材と水漆喰でできた飾り気のない扉で、真鍮《しんちゅう》の掛け金がついている。テッサラは背後を見やった。この部屋に入ってきたときの戸口は、いまだにどこにも見あたらない。

溜息をついて、二番目の扉をあける。

すると、巨人が待ち受けていた。

なにも言わずに、ただ猛烈な息を吹きかけてくる。その勢いで扉がばたんとしまり、テッサラは後ろざまに叩きつけられた。相手の息が切れたときには、はずみで倒れこむところだった。むっとして肺に空気を吸いこみ、こちらも息を吹いて反撃したが、いかんせん力が弱すぎた。せいぜい、ふたりのあいだを漂う細かい塵をかきまわす程度だ。巨人は哄笑し、こだまで床板をふるわせた。なぶられていることに憤激して、テッサラはまた息を吸うと、今度はなりふりかまわず、とどろくような音をたてて吹き出した。巨人の片目がぴくっとひきつったように見え、笑いがいくぶん虚ろになる。次に吹きかけた息で、とうとうひっくり返った。

床から起きあがったとき、なおも巨人はにやにやしていた。それでも言葉は口にせず、小さな火の玉のようなものを投げつけてくる。ひょいと頭をさげると、その玉は扉にあたって燃えあがった。

テッサラは息をのんでとびすさった。巨人はすでに次の玉をほうっていた。走ってよけると、いままで立っていた場所の床に命中し、そこにも火がつく。仰天したテッサラは、相手から目を離さず、はあはあいいながら部屋のむこうへ逃げた。袖の内側からか空中からか、巨人はもうひとつ燃える球体をひっぱりだした。魔法だ、と身をかわしつつ考える。だが、床板や扉を焦がしている炎はまぎれもなく本物だった。ひりひりする熱を感じるし、木材がしゅうしゅう、ぱちぱち音をたてているのも聞こえる。

巨人はまた火の玉をこしらえた。今度はテッサラも逃げなかった。目をきゅっと細め、一歩も引かずに立つ。このうどの大木に、わけのわからない館で追いまわされるのはあきあきした。巨人が投げたとき、テッサラは息を吹いた。火の玉は宙で止まり、きたほうへはねかえった。

巨人はそれを受けとめ、また笑い声をあげて、袖口に落としこんだ。「よし」とうなる。「恐怖を乗り越えて戦い、頭を使いはじめたな」

その声とともに、周囲の炎が霧散した。テッサラは息を切らして立ちつくし、信じられないという視線をそそいだ。奇妙な感情が身の内を駆けめぐり、蒸気が鍋を満たすようにあふれだす。ようやく出てきた声は、湯気が鍋の蓋《ふた》を吹き飛ばす音にちょっと似ていた。

「よくもこんな」となじる。かつてないほど猛烈に腹が立っており、いま感じていることを表す言葉さえ見つからなかった。「おまえは誰だ?」

だが、巨人は忽然と消え失せていた。扉もだ。

前方の壁に、三番目の扉が現れた。

内心の奇妙な嵐はひとりでにおさまった。テッサラはうんざりして扉をながめた。いじめられるのもからかわれるのも、こわい思いをさせられるのも、もうたくさんだ。困ったことに、判断を誤っていたらしい。あさってのほうを向いていて、鼻先にあるものが目に入っていなかったのだ。もしかすると、巨人は巨人ではなかったのではないだろうか？　魔法の館も、館ではなかったのかもしれない。

ひょっとして、この自分でさえ、自分ではないのでは？

レインの初代女王の剣をふるってのけ、巨人を吹き飛ばして出しぬいた。しかも、光のない場所に光をもたらし、茨の魔法を理解したのだ。

「もう、自分がなんなのかわからない」戸口に向かってささやき、掛け金に手をかける。扉をあければ、知りたいかどうか確信の持てないものを理解することになる、という気がした。ほかに出口はない。そっけない木の掛け金をつかんだまま、テッサラは扉に身をよせ、乾燥しきっていない厚板に頭をもたせかけた。

「ただ森に戻らせてくれればいいのに」と話しかける。

扉がひらくと、また別の部屋があった。室内にはヴィヴェイがいた。

その顔にたたえられた表情がまったく判断できず、テッサラは無言で魔術師を見た。これも魔法のいたずらのひとつにすぎないのか、とあやぶみながら、おずおずと声をかける。「ヴィヴェイ？」

「はい」ヴィヴェイはそれだけ言った。動こうとはしなかった。テッサラは一歩そちらへ近づいた。

「なんだか見慣れない感じだ。なにを考えていたんだ？」

「記憶を呼び起こしていたのです」魔術師は答えた。「はるか昔に忘れ去ったものごとを……それが歳月の下にうずもれて、いまでもそこにあるということを、陛下のおかげで思い出しました」やっとみじろぎし、向きを変える。その手前の壁に扉が現れたのが見えた。まるで、魔術師自身も巨人の館に閉じこめられていたかのように。

だが、あれは巨人ではなく、ここは館ではない……扉をあけると、すぐ外に緑の森がうかがえた。ヴィヴェイはわきに立ち、女王が通りぬけるのを待った。

テッサラはひとあし踏み出したが、敷居を越える前に立ち止まり、ヴィヴェイを見ずに言った。「ここは魔術師の学院だな」

「はい」

「それにあの巨人。あれは魔術師だ」

「フェイランです。一度会っておられますよ、お父君が学院を訪問されたとき、陛下もお供なさいましたから。まだお小さかったので、巨人だとお思いになったかもしれませんね」

テッサラはうなずいた。もう一歩進もうとして体を動かしたが、足は出さなかった。「じゃあ、わたしは何者だ？」

「ご自身でお答えください」ヴィヴェイは言った。

テッサラはとうとう、相手に目を向けた。年老いた美しいおもてには、さまざまなものが浮かんでいた。自分自身を見つめはじめるまでは気づかなかった、複雑に入り組んだ事柄が。

静かに答えた。「そうする」

「陛下をお捜ししていたのです。こちらにいらっしゃるとフェイランが知らせてきましたので。シール侯は、使者が宮廷に呼び戻すまで待っておりませんでした。すでにこちらへ向かっているところです」言葉を切る。煙るようなひとみが、半眼で遠くのなにかを凝視していた。「軍隊を率いて」

テッサラは首をめぐらし、やみくもに木立をながめた。やがて、ようやく体を動かし、なにが起こるかわからない世界に入っていく。巨人の館のあらゆる部屋と同様、壁を打ち破るしか出口のない世界へと。

18

海の皇帝は満足していなかった。

配下の軍隊も同様だった。バルトリア海の周囲を制覇していくにつれ、栄光と掠奪の夢に心奪われた他国の兵士が加わって、軍勢はぐんぐんふくれあがっていった。皇帝は無敵と思われた。エベン軍が領土に到着してさえいないうちに王が逃げ出し、戦いらしい戦いもなくキリクシアが陥落したのち、アクシスはしばらく、陽光のふりそそぐバルトリア海の岸辺にとどまっていた。例によって、征服した国にはなるべく手をつけなかったので、大部分の民にとって、日常生活は以前とたいして変わらなかった。上の顔ぶれが変わっただけだ。治安を回復し、秩序を保つために、征服者たる異国人と、実際的な地元民が注意深く組み合わせられた。皇帝が背を向けた瞬間、帝国が崩れはじめることはわかっていたので、国家を維持できるよう、できるだけ賢明で分別のある策を講じておいたのだ。そのうえで、結局背を向けた。なによりも好んでいたのは戦だったからだ。

作戦が終わるたびに、どれだけ離れていようと、アクシスはエベンに戻った。一度失いそうになっただけに、細心の注意を払っていたのだ。故郷で国事を処理しているとき、その思いは必ず、エベンと帝国の国境を離れて、次の戦場を見つけようとさまよっていった。給料もよく、戦の合間には充分な庇護を受けている軍隊は、皇帝の決定を根気強く待った。エベン軍というのは、とてつもないしろものになりつつあった。帝国自体におとらず扱いが厄介だった。アクシスの妃は、エベンから夫が離れるときには軍隊を憎み、戻ってくるときには恐れた。いまや巨大な殺戮《さつりく》機械、数々の王国をまるごとたいらげる怪物となっていたからだ。餌をやらなければ、エベンそのものを食らいつくすだろう。王妃がそうこぼすと、王はまじめに耳をかたむけ、あっさりと答えた。「では、新たに征服する地を見つけてやろう。そうすれば、予に向かってくることはあるまい」

皇帝の軍隊には、よそ者が山ほどいた。そこは異国の容貌や言語、慣習、経験にあふれており、若き皇帝のめざましい勝利に刺激されて、新しく帝国の一員になった兵士たちでいっぱいだった。軍とともに戦ったケインは、夜にはひそやかな影となって焚火から焚火へと流れ歩き、みなの意見や愚痴《ぐち》や噂に耳をすまし、新たな征服地を探すための情報源とした。こうして、父親が交易商だったキリクシア生まれの兵士から聞いたのが、バルトリア海の東にある驚くべき大国の話だった。語りつくせないほどゆたかな地には、風変わりな獣や太古の詩歌が満ちているという。

エベンに戻り、海の皇帝がそわそわしだした気配を察したとき、ケインはそのことを話した。ふたりは、蛇川のほとりに建つ静かな宮殿で横になっていた。もっとも重要な作戦会議をおこなうときの常として。

「その国には名前があるのか？」アクシスはたずねた。周囲の王宮は暗くひっそりとしていた。

燭台がひとつ、互いの顔に光を投げかけている。

「ギラリアッドと」

「ギラリアッド。聞いたことがない」ケインの肘の内側や、喉のくぼみに、あたたかい雨のようなくちづけを降らせてくる。「ほんとうに存在しているのか？」

「見つけてみせます」ケインは約束した。

ケインには独自のやり方があったが、たずねられたときにしか説明しなかった。帝国と戦という双子の竜を乗りこなしている皇帝には、魔法に頭をひねっているひまはなかった。その力は存在しており、アクシスのために用いられている。だが、アクシス自身には複雑すぎて理解できなかったので、めったに質問することはなかった。まれに訊いてみても、答えはいらいらするほど漠然としていた。いったいどうやったら、一瞬のうちに戦場を移動できるのか？　ケインの名を口にしただけで、あるいは思い浮かべただけで、かたわらに現れる手段とは？

「呼んでいるのを感じるから」という返答だった。「足を踏み出すの」しかし、どのように？

「いちばんの近道を行って」その近道を見つける方法は？「あなた以外のものを、なにもかもとりのぞくだけ」いったい、どうしたら戦場がとりのぞける？　アクシスはあぜんとした口調で問いかけた。ケインは説明しようとした。「別の場所にやってしまうの。布を折りたたんだとき、模様が隠れるように。片方の端があなたで、反対側がわたし。布を広げれば、模様をはさんで遠く離れているでしょう。でも、布の端をもう一方の端と合わせれば、その距離はなくなる。模様はまだ存在しているけれど、もうふたりのあいだにはない。別のところに行っててまうから。そして、わたしたちは一緒になるの」

　こうやって、ケインはあちこちを訪れた。たとえば、蛇川が海にそそぐ河口の三角州にある波止場だ。そこで話を聞き、質問してまわって、とうとうギラリアッドに行ったことがあると主張する交易商を発見した。その男は、すりつぶせばかぐわしい香辛料になる莢《さや》つきの豆を見せてくれた。また、不思議な色に染めためずらしい薄手の織物や、見慣れない模様の釉《うわぐすり》がかけてある陶器も。きめが細かく香りのいい木材を鼻先にさしだして、加工していない宝石や、見知らぬ君主の顔が刻んである黄金の円盤がつまった、優美な装飾の箱をあけてみせた。

　ケインは円盤をひとつ、アクシスに持ち帰った。

「お金よ」と告げる。「あなたが次に征服する土地の」

　アクシスは円盤の肖像を観察した。尊大で傲慢そうな鷲鼻の横顔。「地図がいる」とつぶやく。「将軍たちに見せるために」その硬貨をケインの手に載せ、指を折って握らせた。「ギラリアッドを征服したら、市へ出て、これで布を買うがいい。ふたりが床をともにするさいには、どこかに姿を消す模様のついた布を」

　ケインはほほえんだ。「このお金で世界地図を買うつもり。世界そのものでさえ、わたしたちを隔《へだ》てることはできないわ」

　もし、ふだん目にする世界地図に、自分の知っている範囲だけが載っているとすれば、ギラリアッドにある世界地図には、そこで知られている地域が記されているはずだ。つまり、エベンでは未知の国も含まれており、皇帝が制覇する対象となるかもしれない。ケインは交易商や船乗りに聞き込みを続けた。そうした人々のほうが、陸に囲まれたバルトリア海を往来する商船より遠くまで足をのばしていたからだ。そして、バルトリア海の東の山地や草原を越えていく、長く難儀な道筋のことを学んだ。そこでは、遊牧民の部族や奇妙な動物の大群が、先祖によって長年のあいだにつけられた道を放浪しているという。こうして、ケインの心の内で、世界は決定的に形を変え、驚くべき変貌を遂げた。蛇川の岸辺にいた若い娘にとって、世界とは、まさしくエベンの範囲にかぎられていた。それがいまや、想像もつかないほど広大で入り組んだものへと変化しつつあるのだ。アクシスは、その複雑きわまりない世界へと軍を進め、これまで見逃していたあらゆる王国に覇を唱えたがっている。そのためには、この自分が道標となることが必要だった。

ケインは、バルトリア海周辺の水夫たちから地図を買いこんだ。盗んだものもある。というのも、ゆたかな異国の都市につながる交易路の秘密は、裕福な商人たちによって厳重に守られていたからだ。例の部屋に地図がずらりと並ぶと、アクシスははだしでそのなかを歩きまわり、時間をかけて無言で調べた。それから、こちらを見た。そのひとみに浮かんだ色に、ケインは胸につきあげるものを感じた。この大地はアクシスのものだと、ふたりとも悟った瞬間だった。

コールの山並みより
皇帝の兵は湧水のごとくあふれ
ギラリアッドの野に降り立つ

星々のごとく
名も知れず、数も知れず
つきせぬ雨粒にもたとうべき
エベンの戦士の仮面の顔
ギラリアッドの喇叭《ラッパ》がとどろき
骨と真鍮《しんちゅう》の響きが地をゆるがす
猛き獣の鬨《とき》の声さながらに
死の運命《さだめ》へと突き進む

そして、ギラリアッドは滅びた。語る詩人によって、戦闘は三日とも三十日とも、やむことなく九十の日夜を重ねたともいわれる。エベンからギラリアッドへ進撃する途中で、アクシス軍はたしかに川のようにふくれあがった。遊牧民の戦士や傭兵が流れこんだからだ。長い攻防を通じて、ケインは常にアクシスのかたわらで戦った。ろくに眠らず、夜でも魔力で戦場を照らしたため、ケインでさえ時の感覚を失った。勝利を疑ったことはない。だが、ギラリアッドの誇り高き君主は、歴史の始まりから祖先が保持していた土地を、どこからともなく現れた仮面の侵略者にやすやすと渡そうとはしなかった。

エベンの獅子は

ギラリアッドの王の髪をつかみ
首級を掲げ
最後にひとたび
その目に領土を映す
大いなる叫びが野にこだまし
死せる王はおのが民に告ぐ
「いざ叩頭《こうとう》せよ、地にくちづけよ
この君こそは天下の皇帝なれば」

実のところ、軍隊と国をさしだしたとき、ギラリアッドの王は自分の足で立っており、頭も肩の上についていた。その後まもなく、屈辱に耐えられず、みずから死を選ぶことになったのだが。王の息子たちは遠方に送られ、ギラリアッドが長い歴史のなかで征服した地域の支配権を与えられて、小身の貴族となった。そして、生きているあいだじゅう、反乱や復讐をもくろむ兆しはないかと注意深く監視されていた。アクシス自身は、一年近くエベンに戻らなかった。新たに獲得した土地を調査し、統治機構を処理していたからだ。ようやく故郷に戻ったときには、ケインの助言を入れ、配下の大軍団からかなりの人数を割いて残していった。

アクシスが領土を整理しているあいだ、ケインは状況をじっくりと考慮した。ギラリアッドは広々とした肥沃な土地で、皇帝軍を楽々と収容できた。富裕な都のそばに陣取った軍勢は、充分な食事を与えられ、秩序を保っている。そのころには、エベンに残された妃の不安とは裏腹に、兵士たちは皇帝に熱烈な忠誠を捧げるようになっていた。なにしろ、わずか数年で伝説や叙事詩の題材となりおおせたのも、皇帝のおかげだ。軍団はどこまでもアクシスについていったに違いない。

行く先はケインが教えてくれるだろう、とアクシスは期待していた。

ふたりはギラリアッドの国内をめぐり、豪壮な宮殿や大都市に滞在した。アクシスが統治機関を配置しているあいだに、ケインは学者と話し、図書館を調べた。方々をさすらったあげく、ギラリアッドに流れついた船乗りや、隊商の長を通訳として雇った。とつぜん征服されるまで、エベンの名を聞いたことのある者はほとんどいなかった。学者たちは古文書を見せ、なんとか説明しようと四苦八苦した。ケインが魔力を使ってみせると、相手は合点して、さらに古い文章をひっぱりだし、地元のまじない女や魔法使いや癒し手のもとに連れていってくれた。そういった人々から学んだのは、風変わりな異端の術だった。たいていは、報酬として黄金を提供した。相談にきた客からも見くびられているような、野蛮でむさくるしい連中だったからだ。

ときおり、日がな一日贅沢な庭園ですごし、学者や通訳の朗読に耳をかたむけることもあった。読みあげられる歴史や叙事詩は、はるか昔に死んだ英雄や、名前ぐらいしか残っていないような王国について語っていた。ギラリアッドの観点から描いた世界地図も見せてもらった。東に横たわる大洋には、始まりも終わりもなかった。むこう岸を探しに出かけた者は、誰ひとり戻ってこなかったのだ。つまり、終わりがないということになる。ケインはまじめくさってうなずいた。大洋はどこまでも続き、やがて星々にそそぎこむ。その先も無限に広がっている。すべてが巨大な布のように、平たく展開しているのだ。何処《どこ》にもない門から皇帝が出現するまで、知性のある人々はみな、実在という織物に置かれた大地という模様は、ほぼギラリアッドそのものだと信じていた。

いまや、学者たちはその誤りに気づき、世界の形を直してくれと頼んできた。ケインは自分の知っている世界を描いてやったが、アクシスの勝利に納得しやすいように、エベンは実際の十倍も大きくしておいた。頭の奥で思考の波がよせては返し、相手の言葉に喚起された映像が行ったりきたりした。星々のなかに流れこむはてしない海。布のようにべったりと横たわる世界。世界の涯《はて》を探しに出かけて二度と戻らず、いまなお星をめぐっているかもしれない探検家たち……心のなかで、平たく広がった実在の布に手をのばす。つまんでひだをよせ、いくらか間隔のあいていた模様がふれあうようにする。両端を合わせて折りたたんでみた。互いの存在を知らなかった場所が、いまでは顔をつきあわせている。空から星がふりそそぎ、大地に落ちる。終わりのなかった海に、とつぜん岸辺が生じる。

どうやって？　ケインはいぶかった。どんなふうに？

そして、遠距離を移動する方法について、アクシスに説明したことがすべて、おのずからひとつの言葉にまとまった――時間。

アクシスが征服した民と和解しているとき、ケインはギラリアッドののどかな庭園で、帝国の真の始まりを垣間見た。

時のあるじ
何処《どこ》にもない門をひらく者
思いのままの場所へ
制約もなく
逃れるすべもなく
門をとざし
城壁を守り
黄金を隠し
決して眠ることなかれ
皇帝は門をひらき
塔を崩し
黄金を奪い
眠りを返す
眠りには言葉もなく
夢もなく
時もなければ
終わりもなし

19

幽閉された部屋のせまく硬い寝床に座って、ボーンは硬貨を一枚ほうっていた。森で会った少女の冠を戴いた頭が上を向くこともあったし、連結したレイン十二邦の側になることもあった。どちらのときも、貨幣語の託宣を理解しようというかのように、動きを止めてじっと見つめたものだ。ペンも小刀もなく、どう落ちたか記録しようがなかったので、はじめから気にしないことに決めていた。投げるたびにこれが最初と考え、どの模様もお告げと受けとめよう。硬貨投げをしているうちに、いつか肝心なお告げがおりて、この部屋からぬけだしてネペンテスのところへ赴《おもむ》く方法がわかるだろう。そうすれば、行かなかったのはなぜか、伝えることができる。

努力はしたのだ。心をネペンテスで満たし、会いたいと願う気持ちで時をつらぬいて、最短の道を作り出そうとするたびに、壁に行きあたってしまった。試みたのは一回だけではない。二度目の壁は前とは違って見えた。ヴィヴェイもそこまで多くの呪文を支えることはできないだろう、際限ない壁もどこかで終わるはずだと思い、何度もやってみた。だが、壁はとぎれなかった。ボーンはどさっと床に座りこみ、扉を出しぬく手立てを探そうとして、靴のなかに硬貨をほうりこみはじめた。戸口は現に見えているし、機能している。台所から食べ物を運びこむときには、毎回ちゃんと開閉しているのだから。錠はついていないようだ。扉をあける方法を教えてくれれば金をやる、と召使いに申し出てみた。相手はばかにして鼻を鳴らしただけで、不愉快な笑い方をしながら行ってしまった。ひょっとしたらフェイラン自身だったのかもしれない。ボーンは目下の問題に集中し、ポケットに入っていた十七枚の硬貨をねばり強く投げ続けた。すると、いつのまにか、どこからともなくひょっこりと、ある考えが芽を出した。すぐそこにある。扉も、ひらき方も、自分の心のなかに。靴の中身を出すのをかろうじて思い出し、はきなおして戸口に近づく。

あけたとたん、崖から転がり落ちそうになった。

扉をしめ、そこにもたれかかる。ぞっとして胸がどきどきしていた。陽射しと潮の香を漂わせ、だしぬけに崖のへりから吹きあげてきた一陣の風が、まだ感じられる。その勢いで体を押し返されなければ、深い奈落をまのあたりにした衝撃のあまり、体勢を崩して墜落するところだった。幻だろうと思ったが、完全に納得できたわけではない。宙に踏み出せば、短い人生の幻想をすべて、一瞬にしてはぎとられ、死をめざしてとびこむことになるかもしれないのだ。ヴィヴェイが助けてくれることも期待していなかった。ボーン――かなにか――のせいで、ひどく苛立っているように見えた。寛容にふるまう気分ではなさそうだ。

そこで、硬貨投げに戻った。今回は靴にほうりこむかわりに、女王の顔がついた一枚を投げあげることにした。森の少女には似ていない。硬貨の表面の顔は、もっと年が上で力に満ち、鍛えあげられた人物のものだった。前に会った内気な森の精ではなく、戦う女王だ。あの少女は魔法の生き物だった。木々や鳥たちと言葉を交わし、不吉な予兆を見てとっていた——あれはなんだっただろう？　そう、茨《いばら》の繁《しげ》みだ。もしかすると、硬貨投げで女王の顔が何度も出れば、その魔法の一部が自分の内部に燃えついていてくれるかもしれない。女王か十二邦か。ボーンは何度も何度も投げた。女王か十二邦か。それは、全神経を集中すべき問いだと思われた。正しいほうを選べば、魔法が見つかり、術を使うことができて、自由の身になれる……

今回、空白の心にしのびこんだ呪文は、探していたはずのものではなかった。窓ひとつないこの場所に、どれだけいたのだろう。見当がつくのは、食事の回数ぐらいのものだ。すでに、ありえないほど長い期間だという気がしている。誰もなにも伝えにきてくれない。食べ物や体を洗う水を持ってくる召使いさえ、ろくにこちらを見ようとせず、なにを言っても答えようとしなかった。姿を消しているも同然だ、とボーンは百回も思った。目も耳も思考もない、壁の石のようなものだ。なんの音もせず、時の流れも存在しない部屋。これ以上とどまっていれば、そのうち本物の石になってしまうだろう……

女王か十二邦か。

女王か十二邦か。

女王か十二邦か。

「これならいっそ」とつぶやき、硬貨を親指ではじく。「こんな状態ならいっそ……」

姿を消したほうがましだ。

呼吸が止まるのが聞こえた。

女王。

まるで愛のしるしのように、やさしく硬貨を拾いあげ、そのおもてに見入る。

姿を消す。いっそのこと……

「かまわないじゃないか」と女王に告げる。「だめでもともとだ。どうせ誰も見てくれないんだから。それならいっそ」

姿を消したほうがいい。

ボーンは若い女王の顔を手にして、長いあいだそこに座っていた。なにもしようとせず、考えることさえ放棄して、ただあるがままに、誰ひとり見ることも聞くことも話しかけることも望まない存在になる。壁の石、火のともっていない蠟燭。なんでもないもの。どこにもいない。気づかれない、目に見えない。

そっと硬貨をポケットに入れて、待ち受けた。

次の食事を持ってきたとき、召使いが見たのは、囚人が座っていた床に硬貨が散らばっている光景だった。

相手が背筋をのばし、目を疑うようすで室内を見渡しているうちに、ボーンは戸口をぬけ、居心地のよさそうな魔術師の図書室へ入っていった。召使いがわめいているあいだも歩き続けて、心が求めているほうの図書館にたどりつく。

現れた場所は、ネペンテスの寝室だった。廊下に顔を出す勇気がなく、そこで部屋の主を待つことにする。寝台に腰かけると、頭をからっぽにするため、また硬貨をほうりながら、姿を消したままでいようとつとめた。ちっぽけな窓から見える空は、いつまでたっても暗くならなかった。それでも、とうとう夜になったが、ヴィヴェイは捜しにこなかった。なぜだろう。みなしごの書記に恋していることは知られている。真っ先に図書館にくると予想できるはずだ。この前ここでつかまえたので、まさか同じところにいるとは思っていないのかもしれない。口もとがふっと苦笑にゆがんだ。でなければ、軽佻浮薄《けいちょうふはく》な自分など、さっさと逃げ出したと思われているかだ。きっと、魔法の森から、安全な伯父のもとに至る道筋のどこかで見つかる、と予測しているのだろう。

硬貨をはじいて投げあげる。扉があいた。

寝台に落下する硬貨を凝視して、ネペンテスは両手を口にやり、悲鳴を押し殺した。

ボーンはあわてて寝台からおり、その両肩をつかんだ。またもや声をあげようとしたので、「ネペンテス」と、ささやきかける。「俺だよ」

ネペンテスは、ボーンの体を押しのけて部屋に入り、足で扉を蹴ってしめた。ぶるぶるふるえており、一本の蠟燭から別の蠟燭へ火を移そうとしている手がわななないた。ボーンがとりあげると、鋭く息をのむ。「それ、やめて!」

「それって?」

「そうやって、空中にものを浮かべないで」

「そんなことしてるかな?」あっけにとられてたずねる。

「そこにいるのに見えなかっただけでも気持ち悪いのに——」

「でも、ここにいるじゃないか、いまは」

「どこに？」と、硬い口調で問いただす。「どうしてあたしから隠れるの？　いやがらせしか思いつかないんだったら、ほっといてよ」

ボーンは細心の注意を払って、蠟燭を台に立てた。「ネペンテス」どういうわけか、また小声になっていた。「俺が見えないのか？」

「見えない！」ネペンテスが努力しているのはわかった。ボーンの手がからになっているので、必死になって部屋じゅうを捜している。「声は聞こえる。手に持ってたものも見えたけど、本人はぜんぜん見えないの」

ボーンは目をつぶり、ぐったりと壁によりかかった。「そんな」とかすかにもらす。「こいつはひどすぎる」

「ほんとに」

「頼む」手を握ると、ネペンテスはふりはなそうとしたが、ボーンはその掌《たなごころ》を自分のざらついた頰にあてた。「さわってみてくれ。日数は知らないが、閉じこめられていたあいだにこれだけひげがのびたんだ。あの晩、食堂で会ってから、何日たった？」

大きくみひらいたひとみが、手のひらの内側の空気を探る。「五日」

「五日か。半年もすぎたみたいだ」

「どうして姿を消したままなの？」

「自分のかけた術を解く方法がわからないからさ」と、かすれた声で答える。「どうやって姿を消したのか自分でもわからないが、うまくいったと気づいたとたん、部屋からしのび出てここにきたんだ」

「どこにいたの？」

「魔術師の学院のどこかだ。ヴィヴェイに幽閉されてた。この前きみを捜しにきたときに、図書館でうろうろしてたところを見つかって、反逆罪で拘束された」

「反――」ネペンテスはその言葉を喉の奥に押し戻そうとした。口にすれば惨事を招くといわんばかりに。「ボーン。いったいなにをしてたの？」

溜息をつく。「一緒に座らないか。姿が見えなくても、手を握って、隣にいると感じてくればいい。説明してみるから」

ボーンは事情を話し、ネペンテスが理解しようとしているようすをながめた。そのときには、魔法の謎をたどる愉快な冒険だと思ったのに、いまでは愚かな行為に聞こえたし、どちらにもとれる危険をはらんでいた。握りしめたネペンテスの手から力がぬけていく。一度か二度、口をはさんでこようとしたが、ボーンは頑固に話を続け、決して悪気があったわけではないと主張した。そもそも自分には無理だと思っていた――実際、森で会った女王のことは気に入ったし、笑わせてやったほどだ――

「ボーン」ネペンテスは笑っていなかった。双眸《そうぼう》がひどく大きく、黒々として見える。饒舌《じょうぜつ》が途絶え、ボーンは落ちつかない気分で待った。「今晩、夕食の席であなたのおじさんの噂を聞いたの。女王さまを攻撃するために、第二邦の全軍を率いてここへ向かっているって」

水を一杯あびせかけられたように、さっと皮膚が冷たくなった。同時に、ときはなたれたものがあった。無意識に制御していた荒ぶる魔法が、とつぜん自由になったのだ。力が霧散するにつれ、相手の目の表情が変わり、術が破れたことがわかった。

「ボーン！」ネペンテスは、ふいに現れた顔に向かって呼びかけてきた。「いまはだめ！」

「どうしようもないんだ――」ふたたび手をつかむ。ふたりとも口をつぐみ、動きを止めて耳をすました。だが、激昂《げっこう》した魔術師がぱっと出現し、檻へひきずり戻されるような事態にはならなかった。ボーンはそろそろと手を離し、またささやいた。「伯父のことは知らなかった。もう何日も、誰も話しかけてこなかったし」

「もう一度姿を消せないの？　すごく危険なのに」

ボーンはネペンテスを見やり、まぶたから髪をひとすじ払いのけてやった。「信じてくれるのか？」と、望みをつないでたずねる。

「そりゃそうでしょ。不注意な人だってことは前から知ってたもの」ネペンテスは悲しげに答えた。「でも、王立図書館の書記ひとりがあなたの――無実じゃないにしても、軽はずみを信じたところで、見つかっちゃったら意味がないし。どうするつもり？　この地下にいたって、顔は見せられないでしょ」

「わからない」ボーンはネペンテスに身をよせ、髪にくちびるを押しあてた。「ここにきたのは、きみを傷つけたことがわかってたからだ。わざとじゃないって伝えたかった――ずっと、きみに会うことだけ考えてた。俺はものごとを気楽にとりすぎてるかもしれないけど、きみを軽く扱ったことはないって説明したかった。きみのためなら魔法が使える。思ってもみなかったようなことができるんだ。たとえば――」間をおき、少しためらってから、しぶしぶ続ける。「たとえば、きみまでごたごたに巻きこまないうちに、いまこの場を去るとか」

「だめ」ネペンテスの指が肩を、ついで手首をぐっとつかんだ。「だめ」

「残るわけにはいかないよ」

「大丈夫。また姿を消せばいいんだから。一緒にいて。かくまってあげる。食事も運んで――」

「ふたりともヴィヴェイに見つかるよ。きみまでおとがめを受けることになる」

「だったら、あの茨を隠してる場所に入れてあげる。あたししか行かないところだから。そこで姿を消す練習をすればいいでしょ」ボーンに腕をまわし、きつく抱きしめる。「だって、ほかに行くあてがあるの？　魔術師たちが見張ってる森に戻る？　おじさんの軍隊に合流して、戦いに手を貸す？」唐突に離れると、目をあわせてきた。「そうする？　魔術師の力を使って、第二邦のために戦うの？」

「それもできる」ボーンは静かに応じた。「しかし、ほかの十一邦の軍隊がこの平原に結集して、自国の支配者を救出し、その権力を守ろうとしたら、伯父はどうするつもりだ？　第二邦はおしまいだ。平原の流れの民にまじって逃げ出して、知らない街で名前を変えて、見世物でもして暮らすほうがましだよ。きみ、一緒にきてはくれないだろうな？」

驚いたことに、ネペンテスはその案を考慮した。みひらいた目が、妙に切実な色をおびている。「お金は持ってるの？」

「うん」と答えてから、吐息をもらす。「違った。この硬貨以外、全部学院に置いてきたんだったよ」

ネペンテスはボーンの体に顔を押しつけ、まなざしを隠した。「だったら、ここにいるしかないじゃない。第一、家族はどうなるの？ 置き去りにするわけにはいかないでしょ」

「どうなるかって？」ボーンは苦々しく言った。「伯父は身内のことなんか考えてやしないよ。このまま平原に向かって進軍を続ければ、家族なんかろくに残らないだろうし」

「おじさんを止められる？」

「説得するのは無理だな。もっとも、女王陛下と魔術師とほかの邦国が、よってたかって制止するさ。そうすると帰る家もなくなる」

「それなら、さしあたってはここを家にしなくちゃね。夜中になるまで一緒に待ってて。そしたら隠れ処《かくが》に連れていくから。予備の寝具の置き場は知ってるし、食堂の厨房から食べ物も運んであげる。また姿を消せば、誰にも見つからないでしょ」

冬空のように澄んでひややかな、ヴィヴェイの灰色のひとみが目に浮かんだ。どんな術をかけても見破られるに決まっている。「さしあたっては」とあいづちを打ち、ネペンテスにくちづけた。「ともかく今夜はいるよ。できるものなら、それ以上長くきみを危険にさらしたくない。でも、いまははっきりものが考えられないみたいだ」

「考えないで。見つかっちゃうだけだから」

何時間もあと、ネペンテスに先導されて、ひっそりと暗い廊下を通りぬけながら、ボーンはなにも考えまいとした。まるで階段が見つかるたびに下っていくようだ。すりへった石の段。きっともう、崖の中心部、夢見る王の近くまできているに違いない。こちらが夢を見ているのだろうか。シールのアーミンは悪夢なのか、それとも、夢見人の眠りを妨げる、わずらわしい異物にすぎないのだろうか？

ネペンテスは蠟燭を一本置いて、食物《しょくもつ》と毛布をとりに行った。歴史的遺物の破片が散乱しているなかに残されたボーンは、古びた厚板と理解不能な文字をじっくりながめ、明かりを動かして、蠟や硬化させた獣皮の書字板を観察した。かつては秩序ある社会を築くために不可欠だった品だが、いまでは埃をかぶって地下にうずもれ、無用の長物と化している。

あの小さな茨の本が目を惹いた。閉じたまま置いてあり、ペンやインク壺や、几帳面な細かい文字がびっしりと記された紙束などに囲まれている。ネペンテスが訳した原稿だ。ひとつをとりあげ、ざっと読んでみた。ケインとアクシス。それだけだ。ほかにはなにもない。どちらの名も、まわりの書字板のように古ぼけて埃にまみれている。いったい、ネペンテスがこだわっているものはなんだろう、と首をひねった。この謎めいた茨の本を手にして以来、くりかえしこの疑問が浮かんできている。

茨。

ボーンは目をぱちくりさせた。あることを思い出したのだ。森の女王。その前に現れた戦士。

甲冑姿で顔を隠し、指をあげて、無言のまま警告していた——なにを？

棘だらけの繁み。

茨。

身の内からふたたび、得体のしれない魔法がほとばしった。不安が襲ってきて、唐突に発現した力とぶつかりあう。

「始まりにすぎない」伯父について話しているヴィヴェイの声が、記憶のなかによみがえった。

「問題の始まりにすぎない」

20

その晩、夜も更けたころ、魔術師の図書室で腰を落ちつけたヴィヴェイは、フェイランに囚人の所在を知らせた。

「今回の件にはなにか不可解な要素があるのですよ」と、陰鬱《いんうつ》に言う。「だから学院に連れ戻さず、図書館に残しておいたのです」

「どうやって自由の身になったのか理解しかねますな。あの扉にはすさまじい術をかけておられたでしょうに」

「魔法であける方法を考えついた場合だけです。そんなことをするはずがなかったのですが。近ごろでは、学生になにを教えているのですか?」

「複雑な事柄はなにも」

「まあ、実際にあの子がやったのは、複雑とはほど遠いことでしたからね。なにをしたかというと、ハルヴァーがあけた戸口から、すたすた出ていったのです。囚人が姿を消すかもしれないとは聞いていない、とハルヴァーは言っていましたよ」

「わしも聞いておりませんな」フェイランは困ったように言った。「そんなことができようとは考えも及びませんでした」

「本人も思っていなかったようですね。図書館の書記にそう言っていました。なぜあそこへ戻ったのかわかりますよ。驚くような目をした娘でした。それにあの顔――なにかを彷彿《ほうふつ》とさせるのですが、思い出せません。ボーンを崖の奥深くの一室にかくまっていました。古い石板などが山ほどあるところです。それから、書記が食事と毛布をとりに行きました。よそに逃げようとする気配もありませんでしたから、ほうっておくことにして、こちらへきたわけです」

「そこにとどまるでしょうか?」

ヴィヴェイは軽く肩をすくめた。「少なくとも、朝までは」

「それからどうしますかな?」

「わかりませんね」

「われわれはどういたしましょう?」

「そのときになったら決めます」言葉を切り、半眼になった無表情なまなざしで、ちぐはぐなできごとを組み合わせようとする。シールのアーミンの軍隊が、女王を攻めようと第二邦を出発した。夢見人が目覚め、アーミンではなく茨《いばら》に関して、緊急の警告を発している……

「平原じゅうを探しても、茨の繁みなどひとつもありません」ヴィヴェイはいらいらと言った。「アーミンをのぞいて、危険は見あたらないのです。だからこんなに不安なのですよ。わたくしに視えないとは!」

「ボーンさえ危険な存在ではないと?」

どうしようもなく、かぶりをふる。「ボーンが恋人の書記に告げた台詞《せりふ》は、すべて聞きました。ふたりで流れの民の荷馬車に乗って逃げようと話し合っていましたよ。どうやら、シールのアーミンのために戦う気はまるでないようです。シール侯のせいで第二邦はおしまいだと言っていましたし、家族のことも心配していました。当然ですけれどね。十一邦が力をあわせてアーミンと戦い、そのついでに女王陛下に反乱しようともくろむようなことになれば、わたくしはあの伯父の首を打ち落とし、身内を何百年でも外縁諸島の塔にほうりこんでやります。ガーヴィンは国王軍に召集をかけました。南北から進軍してきているところで、アーミンが平原に近づく前に遮断できるはずだということです。もちろん貴族たちは、家に帰らせろとやかましく騒ぎ立てていますよ。みずからの利益を守るために軍を集めようというのです。陛下のために戦うと言ってはいますが。それだけでも、死んだ戦士の骨に刺激を与えるには充分だと思いますが、とんでもない。さっぱり理解できないものでなければいけないわけですよ」

「茨ですか」フェイランがぼそぼそと口にする。

「茨です」

「そこで、ボーンを放置しておけば、なにかつかめるだろうと考えておられるわけですかな？」

「あの子の魔法は、衝動と欲望に左右される、予測のつかない力です。ここに押しこめておけば、悪い結果を生むだけでしょう。あえて自由にすることで、役に立つものを掘り起こすかもしれません」また黙って思いに沈み、それからゆっくりとつけたす。「この平原で手に負えない魔力を持っているのは、ボーンだけではありませんが」

「テッサラさまですな」

「そうです」双眸《そうぼう》から不吉なほどの静けさが去り、ヴィヴェイはふいに無防備な、どうしていいかわからないという表情になっていた。「思い出せないのです」

「なにが？」

「あれほど若いとき、力とはどんなものであったかということが。誰も名を与えてくれなければ、なんなのかわかるはずがありません。なぜ木々の言葉が聞こえるのか、陛下はわたくしに伝えることができませんでした。それが重要かどうかさえ、判断がつかなかったのです。どうして言う必要があります？ いままであの方がなにをしても満足しなかったというのに、今回だけが例外ということがありますか？ わたくしはたしかに、自分でも数えきれないほど年老いているかもしれませんが、すぐ鼻先にあるものさえ見落とすとは」

「陛下の内に、ほかのものを見ようとしていたからでしょう」フェイランはおだやかに指摘した。「お父君を見出そうとしておられたのですよ。先王陛下の胆力と覇気を。ご自分の力と同質のものを探そうとは思われなかった」

「ええ」

「見当はついておられるのですか――」

「いいえ。どれだけの力を秘めておいでなのか、わたくしにはわかりません。あるいは、どこからあんな力が受け継がれたのかということさえ。王家の系図はこの森全体よりこみいっておりますからね。第一、始祖の性別すら正しく伝えることができなかったのなら、途中でなにが変化したり、忘れ去られたりしていても不思議ではないでしょう。いまは、テッサラさまに教えてさしあげる時間はありません。戴冠後のひと月を無事生きのびれば、あとで魔術師としての訓練をしてさしあげることもできるでしょう。それまでは、わたくしたちがお支えするしかありません。老いて眼力の衰えつつある相談役と、何十年も戦場に近づいていない教師たちが」

「よろしければ」フェイランが悠然と申し出た。「アーミンの頭の上に、空の学院を落としてやることも可能ですが」

ヴィヴェイは薄く微笑した。「頼むかもしれませんね。ですが、目下のところ最優先すべきなのは、探すことです――」

「茨を」

「茨を」落ちつきなくみじろぎする。「とても考えられないような場所を見てみたのですよ。ボーンをかくまっている書記が提供した隠れ処《かくが》というのが、本人いわく、茨を隠している場所なのだそうです。そこで当然、ふたりのあとをつけていき、わずかでも茨に似たものがないかと、図書館を探したのですが」

「なにか――」

「なにも見つかりませんでした。壊れた石板がいくつかと、本が数冊と、作業中の原稿だけです」

「本」フェイランのおもてをなにかがかすめた。一本のしわが眉間に刻まれる。蜻蛉《とんぼ》が水面《みなも》に残す跡ほどうっすらと。ヴィヴェイは首をかしげて相手をながめた。「この春、魔術師のあいだに出まわった本がありましてな。茨に似た文字で書かれていたのですが」

「魔法の品ですか？」ヴィヴェイはすばやくたずねた。

「そうは見えませんでしたな。ただの古代言語のようでしたが、誰にも解読できませんでした。交易商が持ちこんできたものでして、誰にも興味を持ってもらえなかったと言うのですよ。十二邦じゅう運んでまわるのはうんざりしたと」

「まだここにありますか？」

「いえ。司書に送って、どう解釈するかようすを見ています」

ヴィヴェイの銀の眉があがった。「けれども、力は感じなかったというのですか？」

「少しも。せいぜい、忘れられた言語が好奇心を刺激するという程度の力しか」言葉を切る。ヴィヴェイが見守るなか、まぶたが亀のようにのろのろとおりてきて、目の表情を隠した。フエイランは静かに言った。「ボーン」

「ボーン」

ふたたび、まぶたがあがる。「本を森の外へ持っていって、図書館からの使いに渡したのは、たしかボーンです。あの日、年上の学生たちは森で魔力の応酬を練習しておりましてな。新入生のなかで、森を通りぬけるのを恐れていなかったのは、ボーンだけだったのです」

「驚く気にもなれませんよ」ヴィヴェイは天をあおいだ。「司書のほうでは、もう解読したのですか？」

「なにも言ってきておりません」

「ひょっとすると、ボーンの恋人に作業をまかせたのかもしれませんね。茨とはそういう意味だったのでしょう。あそこに紙とインクがありましたし、なにか訳していたようです。これから戻ってのぞいてみますよ」

フェイランはうなずいた。「もっとも、レインの死者を呼び覚ますほど強力な言葉であれば、あなたの注意を惹かないというのは考えにくいことですが」

「ともかく」ヴィヴェイはそっけなく言って立ちあがった。「いまは耳をすましていますからね」

だが、図書館の一室でボーンの疲れきったいびきを聞きながら、茨の頁を何枚めくっても、文字からも単語からも行間からも、語りかけてくるものはなかった。ネペンテスの訳した文をいくらか読んでみる。驚いたことに、アクシスとケイン、と見えた。少し前に、自分もそのふたつの名を口にしたのを憶えている。ガーヴィンに寝る前の物語を聞かせていたときだ。今回は、こちらが眠くなってきた。アクシスが古代王国ギラリアッドを征服している最中に、ヴィヴェイはあくびをもらした。その国はどこにあったのだろう、と首をひねる。もっとも東に位置する邦国、第六邦のずっと東だった、と考えて、またあくびをした。

「なにもありませんでしたよ」魔術師の図書室に戻ってから、フェイランにそう告げる。「昔の歴史ばかりです」

それから、わずか二、三時間の眠りについた。塔の屋根に巣を作った鳥がさえずりだす時間に起き出し、夜明け前の暗がりに包まれて、ボーンを見張りに戻る。

そのころには書記のネペンテスも帰ってきており、ふたりはつぎはぎしたキルトにくるまって話をしていた。

「俺は出ていかないと」とボーンは主張した。「ヴィヴェイとフェイランが捜してるはずだし、きっと見つかる。時間の問題だよ。きみといるところを見られたくない」

「出てったりしないで。どこにも行くあてなんてないじゃない。そばにいて。学院に戻れば魔術師たちに閉じこめられるか、女王さまに逮捕されるかでしょ。第二邦に戻れば、味方する側を決めなくちゃいけないし、どっちについても殺されるかもしれないのに。ここにいてよ」

「それでどうするんだ？ この先一生、幽霊みたいに図書館をうろついて、暗くなるまで現れないようにするのか？ できるうちにここを離れるべきなんだ。いま。日が昇る前に。一緒にきてくれ。王立図書館の外にも本はある。俺は見習い魔術師の仕事を見つけて、きみは書いたり翻訳したりすればいい」

ネペンテスはためらった。一度か二度、息を吸いこむ音がした。そのあと、小声でなにか口にした。顔をそむけて言ったので、ヴィヴェイの耳には届いたが、ボーンには聞こえなかったらしい。

「え？」

「そうしたいの。一緒に行きたい。でも、まずこの茨を終わらせないと」

ボーンは相手を引き戻し、肩をつかんで押さえつけると、顔を隠せないように髪を払いのけた。「俺がかわりに終わらせるよ」と、固い決意をこめて保証する。「そいつを崖から海にほうりこんでやる」

「そうしたら、あたしもとびこむから」ネペンテスは、寒気がするほど冷静に告げた。ヴィヴエイは思わずまばたきし、ボーンはその髪に顔を埋めた。

「わかった」とささやく。「このことで喧嘩をするのはやめよう。本をとりあげたりしないよ。俺はこれから出ていく――」

「だめ――」

「聞いてくれ。誰か商人の荷馬車に乗せてもらって、ここを離れるつもりなんだ。道中の用心棒に雇ってもらえるぐらいの魔法は使える。安全な街まで行ってから、きみに手紙を書いて、居場所を教えるよ。出られるようになったらくればいい」

「行かないで」ネペンテスは懇願した。「相談できる人はいないの？　魔術師とか、王宮にいる人とかで、どうしたらいいか教えてくれそうな相手が。まだヴィヴェイさまに見つかったわけじゃないんだから。できるならとっくに見つけてるはずでしょ。違う？　また姿を消せば、捜せなくなるんじゃないの？」

ボーンは躊躇《ちゅうちょ》した。ヴィヴェイはネペンテスの発言を支持してうなずいた。この若者がテッサラに危害を加えることはなさそうだが、身内は反逆罪で監禁され、伯父は反乱軍を率いて王宮をめざしているという状況で、あちこちさまよったりするのは、本人にとって危険だ。ボーンを失えば、興味深い力を無駄にすることになる。即位後のごたごたさえ切りぬけられれば、やがてその力が女王の役に立つだろう。いま姿を現し、ここに残れとボーンに命じることも検討してみた。だが、いつか信頼して力を使わせるためには、みずから決断させなければならないこともある。この場はなりゆきを見守るしかなかった。

「わかったよ」ボーンは低くつぶやき、ネペンテスの上に顔を伏せた。「きみが行けるようになるまで待つ。だが、急いでくれ。出発前に平原で戦が起こったら、ぬけだせなくなるかもしれないんだ。それに、ヴィヴェイに見つかったら――」

「その名前を言わないで」

「情けはかけてもらえないだろうな」

「だったら、最初のときどうやって姿を消したのか、思い出したほうがいいんじゃないの。どう？」

「硬貨を持っていたんだ」ボーンは答え、ふたたびヴィヴェイの意表をついた。「女王陛下の顔がついているやつだ。陛下の魔法がひらめきになったんだと思う……」

「女王さまって、魔法の力があるの？」

「見ただけじゃわからないよ。俺が使ったのは、たぶんそれだ――あれだけの魔法を隠しおおせる力、あのすごい魔力に気づかれない才能だ……木に話しかけられたり、森で鳥を見たりしてる。いままで、あの森で鳥なんか見たやつは誰もいないんだ」

「どうして？」

「さあ」いまやボーンは、ネペンテスの髪に語りかけていた。顔を首筋にあてがい、ひとみを閉じて。「もしかすると、鳥たちが森の思考なのかもしれないな。だから、木が隠してるんだ。

学生からか、ほかの人間たちからか……図書館でぶきっちょな客から貴重品を隠すみたいに……きみが茨を隠してるみたいに……」

ヴィヴェイはふたりが眠りこむまで待ち、もう一度茨をながめた。

それから、まるっきり煙に巻かれた気分で、目覚めた女王のもとへ向かった。

21

「ディルクシア」とレイドリーは言った。「オーラヴィア。ナイシーナ。トーレン。いまにも攻撃されそうだっていうときに、どうしてこんなことに集中できるんだい？」

「続けて」ネペンテスはにべもなく言った。

「モルディシア。どれもみんな、アクシスが死んでから何世紀もあとの国だ。クラノス」ネペンテスが渡した一覧表から目をあげる。「クラノス王国は、レインの初代の王の治世にまだ存在していたよ。ケインがこの本を書いたなんて、どうして信じられるんだい？」

ネペンテスは目の上に指をすべらせた。冷たく、かすかにふるえている。このところ、充分あたたまることがないようだ。おかげで文字を書くのが難しい。「セネリーは?」

「古い国だよ」レイドリーは答えた。「でも、エベンより五世紀はあとだからね。アクシスが征服したはずはないよ」

「ケインは征服したって書いてるもの」

「ケインはケインじゃないんだ」

「もし本物だったら？　もしアクシスが征服したとしたら？」

レイドリーは表を投げ捨て、こちらをのぞきこんだ。「どうやって？」と短くたずねられ、ネペンテスは溜息をついた。「ありそうもないよね？」

「ああ」

「ありえないしね」

「ネペンテス」声をかけて、ためらう。ふたりは、ボーンのためにこしらえた寝床の上に座っていた。本人が図書館にいることを知らないレイドリーは、ネペンテスの寝場所だと思っていたが。姿を消す練習をしているボーンは、たぶん室内のどこかにいるはずだ。最後に見たときには、石板の山の上に腰かけていた。「ネペンテス」レイドリーはふたたび言い、そこでつまってしまった。

「なに？」と、沈んだ声音で問い返す。

「きみ――このことをまともに受けとってるわけじゃないだろうね？　つまり、ボーンがいなくなったせいで、心の状態が――そのう――だいたい、シールのアーミンだけでも、ボーンがきみの人生から消え失せる理由としては充分だろう。伯父上の味方をしに行ったか、きみを守ろうとしているか、どっちかだよ。今回の件ですごく動揺して、おびえてるのはわかるけど、まるで自分の空想のなかに迷いこんでるみたいだ」

ネペンテスはうなずくと、長い髪を縄のようにねじり、王国の一覧を落ちつきなく見おろした。「わかってる。そう見えるのは」

「しばらくその茨《いばら》をほうっておけないのかい？」

「だめなの」

「魚のほうは？」

「魚がどうかした？」

「クロイソス先生が捜してたよ。この三日、朝はずっと魚の写本のところで待っていたんだ。きみがこないかと期待してね。司書たちも不思議に思いはじめてる。きみは昼間どこで仕事をしているのかってデイモンに訊かれたよ。茨はひとまず置いて、クロイソス先生の魚を仕上げたほうがいい。ちゃんと生きているし、仕事もしているって司書に知らせないと」

ネペンテスは上の空でまたうなずいた。「わかった。レイドリー、ほんの一瞬でいいから想像してみて。人生と時間と歴史を別の角度からながめたとしたら――」

「無理だよ」レイドリーは、顔がくしゃくしゃになるほど気がかりそうに言った。「その本以外にもっと証拠がないかぎり、想像なんかできない」

その台詞《せりふ》に、ネペンテスはレイドリーをふりかえり、冷たい指でその手首を握りしめた。

「証拠。うん。それは役に立つかも。レイドリー、ふたりがいつ死んだのか調べて」

「アクシスとケインが？」

「そう」

「それならすぐわかるはずだ。そうすれば納得がいくのかい？」

指がゆるんだ。「役には立つと思う」

「調べてあげたら、魚の訳をしてクロイソス先生と話をしてくれるかい？　デイモンとも？」

「うん」と答えつつ、ネペンテスのまなざしは隣にある茨の本のほうへさまよっていた。レイドリーが吐息をもらすのが聞こえ、急いで目をあわせる。「うん」とくりかえした。「そうする。今日。ありがとう、レイドリー」

昼の銅鑼《どら》がふたりを呼び、レイドリーが誘った。「一緒に食堂へおいでよ」

「むこうで会うから」

「いま行こう。きのうの夕食にもこなかっただろう」

「ううん、あたし――」口をつぐむ。そのとおりだった。あとでこっそり出ていって、厨房からボーンとふたり分の食べ物をくすねてきたのだ。レイドリーは、ひとりで行く気などさらさらなさそうだ。髪の隙間から目立たないようにあたりを見まわす。ボーンの気配はない。「レイドリー――」

「くるんだ」と言って、相手は立ちあがった。「手伝ってほしいんだったら、その茨のせいで別人みたいになったりしちゃだめだよ。死んだ皇帝までひっぱってこなくても、レインには充分おそろしいものがあるんだから」

そして、手をさしだした。一拍おいて、ネペンテスはその手をとり、おとなしく助け起こしてもらった。その感触に、レイドリーははにかんで顔を赤らめた。ちらりとこちらを見て、すぐ目をそらす。言わなくちゃ、とネペンテスは思った。ボーンのこと。きちんと――

「手が冷たいよ」レイドリーが言った。

ネペンテスはこぶしを握り、あとについて部屋を出た。「知ってる。レイドリー――」

「なんだい?」

もし教えたら、と考える。知ってる人間がふたりに増えて、あたしたち三人にとっての危険が二倍になる。

「なんだって?」羊肉とほかほかのパンのにおいをめざして廊下をくねくね進みながら、レイドリーはもう一度たずねた。

「なんでもない」

まだたどりつきもしないうちに、食堂じゅうの騒音を圧して、クロイソス師の活気ある声が響いてきた。

暖炉と司書のテーブルのあいだに立ち、羊肉のシチューを食べながら情報をふりまいている。ネペンテスが入っていくと、その目がきらりと光った。かむのと話すのをいっぺんにやってのける合間に、スプーンをふってあいさつしてくる。

「国王軍は、平原のずっと手前でシール侯を制止するだろうと、女王陛下の顧問官たちは考えとる。その手に賭けとるのさ。そこで止められずに平原まで進ませてしまえば、われわれはここに閉じこめられることになる」

「なぜ陛下は——」

「恐れておられるのだ。太守がおのおの軍隊を呼び寄せれば、シールのアーミンと戦うだけでは満足しないかもしれん。国王軍の手がよそでふさがっていれば、どこでも第一邦を攻撃できる」ごくりと唾をのみこみ、もうひとさじ口につっこむ。「このごたごたのおかげで不安でたまらなくてな」とつけたした。「不安になるとつい食ってしまう」

司書たちは無言で問い交わした。どこへ行く？　と表情でたずねあう。歴史上のあらゆる国から集められ、何千年にもわたって蓄積されてきた書物を、どうやって救えばいいのか？

「以前にも図書館が包囲されたことはあります」デイモンが落ちついて言った。「何度も。表の扉をとざし、じっと耐えればすむことですよ」

「そこまでの事態にはならないかもしれんぞ。その前にシールのアーミンを阻止できればな」クロイソス師が応じる。

「第一邦に絶対忠実で、軍を出しても女王陛下が信頼できるような邦国がないのか？」誰かが首をひねった。

みな考えこんだが、答えは出なかった。ネペンテスは自分の碗を満たし、陶器に指をあててぬくもりを得ようとした。腰をおろすと、いつものようにレイドリーが隣に座る。誰かが反対側の席に駆けこみ、おかわりをよそったばかりの碗を置いた。

「ここにいたか」クロイソス師は声をかけた。「ずっと捜しとったのだがね」

「はい」ネペンテスは答えた。「すみません。別の件に気をとられていて。今日の午後、魚をやります」

「そうしてもらえればと思うが。女王陛下の気が変わって解放してもらえるなら、誰もかれもなりふりかまわず脱出することになるだろうからな。写本を置き去りにするにはしのびん。あの真珠がなんなのか見当がついたかね？」

大急ぎで記憶を整理しなければならなかった。「ああ。いいえ。でも、人の名前じゃないかって気はしたんですけど」

「ふむ、そうかもしれん……」学者は奇妙な目つきでこちらをながめている。魚のことを考えているわけではなさそうだ。「今日の午後、机のところにいるかね？」

「はい」

「では、例の本を持っていって見せよう」

「はい」なんの話だろう、と不思議に思いながらくりかえす。もうひとくち食べてから、ボーンのことを思い出して立ちあがった。「行かなくちゃ」

「きたばっかりじゃないか」レイドリーが抗議した。「ちゃんと食べないと」

「戻ってくるから。忘れ物をして――ペンを――」

「僕がとってくるよ」

「だめ」その声の鋭さに、レイドリーは中腰になりかけて動きを止め、テーブルの司書全員がふりむいて、まじまじと見つめた。ネペンテスは無言で見つめ返した。沈黙を破ったのはデイモンだった。

「ああ。ネペンテス。そこにいたのか。どうしたのかと思っていたよ」

「すぐ戻ります」ネペンテスはあえぐように伝えた。

そして、図書館の地下深く、ボーンと茨を置いてきた埃っぽく静かな部屋まで走っていった。ようやくたどりついた室内は、からっぽに見えた。

「ボーン？」姿を消した魔術師たちがあちこちにいるのではないかと覚悟して、おずおずと問いかける。

「ここにいる」同じように用心している声が返ってきた。「俺は消えてるのか？」

「そう。どこにいるの？」

寝具が動いた。そちらに近づき、座ろうとすると、なにかにつきあたった。「俺の頭だよ」ボーンが言う。「見えなくなってても、実体がないわけじゃない」手をとって腰かけさせる。

「食べ物を持ってきてくれたのかな？」

ネペンテスはポケットからロールパンをひっぱりだした。「これしか手に入らなかったの。レイドリーとクロイソス先生が一緒にいたから」

「悪いな」

空気がパンにかみつき、ひとくちひとくち消していく。一瞬、ぼうっと見守ってから、ネペンテスはわれに返った。「あとでもっと持ってくる。ボーン、ここにいるってレイドリーに教えたほうがよくない？ だって――知らないと――」

「あいつ、俺に見捨てられたから、きみを助けてやらなくちゃいけないと思ってるんだろう」

「助けてもらう必要はあるの。ただ、そういう理由じゃないけど」

「そうみたいだな」呼吸音が消え、パンの残りが空中で動かなくなった。なにかを凝視しているらしい。「ネペンテス。人生と時間と歴史を別の角度からながめたらってレイドリーに訊いたのは、どういう意味だったんだ？ もしそれができるとしたら、なにがわかる？」

ネペンテスは、稲光さながらにひらめいた思いつきのことを考えた。自分が見たもの、見たと思ったもの。じれったくなって現実に戻ると、頭をふる。「こんなの、辻褄が合わない――不可能だし」

「なにが?」

「なんでもないの。ただ――」冷たい指先でまぶたを押さえ、虚ろに続ける。「きっとレイドリーの言うとおりだよね。ケインにあの本を書けたはずがないもの。伝説や歴史や詩をごちゃまぜにしただけで、大半はアクシスの死後何世紀もたってから書かれたに決まってる。アクシスはたんなる歴史上の偉人で、ひまなときに思い浮かべてぞくっとするような存在だし。伝説の茨文字をでっちあげたのだって、あたしみたいな図書館の書記かもしれない。言葉は大好きだけど、ずっと本と石に囲まれてて、もっといきいきした人生に憧れてたんじゃないかな。だからケインになって、ありとあらゆる世界の扉をひらいてみせたの。アクシスが征服できるように。書記の静かな世界までおびやかすように」

半分残ったロールパンは、ボーンの手のなかで止まっていた。ネペンテスは一瞬そちらをながめてから、なにを見ているかということに気づいた。思わずとびあがると、相手もつられてとびあがる。「ボーン!」と、声をひそめて叫ぶ。「見えてる!」

「ほんとに?」

「もとに戻って――なんでもやってみて――」

ボーンのひとみはひどく異様に見えた。のっぺりと厚みがなく、妙に黒々としている。「きみがあの茨のなかに読みとってるのは、そういうものなのか？」

「なにを読んでるのか、まだわかってないんだってば！　だからレイドリーに手伝ってもらわなくちゃならないの。ボーン、そんなふうにしょっちゅう姿を消したり戻ったりしてるわけにいかないでしょ――ヴィヴェイさまに気づかれないの？」

「可能性はある」ボーンは残りのパンを口に入れ、ゆっくりとかみながら、なおも視線をそそぎつづけた。「いや」と言う。

「いやって？」

「俺がいることをレイドリーに話さないでくれ。あれだけ正直なやつでも、人間であることに変わりはないからな」

「それって――」

「俺が姿を消してここにいるのが、ヴィヴェイに捜索されてるせいだとわかったら、あっちに協力して助かろうとするかもしれない。だが、きみは手伝ってもらえばいい。俺も力を貸すよ。いま」

「いま、どうするの？」

「この前会ったときから訳した分を読んで聞かせてくれ」

「いまはだめ」ネペンテスはさっと立ちあがったが、不安になってボーンのそばでぐずぐずした。「すぐ戻らなかったら、レイドリーが捜しにきちゃう。クロイソス先生も連れてくるかも。ボーン、消えたままでいる方法を覚えないと」

「きみがそんな話をしてきたら、とても集中できないよ」

「あれは、別に」ネペンテスはしどろもどろに説明した。「たんなるお話だから。そう言おうとしてたの。ボーン、お願い――もう行かなきゃ」

相手はうなずいた。まだ奇妙な目つきをしている。まるで、ネペンテスが口にするまいとしている内容を垣間見たようだった。「きみがいないあいだ、原稿を読ませてくれ。そうすれば時間がつぶせる」

ネペンテスは急いで紙束を整理し、ボーンに押しつけた。「動かしてるところをレイドリーに見られないでよ」と注意する。「それに、隠れるのも忘れないで」

「大丈夫だよ」ボーンは上の空で答えた。くしゃくしゃになった藁蒲団《わらぶとん》の上にまるくなって、もう読みはじめている。ネペンテスは大きく溜息をつき、食堂に引き返した。

レイドリーもクロイソス師もいなかった。しかし、途中では行き合わなかったので、それぞれ仕事に行ったのだろうと推測する。シチューをもう少し食べながら、ボーンのためにパンとチーズをポケットにつめこんだ。それから、作業を終わらせるまでは一本たりとも茨を頭に入れまいと決意して、魚を置いてきた机に戻った。ようやくまた魚が語りだしたのは、ずいぶん長く写本をながめたあとだった。あざやかな色や見慣れない目印からちらちらと光がこぼれ、水面下の謎へと引き戻してくれた。

最後の部分を検討していたときだった。魚の単語や魚の形をあれこれ組み合わせ、羊と燕麦《えんばく》と水袋が出てきたところで、羊肉と煙のにおいがぷんぷんして、がらくたの隙間にクロイソス師が現れたことに気づいた。ネペンテスが背筋をのばすと、学者は机にばかでかい本をどさりと置き、あやうくインク壺をひっくり返しそうになった。

「そら、これだ」と満足げに言い、幅が広く重たい羊皮紙の頁を魚の上に広げる。

頁の表面から傲然と見返してきたのは、きわめて古い像の写生画らしき絵だった。おかしな形に渦を巻いた葉のなかから、彫刻の頭が突き出しているだけのものだ。石でできた髪はゆたかに波打ち、間隔のあいた双眸《そうぼう》の下に、湾曲した広い頬骨、繊細ながら猛々しい鼻とあごがある。どう考えても、進んで図書館に足を踏み入れる人物ではない、とネペンテスは結論を下した。

「これ、誰ですか？」

「おまえだ」クロイソス師はくりかえした。

「違いますよ」

「おまえに生き写しだ。鏡を見るとき、この顔が映らないかね？」

記憶を探ろうとして、ネペンテスは髪をかきまわした。「ここにはあんまり鏡はないんです。とにかく、この女の人、誰なんですか？」

「古代人だ。書物自体が、少なくとも六世紀はたっとる。当時の世界の辺境をまわった著者の旅行記でな。記述に添えてある見慣れない鳥や植物や遺跡の素描を見ればわかるだろうが、画才があった。この一節は、バルトリア海にそそぐ蛇川という大河を下る旅について記している。ここに描いてある頭部は、古代の国大エベンの姫君を彫ったものだ」

ネペンテスは言葉を失って相手を見つめ、それから、ふたたび絵に視線を落とした。両目が急に乾き、妙にざらざらしてきた。あたかも時を超えて、エベンの砂漠から砂が吹き飛ばされてきたかのように。

クロイソス師はもう少しだけ頭部を観察すると、ばたんと本を閉じた。「思い出してよかった。おまえの顔を見て、これだと気づいて以来、ずっと頭につきまとっていたのでな。わしの魚は終わったかね？」

「できたと思います」ネペンテスは最後の魚を示した。指がかすかにふるえていた。「この真珠つきの魚は、荷馬車数台分の皮の持ち主の名前みたいです」

「ふむ。なぜふるえているのだね？」

「寒くて」

「ああ。わしもだ。先のわからない状態がいつまでも続くせいだな」クロイソス師は革の入れ物をあけ、魚の写本をそっとしまいこんだ。「礼を言うぞ、ネペンテス。また戻ってくることがあれば、そのときてこずっとる言語を喜んで持ってこよう。いや、その前にまず、ここを出られればという話だがね……」

そう言い残すと、魚があった場所に硬貨を数枚落としていく。ネペンテスは身動きする気になれず、ふたたび考えはじめる勇気も持てずに、じっと座っていた。どこからともなく名を呼ばれたのは、そうして新しい貨幣の女王に目をすえていたときだった。ぎょっとしてとびあがりそうになった。

レイドリーが声をかけてきた。「ごめん。驚かせるつもりはなかったんだ。この数時間、ずっときみの質問の答えを見つけようとしていたんだよ」

「なんの質問？」ネペンテスはささやいた。

「ほら、アクシスとケインの。いつ死んだかってことだよ」いいかげんな歴史が気になるだけだ、というふりをして、レイドリーは軽く肩をすくめた。「僕が調べたかぎりでは、誰もそのことを書き留めていない。伝説に残る最後の戦いも、深手や病気も、人々の嘆きも、盛大な葬儀もない——なにひとつね。記録に残っているかぎりでは、まるで、ふたりとも死なかったみたいなんだ」

22

ギラリアッドに勝利を収め、ついにエベンへと戻ったあと、皇帝は予想どおりの行動をとった。何日か休息し、五人目となる子を儲け、エベンの国事を処理し、次第にそわそわしはじめた。そして、将軍や顧問官を召集すると、新しい世界地図の研究と、戦の相談をさせておいて、ケインと例の部屋にこもった。

アクシスは口火を切った。「あの地図には、もう征服する場所がない。別の地図を見つけてくれ」

ケインは何カ月も、この要求に応える準備をしていた。ギラリアッドのまじない女や古代の詩人の作品から秘密を引き出し、エベンとギラリアッドのあいだに位置する国々から文書を借りたり盗んだりして、ひとつ残らず目を通した。時と魔法の気まぐれな噂を求めて、鬱蒼《うっそう》とした森やけわしい岩山、バルトリア海を取り巻くあちこちの砂漠にも分け入った。そしてついに、時の起源と終焉《しゅうえん》を内包しているという蛇の迷宮の、危険きわまりない神秘を見ぬいたのだ。蛇の謎を守っているのは、さまざまな時間の層にいる魔法使いたちだった。敵と戦ったケインは、そのひとりが苛烈な力に屈して逃げ出したとき、時のとばりが分かれるのを目撃して、あとを追った。

そんなわけで、生まれてはじめて失望を覚悟していた世界の皇帝に対して、こう答えた。

「わがきみ、別の世界を見つけました」

アクシスは黙って視線を返した。力と美の最盛期にある顔だった。のちに、その顔を模して作られた仮面を、征服したどの世界でも使い続けることとなったものだ。誰よりもケインを知っている存在。声の調子も表情も、姿勢や指の組み方がさししめす事柄も、なにもかも。皇帝を名前で呼ぶのはケインだけだった。だが、いまは、もっとも信頼されている相談役として、世界の支配者に呼びかけた。こちらが慎重に口にする言葉に、同じだけの注意を向けてほしかったからだ。

アクシスは問いかけた。「どこだ?」

ケインも相手のことはよく知っていた。火鉢の明かりが彫像のように照らし出す、ぴくりともしないおもて。その頭のなかで、既知の世界を越えた先へと乗り出しつつあるのがわかった。

「その国の名は、クラノスです」

「クラノス」と口にして、火鉢のわきのクッションに腰かけたケインを見おろす。どちらもまだ服を着たままだった。葡萄酒もそそいでいなければ、皇帝のために召使いが用意した菓子や果物も口にしていない。ふたりのあいだに、無言の謎が立ちはだかっていた。アクシスはその存在を感じたが、なにを見たのか説明してもらえないかぎり、壁を突き破ることはできなかった。「クラノスという国は聞いたことがないが」

ケインは答えた。「いまはまだ、存在していません」

一拍か二拍か、アクシスは石と化した。まつげ一本だに動かない。ただ、やわらかな金色の光が、口もとの曲線、目尻のかすかなしわを探っているだけだ。

それから、つかつかと歩み寄った。ケインが呼吸を再開する前にふたりの距離を縮め、足もとに膝をついた。その顔からは、数十年の歳月が取り払われたようだった。目の前にいるのは蛇川の土手にいた子どもで、こちらのなしとげたことへの驚嘆と喜びにあふれている。ケインの両手をとり、手の甲をひたいに、くちびるに押しあてた。さらに心臓へとあてがったとき、体がふるえているのがわかった。

「それほどのことをしてくれたとは」信じられないという声を出す。「時をひらけるのか」

「もうやってみたの」ケインは言い、蛇の迷宮を守る戦士の魔術師を追って、その故郷、北の王国クラノスへ行ったことを話した。

「しかし、どうやって戻ってきた？」

「魔術師に道を教えさせたの。拒めないとわかってからは、すんなり話したわ。それに、わたしにはすでにその力があるから。その説明によると、こういうことなの。時の流れの一瞬一瞬は、無数の輻《や》をそなえた車輪のようなもの。人は常に、車輪の中心にある轂《こしき》に乗っていて、回転に合わせて前に進んでいるけれど、たえず周囲をまわっているほかの瞬間のことは気にもとめていない。たくさんの戸口に囲まれているのに、あけることはないの。迷宮の魔法使いたちは、何世紀にもわたって時間の神秘、過去と未来の謎を研究してきたそうよ。蛇を崇める魔法使いのうち、実際にエベンからきたのはたったひとり。あとは全員、時の流れのあちこちに散らばった国からやってきて、蛇の中心で会っているの。過去からきた人もいるけれど、たいていは未来からきているわ。みんな、わたしたちの瞬間の轂と結びついている。いまこの時点のね。次の瞬間は別の轂になって、その輻はまた別の瞬間につながっているの。もし、あらゆる瞬間がひとつの世界で、時が移り変わるたびに世界が変化しているとすれば、わたしの皇帝陛下、あなたが望むかぎり、決して征服する場所がなくなることはないでしょう」

アクシスはごくりと唾をのみこんだ。なおもケインの贈り物の無尽蔵なゆたかさにおののきながら、またもや沈黙する。

「どのように?」ようやく、そうたずねた。あの父の息子だけに、戦う前に状況をきちんと把握しておくことを好んでいたのだ。

「時の輻をひとつひとつひらいて、その先の領域を調べてみます。そうすれば、どの国に征服する価値があるか判断できるから」

「では、わが軍は?」

「わたしが行ける場所なら、あなたも行けるわ。あなたの大軍もね。皇帝の軍勢は時を超え、どこにでも思いのままに、前触れもなく現れることになる。まるで天から降ってきたか、風のなかから出現したように見えるでしょう。それに、いつでも出発したその瞬間に戻ることができるの。五十の国を制覇しても、毎回、この火鉢の炎と、これだけ燃えた蠟燭と、手をつけていないゴブレットに迎えてもらえるわ。誰にも追跡されることはないから、なんでも好きなものを奪ってきて。望むなら征服した地を支配しつづけることもできるし、名前だけを残して、支配者たちが耳にするたびにふるえあがり、詩人がその世界の歴史につけくわえるようにしてもいい」

アクシスは、その手つかずのゴブレットになみなみと葡萄酒をそそぎ、ひといきに飲みほした。まだ動揺して、無防備な顔つきのままだ。だが、ケインはその底知れぬ力を、恐れを知らない強靭さを感じとっていた。死そのものさえも探し出し、征服するか、一体化しようとする際限ない野望を。のちに詩人は語った。結局のところ、そのふたつは同じことだったのだと。

アクシスは酒杯をおろし、ふたたびケインの手をつかんだ。「おまえは時の女帝だ」とささやきかけて、一本一本指にくちづける。

「いいえ。わたしはケイン。仮面の君。常にあなたの命に従い、あなたに仕えるために存在する、顔のない魔法使い」

「そうだ」と、あいづちを打つ。「常に。問いかけるたび、答えはすでに用意されていた。この心が名指すより先に、おまえは求めるものを与えてくれる」

「ええ」ケインは言い、うつむけた頭をながめた。正面にかがみこんだエベンの獅子は、いまや膝にくちづけ、足からサンダルを脱がせているところだった。

「王とは、つかの間の労役に対しても、しもべに報酬を与えるもの」足の甲にくちびるをあてて、アクシスは言った。「おまえが与えてくれた一瞬一瞬に、どう報いることができようか？」

ケインは相手の顔を両手で持ちあげ、また目をあわせた。そして、望みを告げた。

時を超え、もう一度あの北の王国クラノスへ赴《おもむ》いたのは、それからしばらくのちだった。

今回は、魔術師を追っていったわけではなく、ひとりで調査に出かけた。すでに、蛇の魔術師たちが最大の機密として守っているものを学んでいた。時の迷宮の模様だ。自分の時間からぬけだす道を見つけようとすれば、その形に沿って進まなければならない。魔術師の心からもぎとった模様は、いまや自分の心の内で松明《たいまつ》のように燃えていた。時の轂から、車輪の無限の輻へと通じる小道。アクシスの秘密の部屋で、ケインは時の模様を描いて歩き、何処《どこ》にもない門をクラノスへとひらいた。

出てきたところは、裕福な都だった。三方を肥沃な農地に囲まれ、残る一方は、けばけばしい舟やはしけがぎっしりと浮かんだ川に面している。ケインはにぎわう街路をさまよい、未知の言葉に聞き入った。耳では意味がとれないが、頭と心で映像や感情をくみとれば、充分に理解できる。その場所で、クラノスの西にある国のことをはじめて知った。世界の涯《はて》に位置する、海と空にはさまれたちっぽけな領土。当時は考える価値もないほどだったが、名前は心に残った。通りすがりの古本屋で、その国の女王マーミオンは、書物を集めるのが好きらしい、と耳にする。さらに歩き続け、混雑した丸石の通りをぬけると、とうとうクラノスの王宮が見つかった。漫然と門のまわりに集まっている人込みのなかで足を止め、優美な甲冑姿の衛兵や、みごとな馬に乗った貴族をながめる。珠玉をちりばめた馬銜《くつわ》、念入りに仕上げられた鐙《あぶみ》。その場に立ったまま、頭のなかで想像の翼を広げた。稲妻が音もなく走ったように、頭上の明るい空が切り裂かれ、都を取り巻く農地に、顔のない騎手の群れがとめどなく流れこむ。一方、城壁の内側で、せっせと本を買い、果物を売り、誇り高い駿馬を走らせている人々は、最初はとまどって作業の手を止めるだろう。やがてわが目を疑い、しまいには茫然として、どこからともなくのどかな午後に侵入してきた軍勢を見あげるに違いない。
ケインは迷宮を通ってエベンに帰り、見たものをアクシスに伝えた。

夜の皇帝は
日をとどめ、月をさえぎる
クラノスの王都の上空に
太陽と月の狭間より
黒の軍隊は水のごとく湧き出し
野にあふれ、壁を這い登り
街のいたるところに広がる
内側にいた者は行く先もなく
夜より逃れるすべもなく
時より隠れるすべもなく
双子の軍門に降《くだ》る

クラノスの王を制圧し、首都の城壁を打ち倒したのち、アクシスはギラリアッドに軍を返した。魔術に心を奪われ、富と栄光の可能性に目がくらんだ軍隊は、日暮れから夜明けまで、声がかれるほどギラリアッドの野に皇帝の名を叫び続けた。エベンに戻るさい、アクシスは妻に宝石や豪奢な刺繍の布地を、子どもたちに黄金の拍車を、土産として持っていった。こうして、夫の不在にも妃はなぐさめられた。世界の形などほとんど知らなかったので、クラノスという国を征服したと聞かされると、アクシスの話どおりの場所だろうと考えた。エベンのはるか北西の寒冷な地域で、子どもを育てるには向かないところなのだと。

妃はたくさんの子どもたちや侍女や廷臣に囲まれ、孔雀《くじゃく》を放した噴水つきの中庭で日々をすごしていた。取り巻きのなかには愛人もちらほらいた。例によって仮面をつけ、黒ずくめの恰好をしたケインは、遠くからそのようすを見守りながら、杯から鳩を出して子どもたちを喜ばせた時代のことを思い起こした。あの秘密の部屋で、アクシスの腕に抱かれていてさえ、ときおり夜中に目を覚まし、ほかの人生を送ることもできたのだろうか、と考えることがある。もし婚礼の日、全身を包み隠し、体も心もまるごとアクシスに贈っていなかったら。ひょっとすると、いまごろは自分の孔雀に囲まれてゆったりと横になり、アーモンドをつめた棗椰子《なつめやし》をかじって、孔雀の尾を踏まないようにと子どもに呼びかけていたかもしれない。もう何年も、アクシス以外の人間とは話していない。家族もいなくなった娘のことはあきらめていた。この部屋の外では、口がきけず顔もなく、おどおどした魔法使いにすぎないのだ。すさまじい力をそなえ、子どものようにひたすらアクシスを慕い、墓のなかまでもついていくに違いないケイン。

二度目に蛇の迷宮をぬけて攻撃に出かけた先は、ゲドロンという王国だった。遊牧民の王は、みずからも荒々しい掠奪戦を得意としていた。草原と平野の広がる国の境界に沿って、思いもかけないところに現れ、殺戮《さつりく》と掠奪のかぎりをつくしたあと、羊といわず牛といわず、奴隷として使う子どもたちといわず、軍隊が運べる財産を洗いざらい奪って消え失せるのだ。そこの首都では、ケインは用心深く姿を消していた。草原いっぱいに色とりどりの天幕が立てられており、まわりでは動物たちが栄養のある夏草を食んでいた。衛兵が群れを囲んで、もめごとはないかと目を光らせたり、たまに通りかかる隊商の荷を点検したりしている。そのひとつとすれちがったとき、クラノスで聞いた名前がもう一度耳に入った。女王が本を蒐集しているという、北方の小国だ。

もうそれほど小さくはないらしい。その王はいまでは、五邦と呼ばれる五つの王国を傘下に収めている。世界の涯にある宮殿は大きくふくれあがり、近くには魔法だか魔術だかの学び舎ができて、多くの国から学生が集まってくるのだという。この話をしていた商人は、この前ゲドロンの国境で襲撃をかけたさい、戦利品にまぎれていた書物の値段を交渉していた。どう見ても、ゲドロンの貴族には無用の長物らしい。取引が成立し、本は受け渡され、北の王立図書館へと向かった。

エベンのアクシスのもとへ戻っても、五邦王国のことは口にしなかった。また頭には浮かんだのだが。

エベンの獅子とゲドロンの狼王の戦いは、すみやかで血みどろなものだった。ゲドロンの王は虚をつかれたことに憤激したが、興味津々でもあった。自分でもそんな力を手に入れたいと望み、アクシスとケインを生きたまま捕えようと全力をつくした。むろん、勝つ見込みはなかった。そのころ、ギラリアッドからの軍隊は、まさしく星の数ほど厖大《ぼうだい》になっていたからだ。天幕を引き倒し、家畜をちりぢりにして、豪華な掠奪品を奪いつくしたあと、アクシスはふたたび、どこへともなく消え去った。残された王は、平原に累々と横たわる死者のなかで、いったいあれはなんだったのかといぶかるしかなかった。

ギラリアッドで、アクシスの軍隊が飲めや歌えやの騒ぎで皇帝を称え、エベンの獅子が贅沢な部屋を歩きまわって、さらなる世界の制覇を夢見ているとき、ケインは窓の外に目を向け、ひっそりと謎めいた月をあおいだ。はるか北の王国とその図書館、世界の涯を見おろす宮殿に思いをはせる。

レイン。

その晩、幾多の世界と時の流れと、自分自身の人生を贈ったかわりに、たったひとつ望んだものが、ついに与えられたことをケインは知った。アクシスの子を身ごもっていたのだ。

23

レインの女王は、崖の階段の最後の一段に腰をおろし、耳をかたむけていた。はるか下では、鈍色《にび》の海がうねり、泡立ちながら岸壁に打ち寄せている。岩の表面に刻んだ長い階段の溝を、さらに深くするほどの烈風のなか、カモメが旋回して鳴き声をあげていた。テッサラはその風を感じてもいなければ、砕ける波の音や鳥の声を聞いてもいなかった。殻に隠れたフジツボさながらに、感覚を遮断していたのだ。寒さも風も気にとめず、みずからを封じて絶壁にしがみついているもの。崖を体に巻きつけていたのかもしれない。石をあちこち探って鼓動を見つけようとしているかのように、時も言葉も超越した瞬間、みずからの宮殿に、岩の内部に築かれた生き物に、くまなく心を漂わせた。

茨《いばら》の捜索はしばらく前にやめた。邪魔になったので、言葉自体を手放していた。どうせ、字義どおりのものを意味しているわけではない。いまは、この国に属していないものに耳をすましていた。レインを呼吸していないもの。周囲の古い石のように、その歴史に浸された心を持たないもの。ひとりきりの世界に沈みこみ、石化して見えるほど全身をレインに集中していると、ときたま、夢見人の心をよぎる光景が感じられた。探しているうちに、死者にさえふれているらしい。

ヴィヴェイの呼び声を聞いたときには、両目があったことを思い出さなければならなかった。まぶたをあけると、骨も髪も皮膚も戻ってきた。にわか雨があったらしく、上に羽織ったマントがずぶぬれになっている。魔術師の呼び出しは言葉を使っていなかった。まるで、こちらの思考に窓をひらき、さっとのぞきこんだようだ。もう頭上の断崖からせりだした無表情な大建造物ではなく、ちっぽけな生き物に戻って、テッサラは立ちあがった。心の一部は、なおも石造りの煙突を下ったり、閉じた扉を気体のように通りぬけたりして、なにか見慣れないもの、場違いなものはないかと確かめている。残りの部分は、湿った空気にみぶるいしながら、とぼとぼと階段を上って宮殿に戻っていった。

ヴィヴェイは自分の塔におり、銀の器に入った水をながめていた。テッサラはかたわらに近づいた。雨のなか、けわしい表情の兵士たちが何列も何列も、ひっそりと水面《みなも》を横切って行進していた。チュニックには、第二邦の紋章であるつながった双環がついている。うつわに映った兵士の顔はぼやけていた。かろうじて見える像もあっという間に消えてしまい、首のない姿だけが残って、銀の内側に動いていくようだ。

ややあって、テッサラは視線をあげ、うつわの上の窓を見た。水に充満しているヴィヴェイの術は、簡単に硝子《ガラス》に移せた。窓のほうが大きいので、もっと広い範囲を見ることができる。

「今日の夕食前に会合がひらかれることになっております」まだうつわの映像に意識を向けながら、ヴィヴェイは告げた。「貴族たちとお話しください。第二邦の脅威がのぞかれ次第、帰宅を許すと言い渡していただきます。また、シールのアーミンの現在地も――セヴァイン谷を通りぬけ、川沿いに平原へ向かっておりますので。それから、第一邦の軍が谷の西から割りこんで、夢見人の平原に達する前にアーミンを阻止する予定だとお伝えください」

テッサラはぼんやりとうなずいた。魔術師はアーミンのことを脅威だと思っているらしい。自分にとっては、とるに足らない存在だ。茨の問題がとほうもなく深刻になっているというのに、いちいち時間をとられる面倒な問題にすぎない。返事が聞こえなかったので、ヴィヴェイはちらりと女王を一瞥した。一週間前なら苛立ちに声をきつくしたところだが、いまは興味深そうに問いかけただけだった。

「なにをごらんになっておいでです？」

「軍隊」テッサラは答えた。「硝子のほうがたくさん顔が見える」

「そうですか？」と、窓に映る動きを見つめる。「なるほど」とつぶやいた。「もっとも、わたくしとしては光で気が散りますが。誰にこんなことを教わりました？」

「ヴィヴェイに」

「わたくしに？」

「その水から術をとったから」

「ああ」ヴィヴェイはうつわに視線を戻した。術がひらひら水面に浮いていることを期待しているかのようだ。「さて、なにを申し上げておりましたか」

「第二邦の軍隊が平原に達する前に、こちらの軍が阻止する」テッサラは気のない調子で言った。

「そのとおりです。ガーヴィンと、シールのアーミンの叔父、そのほか五、六名の貴族が、平原を越えて馬を走らせております。アーミンが取り返しのつかないほど愚かな真似をしないうちに、和平交渉を試みるためです。陛下の御名で今朝送り出しましたが、お姿が見あたらず、お知らせできませんでした」

「そのことも会合で言うのか？」

「はい。多少安堵する者もいるかもしれませんので。午前中ずっと、どちらにいらしたのですか？」

「茨を探していた」

ふいに鋭い痛みを感じたかのように、ヴィヴェイはそっとまぶたを押さえた。「たしかに、そのことを考えるなら、アーミンの件は問題ではなくなりますね」と低く言う。

「うん」

「ですが、少なくともアーミンは、誰もが理解できる脅威です。茨に用心しろなどと廷臣に仰せになれば、むしろ陛下を警戒しはじめるでしょう」眉間に深くしわをよせ、水を見つめて考えこむ。「死後何世紀もたってから、わざわざ警告するために目覚めるなら、もっとわかりやすく伝えてくれてもよさそうなものですが」

「夢に見たんじゃないかな」テッサラは推測した。「夢は言葉で語りかけるわけじゃないから。茨は茨じゃないのかもしれない」

「そうかもしれません」ヴィヴェイは陰鬱《いんうつ》に応じた。「けれども、わたくしたちにはその言葉しかないのです。これが、配下の将軍を連れたシールのアーミンです」

テッサラは、草原を越えていく小規模な騎馬の一団をながめた。将軍、衛兵、旗持ち。その中央に、軽はずみな太守がいる。大柄な男で、黄色い髪には白いものがまじり、しわ深い顔は汗びっしょりだった。後ろに随っているのは、テッサラといくつも違わないような少年だ。肩にかけた革紐にラッパをつるして運んでいる。白っぽい金髪の下で、雨をよけてうつむいた顔は、落ちつきはらって、どこか秘密めいていた。誰かを思い出させる。

「あれは誰だ?」テッサラは好奇心をそそられて訊いた。

「どれです?」

「ラッパ手。ほら、小さい袋になにか入れて持ってる」

ラッパの下の革袋が動き、妙な形にふくらんだ。前方に目をすえたまま、少年はなにか言い、袋に指を一本すべりこませて、もぞもぞしているものをなでた。

「誰だか知ってるのか?」テッサラはもう一度質問した。

「アーミンの孫のひとりだと思いますね。父親はこの塔の下で監禁しています。アーミンがあの子どもを戦場の危険にさらすとは、信じられませんよ。もっとも、ほかのすべてを賭けているのですから、孫も例外ではないのかもしれませんが」

「誰かを思い出すんだけど……」革袋になんの動物を入れているのかといぶかりながら、少年を見つめる。袋にさしこんだ指は二本に増えていた。雨を避けて、淡い色のひとみを少し細めている。用心深い目つきだが、進んでいく先にあるものを恐れてはいない。立ちつくしているうちに、なじみのない感覚が育ちはじめた。心の内で不思議な果実のように言葉が熟し、口にあふれてくる。金色のまつげをした、冷静でおだやかな顔のあの少年に、声をかけてみたくなった。袋になにが入っているのか、死に向かう行軍のさなか、どんなもので心をなぐさめているのか、たずねてみたくてたまらなかった。あの目を向けてほしい。声を聞きたい。

「わかった」テッサラ自身の声はどこか奇妙に響いたが、ヴィヴェイはなにも気づかないようだった。「森で会った若い男に似てるんだ」

「ボーンですね」ヴィヴェイがむっつりと言った。「ええ。血縁になりますから」

「あの子の名前を知ってるか？」

するとするどいまなざしがそそがれるのを感じた。だが、魔術師は冷静に答えただけだった。

「思い出せません。ガーヴィンと貴族たちが和平を結ぶことに成功すれば、ご自分でお訊きになれるかもしれませんね」

テッサラは、少年が窓を横切っていく光景をながめた。和平など意味のない概念に思われた。姿の見えない怪物がやおら身を起こし、そのひとみをレインに向けたというのに、なにも気づかないアーミンが、ちっぽけな戦いに固執して戦場を渡ってくるという状況では。かわいがっている動物を革袋で運んでいる少年は、祖父の愚行のために命を落とすかもしれない。狩りのときの野ウサギのように。あるいは、ひとつの戦いを生きのびても、初代の女王を目覚めさせたすさまじい力に直面することになるだけかもしれない。みずからの運命に向かって、少年は窓枠の外へと馬を駆っていった。落ちつきなく向きを変えて、テッサラは考えた。もしあの子が死んだら、名前を知ることも、声を聞くことも一生ないだろうな。

「どこへ行かれるのです？」テッサラが扉をひらくと、ヴィヴェイが問いかけた。

「捜索に」

ヴィヴェイはうつわを吟味した。窓の場面が切り替わる。ガーヴィンを見ているらしい。

「会合をお忘れなく」魔術師はつぶやいた。「より大きな脅威と比べれば、つまらないことと
お思いかもしれませんが、人は自分の目に映るものに対処するしかないのです。王宮でも謀反が起こるようなことになっては困りますから。貴族たちは強大ですし、陛下がみずから力を手放すような真似をなさったら、きっと王位も奪われてしまうでしょう。ただいまアーミンに対処されるやり方で、貴族たちが攻撃したらどうなるかを示してやることになるのです。そうした事実をはっきりさせておくことは、必要不可欠なのですよ」

「うん、ヴィヴェイ」テッサラは上の空で答えた。魔術師は溜息をついた。

「ご用がありましたらお呼びください」

テッサラは遠くには行かなかった。塔の屋根に上っただけだ。そこで、風にひるがえる旗のあいだに立ち、複雑でにぎやかな足もとの世界を探査した。思考を下へ流れさせ、石のなかへそそぎこんで、天候をものともしない旗竿のように、その場にしっかりと根を張る。巨人の館の茨のように、明かりを求めてどこへでも這っていった。森では、魔術師たちが魔法とレインに関する知識の蓄積を探っていた。女王は国境の内側、自分の知っている世界の範囲内で、できるかぎり遠くへとさまよった。

ついに見つけたとき、それは小さなものに思われた。一本の棘《とげ》ほどにささやかなもの。巨大な崖の中央にこっそり隠れている。一枚岩の心臓部に生えた茨。誰ひとり目にしない場所に、昏《くら》い夜の花にも似た心が咲いている。花にあふれた庭にひらいた毒花。数えきれないほどの無害な言葉にまぎれた、たったひとつの致命的な単語。宮殿でどんな形態をとっているのかはわからなかった。心に映る夢のような形と感触を知っているだけだ。テッサラの世界の中心にある昏い星。まだ力は封じられ、沈黙と謎に包まれている。口にされていない言葉、ほころんでいない花、おのれ自身の夢。だが、そのせいで死者が呼び覚まされている。そして、生きている女王のほうは、いまのうちに阻止しなければ、爆発してレイン全土に猛火が広がることになるだろうと察していた。

屋上でみじろぎし、風ともつれた髪をふたたび意識する。まだ心の奥に、あの異質な力、ふつふつと沸き立つ黒いしみを感じた。宮殿のどこかにいるのだ。あの広大な場所に、小さくひっそりと、魔術師の鋭い目さえ逃れて。ちっぽけで見落とされていても、実は強い力を秘めたものを理解できるテッサラは、塔の階段をおりて、探しに出かけた。

誰の注意も惹くことなく、王宮の大部分を通りぬける。一部しか姿を見せず、ぼんやりとありさわりのない表情を浮かべていたおかげで、もし誰かに見られたとしても、どうでもいい用件でそこにいるのだろうから無視したほうがいい、と納得させることができた。塔の部屋に行くと、ヴィヴェイはうつわに映ったガーヴィンの顔と話すのに忙しく、女王にはまったく気づかなかった。不穏な力は、そこでは埋み火程度にしか感じられなかった。魔術師には声をかけないで立ち去り、また下へ下へと進んで、どんどん岩の奥底へ入っていく。移動するにつれて、なじみのない力は次第に活気づいてきた。いまや、昏い炎を源から吸いあげて燃えている。

気がつくと、図書館にいた。

いままで一度も、ここにきたことはなかった。ほかのものと同様、本がほしければ手もとに運ばれてくるからだ。この世の始まりからの本や巻物や書字板をすべて集めたのではないか、と思われるほど大量の書物に囲まれて、司書や学者や写字生が作業にいそしんでいる。そのかたわらを通りぬけていった。ひょっとすると、言語そのものがここで生まれたのかもしれない。石の洞のいたるところが言葉に覆われており、なんらかの古代生物のように言語がびっしりと壁にくっついている。心のなかの昏い炎、いまだ口にされていない単語は、ゆるぎなくこの下で燃え続けている。テッサラは適当に歩きまわって、本がずらりと並んだくぼみをいちいちのぞきこんだ。ここにいるのか？　と心で問いかける。そこに？　誰ひとり、女王がこんなところにいるとは気づかなかった。単語のひとつになっているも同然だ。

茨が見つかったのは、はるか地の底の、石の言葉に満ちた石の部屋だった。

視界に映ったものを目が認識する前に、心が識別した。すべての頁に茨が記してある、ひらいた本。手でふれると、混乱して、不安でたまらなくなった。気をつけよ、と、茨は夢見る戦士の声で語りかけてくる。気をつけよ。室内は無人だった。一方の壁に沿って藁蒲団《わらぶとん》が敷いてあり、くしゃくしゃになった毛布がかかっている。本が載っているのは、机代わりに使っているらしい石板の山の上だった。隣にはペンとインク壺と紙束がある。どうやら、誰かが茨の言葉を訳している最中のようだ。誰が？　と首をひねる。石の奥底で暮らしている者のなかで、誰がレインに対してそこまで悪意をいだいているのだろう。自分では害を受けることなく、これほど危険な力を内密に扱うことができ、司書にも魔術師にも悟られずにすんでいるのは、いったい誰だろう。女王の足下《そっか》の図書館に住まい、この王国を破壊しようとたくらんでいるのは、はたしてどんな手ごわい敵なのか。

女王は石板に腰をおろし、名もない写字生の紙をとりあげて、読みながら待った。

何時間もたったが、依然として誰も現れなかった。周囲の古びた石の厚板におとらずひっそりと、テッサラは待ち続けた。誰の目にもとまることはない。どんなささやかな動きも見逃すまいとして、輝くひとみをぱっちりとひらいている、生きた歴史をのぞいては。

アクシスとケイン、と麻痺したように考えた。アクシスとケイン。

その名は、落ち葉のように頭に散らばっている記憶に含まれていた。幼いころに学んだものの、捨て去った知識だ。成長してものごとの全体像をとらえる力がつき、もはや世を悩ます相手ではないと気づいたために。とっくに忘れ去られ、ぼろぼろの墓碑に刻まれた文字同様に無害な存在。

「アクシスとケイン」とささやくと、ふたりの力が昏い風となって心を吹きぬけた。

物語は、代名詞の変化に伴って、唐突に中断していた。どこか不吉な感じがする。とぎれた文を横切っているペンからインクがもれて、次の単語のかわりに黒い池をこしらえている。インク壺はあけっぱなしだった。なにか、たぶん自分の文章にぎょっとして出ていった書記は、いまだに戻ってきていない。おそらく会合には遅刻しかけているだろうが、どんなことが起ころうと、いまここを動く気にはなれなかった。たとえシールのアーミンが戸口に現れたとしてもだ。この物語の結末がどうレインに影響を及ぼすか、自分の目で見届けずにはいられない。

とうとう、ふたり連れが巻物を腕いっぱいにかかえて入ってきた。どちらが危険人物の書記なのか、たやすく見分けがついた。インク壺には〝N〟の字がついており、髪の薄いひょろりとした若者が、「ネペンテス」と呼びかけたからだ。若者は心配そうな目つきだったが、ネペンテスのまなざしは愕然としており、せっぱつまった色をたたえていた。独特の優雅な顔立ちは、永劫の歴史の彼方でかたちづくられていそうだ。テッサラは眉をよせて観察したが、それは予想していた悪辣《あくらつ》で手ごわい魔術師ではなかった。レインをかき乱す一方で、思いがけず自分自身の心までさんざんに乱してしまった若い娘だった。

「望みを失っちゃだめだよ、ネペンテス」若者がそっと言ったが、その声もいくぶん動揺していた。

「それはあたしの名前じゃないもの」娘は硬い声音で言い、巻物を床に落とした。しゃがみこんで広げはじめる。指のあいだで羊皮紙がふるえた。

「きみはこの名前しか知らないだろう。訳を終わらせたほうがいいよ」

「いや。ふたりとも死んでるんだから。死んでるはずなんだから。レイドリー、調べるのはやめないで」

「ネペ――」いったん言葉を止めたものの、頑固に続ける。「全部訳さなかったら、なにをこわがったらいいのか、肝心なところがわからないじゃないか。まるで予想外のことがあきらかになるかもしれないよ。ひょっとしたら、どうにか説明がついて、この話を書いたのはケインなんかじゃなかった、なにもかも別人の想像だったってわかる可能性だってあるんだし」

つぎつぎと巻物をひらいているネペンテスは、聞いていないようだった。「レイドリー、どれもぜんぜんアクシスには関係ないけど。違う棚に置いてあったんじゃないの。土地を扱ってる古い法律文書みたい」

猛烈な勢いでまたかきあつめはじめる。レイドリーがなだめるように手からとりあげた。

「僕が戻してくるよ。ほしいものがどこにあるか、たぶんわかると思う。きみはその話を仕上げて」

「いや」

「ネペンテス、どうやって死んだのか、もう何時間も調査してるのに、まるでふたりとも死ななかったみたいなんだよ。ほんとうはなにが起こったか、本に書いてあるかもしれないじゃないか」

「いやだってば」ネペンテスは荒々しくくりかえした。「文句を言わないで。このことについては、あたしが正しいの」

「そうじゃなかったら?」部屋を出ながら、相手はたずねた。廊下から声が流れてくる。「だいたい、結末がどうなるか知らないままで、どうしてがまんできるんだい?」

レイドリーが戻ってくるのを待ちながら、ネペンテスは行ったりきたりした。テッサラは同情をこめてながめた。歩く範囲がどんどんせまくなり、やがて、床の真ん中でぐるぐる回転しているように見えてきた。

終わらせるんだ、と内心で告げる。レイドリーの言うとおりだ。そうしてくれないと、なにを恐れるべきなのかわからない。

その台詞《せりふ》を耳にしたかのように、ネペンテスはむなしく歩きまわるのをやめ、ひらいた本に向かった。

のろのろと、まるでおぞましい怪物を起こすまいとつとめているかのように、足音をしのばせて一歩一歩進む。手をのばし、指先で軽くペンにふれた。テッサラはやはり音をたてずに、座っていた石板の山からおりると、ようやくペンをとりあげた書記に近づいて、肩越しにのぞきこんだ。

24

ボーンはゆっくりと地底の図書館からぬけだし、王宮でもっとも高い塔にあがっていった。ほかにヴィヴェイを捜す手立てを思いつかなかった。願望も必要も道をひらいてはくれまい。そもそも会いたくないし、おまけに、どちらを恐れているのかわからない——魔術師本人か、それとも伝えなければならない内容なのか。たぶん、こちらが捜しているのを感じとって、先に見つけてくれるだろう。まず話をさせてくれればいいのだが、と切実に願った。女王の御座所をこそこそうろついた罰として、崖から突き落とす前に。

図書館を出てから魔術師の塔へたどりつくまでには、何時間もかかったように思われた。ずっと姿が消えているのかどうか、さっぱり確信が持てない。図書館では誰もが本に鼻をつっこんでいたので、たいして重要ではなかったのだ。だが、それでなくともぴりぴりしている廷臣や衛兵の前にいきなり出現して、よけい動揺させたくはない。そこで、しょっちゅう通りすがりの相手の目つきや表情を確認し、自分が消えているかどうか判断した。誰も気づかないようだった。たとえ見えていたとしても、客のひとりだと思われたに違いない。なにしろこの場所には、長居しすぎてうんざりし、不安になっているものの、帰ることを許されない客があふれているのだ。

王宮の迷路をひたすらさまよい歩く。数世紀かけて広がった建物は、たえず新しい渦巻を殻に加えている巻貝を思わせる。やっと塔を発見したのは、まったくの偶然だった。役に立つ情報を落としてくれないかと期待して、ふたりの衛兵にくっついていったおかげだ。そこは宮殿の古い部分と思われる箇所で、分厚くちっぽけな窓と、隙間風の吹きこむ廊下がついていた。それから、えんえんと階段を上って、もっと新しい建築部分へ出た。整然と切断された石材を漆喰《しっくい》で接合してあり、両側の窓からは、中庭の城壁だけでなく、海と平原を見晴らせた。奥行きのある戸口の前に別の兵士が一組立っており、ふたりはそこで足を止めた。扉の片側から、さらに螺旋《らせん》階段がのびているのが見える。もうひとつ塔があるらしい。ほかの塔よりいくらか新しく、目もくらむ高さからの景色が保証されていた。

衛兵は互いに敬礼し、戸口の一対がほっとしたようにかたわらへよけた。

「問題でも？」と、知らずに先導してくれた兵士の片割れがたずねる。

「いやはや、女王陛下に会わせろと要求してくるわ、ヴィヴェイさまに会わせろと言い張るわ。やれ紙だ、ペンだ、客を認めろ、もっと毛布をよこせと、きりがない。塔に届くまでに、食事がいつも冷たくなっていると不平たらたらだしな」

兵士は冷淡にうなった。「こっちも同じさ」と言い、扉のわきの持ち場につく。

「知らせは？」

「シールのアーミンが、セヴァイン谷に沿って平原へ進んでいるとさ」

皮膚がひきつるのを感じ、ボーンは陰に移動した。うちの家族だ、と茫然として考える。兄や従兄たちが閉じこめられている場所なのだ。衝撃で術が解けてしまっただろうかとあやぶむ。自分では判別がつかなかった。そろそろと松明《たいまつ》の光のもとに踏み出したが、衛兵たちは見向きもしなかった。

「誰が魔術師殿は上におられるのか？」

「魔術師のことなんかわかる？　だが、ここを通るのは見ていない」

　こちらの姿も見えないようだ。兵士の視界になっている明かりの輪をこっそり横切って、ボーンは薄暗い階段に行きついた。

　そして、上りはじめた。

　魔術師の住みかはとほうもなく高く、東に連なる丘陵のむこうにセヴァイン谷が望めるのではないかというほどだった。石頭の伯父は、軍を率いてあそこを進んでいるのだ。あまりの高さにめまいがした。思考がはらはらと下に落ちていき、不安と決意と、言い訳しようとしても無駄だという厄介な感覚だけが残されたようだ。だが、選択の余地はない。ほかに方法はない。あるのはただ――

「茨《いばら》だ」と声をもらしたとき、階段のてっぺんで扉がさっとひらき、ヴィヴェイと顔をつきあわせることになった。

　ボーンを見て驚いたようすはなかった。腕をつかみ、高みにある居心地のいい私室に有無を言わせずひっぱりこむと、扉をしめる。

「何時間も見ていたのですよ」と、不機嫌に告げる。「王宮からの出口か、家族を捜しているのだと思っていました。ここにくるとは思いませんでしたよ」

「あなたを捜していたんです」

この台詞《せりふ》には意表をつかれたらしい。灰色のまなざしがわずかにやわらいだ。融けた氷の下から色を吸いあげ、ひとみが濃くなってくる。「さっき、なんと言ったのですか」と問いただした。「わたくしが扉をあけたときです」

「茨です」ボーンは暗澹《あんたん》と言った。「やつらの正体を知ってるんです」

相手の眉がはねあがり、腕にかけた指に力がこもった。後ろ向きに押され、椅子に導かれる。どさりと腰をおろしながら、ヴィヴェイの全身が言葉でふくれあがっているように見える、とボーンは考えた。いよいよなにか言うときには、頭をひっこめたほうがいいかもしれない。

「あの本ですね」とうとう、ぴしゃりと訊いてくる。「そうでしょう?」

「どうして——どうやって——」

「あなたがここにきてからずっと、監視していたのですよ。レインの君主がなんのために魔術師をかかえていると思っているのです?」

「でも、じゃあどうして俺を連れにこなかったんですか?」

「行かなかったからです」

「ほかの家族は塔に閉じこめさせたのに」

「そんなことはどうでもよろしい」と言い渡されたので、気にしないことにした。ヴィヴェイは向かい側に座り、両手をきつく組み合わせた。激情を抑えるためだろう、と推測する。「監視していたのです」とくりかえす。「そして、話を聞いていました」

「あの部屋で？」ネペンテスのことを思い、ボーンはぎょっとしてさえぎった。

「もはや隠しごとをしている場合ではありませんよ、ボーン。守ってやるにも遅すぎます。あの本の魔力を感知したのはいつです？」

「俺は感知してませんよ。でも、あれはネペンテスにおかしな影響を及ぼしているんです。あの本を訳している女の子です――その――」

「ええ」

「正直、俺はまだ納得できてません。ネペンテス自身も不安を感じはじめてはいるんですが。でも、本人にも理解できなくて――」

「わたくしにもです」ヴィヴェイは短く言った。「なにについて話しているのか、わかっていますか？」

ボーンはうなずいた。「たぶん――わかっていると思います。アクシスとケインのことです。それに、問題の始まりにしかすぎない、とあなたが言っていた茨のことと、森の戦士がテッサラさまに見せた、棘《とげ》だらけの繁《しげ》みと」そこでためらったのは、どうやったら信じてもらえるだろう、とふいに疑問が湧いたからだ。だいたい、まともに受けとる者などいるのだろうか。

「アクシスとケイン」ヴィヴェイのひとみは、ふたたび色を失い、ひややかになっていた。「何千年も昔に死んだ人物です」

「ほんとうですか？」

「どういう意味です?」

「レイドリーの話では――」ボーンは注意深く言いはじめた。

「レイドリーというのは誰ですか」

「書記のひとりです。ずっとネペンテスを手伝っているんです。その話だと、アクシスとケインについて叙事詩を書いた詩人たちは誰も、ふたりがどうやって死んだか語っていないとか」

ヴィヴェイは目を閉じ、まぶたにふれた。「どういうことなのでしょうね。こんなときでさえ、そのふたつの名を耳にすると眠気を催すのですから」

「そうなんですか?」ボーンは虚ろにたずねた。「俺はぞっとしますよ」

ヴィヴェイは黙ってふたたびこちらを見た。「わかりました」と言う。「アクシスとケインですね。聞いていますよ」

「ふたりは首をひねりはじめたんです――レイドリーとネペンテスが――」

「レイドリーと――ああ」

「不思議がっていたのは、どうしてケインが、アクシスの治世――あるいは、誰もがその治世と思っていた時代には、まだ存在していなかった国を征服したと書き続けたのか、ということなんですが」

ヴィヴェイの目が、ちらりと興味の色をよみがえらせた。「ケインがあの本を書いたのですか?」

「そうです。ケインはとほうもなく強大な女魔法使いで――」

「ケインは男性ですよ」ヴィヴェイは抗議した。「あなたのネペンテスが、それすら正しく訳せないというのなら――」

「ケインは女性なんです」ボーンは落ちついて言った。「アクシスのいとこのひとりで、アクシスを慕い、ずっとそのかたわらで戦ってきた女性です。頭巾の君に。だから、誰にも顔を見せなかったんですよ。そして仮面の女魔法使いになったんです」

ヴィヴェイイの顔は、ふいに仮面のようになった。「続けて」

「あの本を読めば、アクシスの力がどんなものか、はっきりわかります。望むものは必ず手に入れる。誰にも負けることはない。決して。アクシスはケインとともに、周囲の国を知っているかぎりすべて制覇したんです。そして、征服する地がなくなると、ケインは東方に大国を発見しました――ギラリアッドです。アクシスの軍隊は群れをなしてそこに攻めこみ、打ち破りました。でも、ギラリアッドのあと、また戦う相手がいなくなったので、ケインはなんと、時そのものをひらいてやったんです」

「時をひらいた」

「はい。わかってます、こんなことは――」ボーンは困りきった身ぶりをした。

「続けなさい」

「そういうわけで、どんな土地でも思いのままに帝国に加えられるようになりました。何世紀も未来の国まで。星の数ほどの兵を率いたアクシスは、時をひらき、夜を昼に変える力をそなえた頭巾の君ケインをかたわらに随え、どこからともなく――何処《どこ》にもない門から出現します。

そして、抵抗する敵を叩きつぶし、富を強奪し、都市をめちゃめちゃに破壊したあと、また姿を消すんです。あとには廃墟だけを残して」

ヴィヴェイはじっとボーンに視線をすえた。切り株にとまった梟《ふくろう》のように、思考がどちらへ向けられているのか、気配すらうかがわせずに。「あなたは、アクシスがレインに目をつけていると思うのですね」

「ケインです。選ぶのはケインで、侵攻するのがアクシスですから」

「その本は、いつから商人の荷馬車に載って十二邦をめぐっていたのですか?」

「知りません」

「そうですか。もちろん、なぜ魔術師たちにも歯が立たなかった本が、王立図書館の地下に住むみなしごの書記に訳せたのか、ということもわからないのでしょうね」

「それが仕事ですから。ネペンテスはそのために訓練を受けたんです」

「司書にも解読できなかったのですか? だからネペンテスにまかせたと?」

「いえ。その――」ボーンは唾をのんだ。「俺は、司書に届けるようにと渡したんですが、ネペンテスは自分でとっておいたんです。司書たちは本を見てもいません」

梟の目がまたたいた。ヴィヴェイは椅子にかけたまま、わずかに身を乗り出した。「そうすると、いま手もとにあるのは、茨の文字で書かれた謎の書物、その本を唯一読める若い書記、そして、三千年前に全世界を征服した王が、まだ生きてぴんぴんしており、いまにもレインに攻めこもうとしている予兆、というわけですね」

ボーンは、両手で椅子の肘を握りしめた。はりつめた口調で言う。「わかってますよ、そんなの——」

「ええ。あやしげにしか聞こえません。わたくしはあの本を二回見ましたが、魔法が含まれているとしても、なりをひそめていますね。アクシスとケインという名の、はるか昔に死んだ魔法と同様に」ボーンが息を吸いこむ音に、片手をあげる。「ですが、納得のいかない事柄がふたつあります。まず茨そのもの。よしんば本のことは数に入れないとしても、茨のせいで夢見人の心が乱され、目覚めて警告を発したのですから」

「夢見人——」耳を疑うように、ボーンの声が高まった。「夢見る王が起きたのですか?」

「女王です。眠れる女王はテッサラさまに気をつけよと——」急に言葉を切る。ボーンの驚愕に呼応して、ぱっと魔力がひらめいたからだ。「それを制御できるようにならなければなりませんね、ほんとうに。正体がわかってしまいますよ」

「マーミオンは女王だったんですか?」

「テッサラさまがおっしゃるには、夢見人は武装した戦士の女王だったそうです。たいそう背が高くみめうるわしく、長い金色の髪をしていたと」

「あの日、森で会った騎手みたいに」

「ええ」

「茨について警告した」

「そうです」

ボーンの手が椅子の肘をねじり、木材に薄い痕を残した。「じゃあ、ふたつめは？」

「なんのことです？」

「納得がいかない事柄がふたつあると言ったでしょう」

「ええ。ふたつめはこうです。たとえば、若い娘が、誰にも読み方がわからない言葉から、なぐさみに物語を作ったのだとしましょう。それにしても、なぜわざわざ、とっくにすたれた古くさい話を掘り出してきたのです？　アクシスとケイン……」その声が途絶え、なにかの記憶を吟味している顔つきになる。

「なんですか？」懸念に顔がこわばるのを感じながら、ボーンは問いかけた。

「わたくしも同じことをしました」と、驚いているような返事があった。「いつかの晩、女王陛下の戴冠式のころでしたが、ガーヴィンのためにあの話を発掘したのですよ。アクシスとケイン。どんなふうに死んだのか、わたくしにも思い出せませんね……」気まぐれな風でも吹きぬけたように、ヴィヴェイはぶるっとふるえると、回想から現実に戻って、またボーンを見た。「あなたはとても勇敢なのですか？」と首をかしげる。「それとも、ひどく計算高いのか。この話をわたくしに持ちこむとは」

ボーンはつかの間、無言で魔術師をながめ、それからおのれに視線を向けた。ヴィヴェイの目を通して見ようとすると、自分の内に見出したものに驚嘆することになった。「こわくてたまらないんです」と、率直に告げる。「俺が正しかったらどうしようと思って。もし正しければ、もうひとつの質問に対する答えも考えたくありません。どうしてネペンテスなんでしょう？　あの娘《こ》はこの話にとりつかれてるんですよ。誰にも大事な茨を調べさせようとしないし。自分もおびえてるのにやめられないんです。この話の結末を知りたがってるから。俺は、その結末が心配なんです」

ヴィヴェイは立ちあがり、ひとあしふたあし歩いた。「こんなうさんくさいたわごとは、生まれてこのかた聞いたことがありませんよ」

「でしょうね」

「しかも、いったいどうやって、どこからともなく突如として現れる、星の数ほど兵士を引き連れた三千歳の王と戦えというのですか――」

「さあ」

「それに、なぜネペンテスなのです？」ぱっとふりむくと、こちらに戻ってくる。「ネペンテスはいまどこにいますか」

「たぶん、図書館の茨のところだと思います」

「あの茨なら見ました。どうでもいいものです。形にすぎません。わたくしにはなにひとつ語りかけてきませんし、警戒すべきいわれもありません。なんの力も感じませんでした」

「ただの言葉ですよ」ボーンは注意深く言った。「人を動かす力のある物語を綴《つづ》っているだけです」

「ネペンテスに対して」

「そうです」ヴィヴェイはまたもや沈黙し、ボーンは立ちつくして物思いにふける姿を見守った。白い髪にふちどられたおもては、欠けた月の横顔を思わせる。「ともかく」ついに、口をひらく。「わたくしの知るかぎり、レインの内部でわずかなりとも騒動を起こしているのは、あの茨だけです。女王陛下が数時間前に茨を探しに出られてしまったので、この一時間というもの、ありとあらゆる場所を捜索していたのですよ。ことによると、ネペンテスの本になにがあるのか、陛下ならわたくしには見えなかったものをごらんになるかもしれませんね。行ってみましょう」

25

アクシスとケインの子どもは、エベンの秘密の部屋で宿され、ギラリアッドで誕生した。出産前の数カ月、ケインは腹の子を戦場の危険にさらすまいとして、ギラリアッドのかぐわしい帝室専用庭園をひとり歩いた。アクシスは伴侶と軍隊を残し、エベンに戻って国事に専念した。頼めばとどまってくれただろうが、ケインは頼まなかった。しばらく故郷に帰り、妃を懐柔して国政を見るほうが、ずっと分別のある行動だったからだ。どうせすぐに落ちつかなくなるだろう。だが、偉大な獅子でさえ、忍耐強く冷静に獲物を待たなければならない。したがって、ケインがふたたび戦いに注意を向けられるようになるまで、アクシスもエベンで待つしかなかった。

ギラリアッドで、ケインは妊娠をうまく隠した。一瞬も気をゆるめず、内気で醜怪な魔法使いの役柄をこなしたので、時そのものの城壁を越え、兵士たちを戦いに導いた仮面の魔法使いが、皇帝の子を身ごもった若い娘だという噂が流れることは決してなかった。出産が迫り、手伝いがほしくなると、ケインは宮殿をあとにした。年老いた森のまじない女たちを訪ねて助力を求めたのは、はだしでつぎあてのある亜麻布の服をまとった黒髪の娘だった。変わった発音で話したが、まじない女たちはほとんど耳が聞こえなかったし、どのみちたいして説明する必要もなかった。娘は薄暗いあばら屋に連れていかれ、香草とラベンダーのにおいのする火のかたわらに寝かせてもらった。その場所で、出っ歯のまじない女たちがはしゃいだ笑い声をあげるなか、赤ん坊は産声をあげた。エベンの貴族の女性と、全世界と時間を統べる皇帝の子。

ふたりの娘。

出産の前、ケインは帝室庭園を散策しながら、目前の未来についてじっくりと考えた。子どものことは秘密にしておかなくてはならない。公私両面において、アクシスのそばには居場所がないし、かといって戦場に連れていけるはずもなかった。ギラリアッドの宮殿の内部で泣かせることすら許されないし、育てることも不可能だ。口が堅いと信頼できる相手がいない以上、誰にも知られてはいけない。ケインが実は男でなく女で、もう何年もアクシスの恋人であり、いまやその子どもを身ごもっているなどという噂は、またたく間にギラリアッドを出て、通商路をたどり、バルトリア海周辺の皇帝の領土にもたらされるだろう。そこから、エベンにいる妃の耳に達する。そうなったら妃がどう出るか、見当もつかなかった。アクシスの寵を受ける女たちがいるとは考えているはずだ。だが、本気で想う相手がいるという事実に直面したことはない。これほど強くひたむきな愛情が、婚礼のずっと前から根づいており、その後何年ものあいだ、まさに自分の鼻先で花ひらいていたと知ったら、妃はひどく恨むかもしれない。その結果、アクシスの最愛の地であるエベンが引き裂かれることになるだろう。エベンは帝国の礎《いしずえ》だ。すでに一度、大エベンと下エベンを確実に結びつけるために戦いがあった。妃が愛人をそそのかし、力を貸すからと約束すれば、その礎は崩壊する。そして皇帝は、いまだ制覇していない世界に背を向け、いま手中にある世界をまとめておく戦いに目を向けなければならなくなる。

子どもが生まれる前、ケインは庭園ではっきりと悟った。アクシスの隣という定位置に戻るまでのあいだ、ほんの数カ月しかその子と一緒にはすごせないのだ。やわらかな緑の木陰に座り、頭上の澄んだ青に響く鷹の声を聞きながら、あちこちに心をさまよわせた。アクシスのために見つけた王国を残らずめぐり、どうすることが三人にとって最善の道か決めようとした。あらゆる選択肢を検討し、子どもを連れてアクシスの人生から姿を消すことまで考えた。だが、そばを離れることはできない。だからといって、仮面をはずし、戦う魔法使いにして伴侶、また子どもの母親として、人目をはばからず暮らすわけにもいかなかった。夫とその大帝国の後継者とのあいだに、そんな邪魔者が侵入してくることを、皇帝の妻はなにがあろうと許すまい。ふたりの和は乱れ、暗黙の了解が破られてしまう——世間の目に対しては、皇帝にとって第一の存在は妃なのだ。その保証があればこそ夫の愛情をあきらめたのだし、アクシスの心がとっくによそに与えられていようとは疑いもしなかったのだ。そう、はるか以前、心があることなど本人も気づいていない時代に。

どうすればいい、どうすれば……

ひとつの案がちらちらと頭に浮かんできた。まだぼやけていて完全な形ではなかったが、のんびりと平穏な日々がすぎていくにつれ、少しずつ明確になっていった。自分で育てられないなら、誰かが育てなければ……エベンの妃には絶対に見つからない秘密の場所、万が一にも出生にまつわる事情を気取られることのない場所……だが、成長して教育を受けているあいだ、その世界の重要な立場に置かれることがないような状況で。こちらが迎えに行くまで、自分がふさわしい運命を与えられていないと感じていなければ……きちんと教育され、魔法の技能にふれる機会さえ持つ必要がある。なにしろ女魔法使いと皇帝の子なのだから。これほど強大な力がまじりあったら、いったいどんな能力を受け継ぐことになるか……なによりも、その子が安全でなければならない……

胎児とふたりきりで、そうした懸念にたえず悩まされながら、ケインは不安定な未来に立ち向かうことになった。自分と子どものために文章を書きはじめたのは、そのときからだった。淋しさをなぐさめるため、また、父母について子どもに説明するために、アクシスのことを記した。偶然見られても、中身を読まれて暴露される心配がないように、幼いころ作った言葉を用いた。文字にみずからの魔法を仕掛け、自分の子どもが目にしたときだけ命を持つようにした。この子だけが、文字のひとつひとつにケインを感じとって反応するだろう。同じ魔力が血に流れているのだから。ほかの者はせいぜい、不可解な文字に好奇心をおぼえる程度にすぎない。だが、わが子の心は、ケインの言葉を見分けるはずだ。

出産の時期がくると、その小さな本を森へ持っていった。アクシスを想うよすがとなるものは、この言葉しかなかったからだ。

ギラリアッドの宮廷は、魔法使いが気ままに出歩くことに慣れていたので、いなくなっても誰ひとり疑問に思わなかった。はるか彼方にいたアクシスは、みずからの世界を離れた伴侶が、どれほど遠くへ赴《おもむ》いたのか知らなかった。ケインが携えていったのは、生まれた娘とあの本と、魔女たちからもらった実用的な二、三の品物だけだった。仮面をとって髪を解き、時の流れをさまよって、ここに一週間、あそこに一カ月と滞在した。どの土地でも、通りすがりのよそ者にすぎなかった。食事と寝床の金を稼ぐのにささやかな魔法を使い、簡単な治療をしてやり、二、三の芸を披露してみせた。その魔力はどんなときでも、つかの間の興味しか惹かなかった。仮面の魔法使いは別の世界に置いてきたのだ。人々にまじって歩く流れの民に、わざわざ目をとめる詩人などいなかっただろう。胸に抱かれた巻き毛の赤ん坊は、光の加減で色が変化する大きなひとみで、肩越しに世界をながめている。ケイン自身も、せいいっぱい自分の名を忘れようとした。故郷で誰だったかという記憶を呼び起こせば、子どもを手放さなければならないということも思い出してしまう。

茨《いばら》文字には、その心を記せるほど鋭い棘《とげ》はなかった。語るためには言葉を茨に変え、血まみれの単語として押し出さなければならなかっただろう。そこで、考えまいとしながら、あてどなくさすらっているうち、やがてレインのことを思い出した。

レインの君主の大宮殿は、崖の上にそびえていた。前に見たときには五邦で構成されていた国家は、いまや十二邦となり、切れ者で活動的な王が治めていた。ケインは独自のやり方で、森にある魔術師の学院や王宮、そして、崖の内部の巨大な王立図書館をひそかに調査した。そこでは、司書たちがみなしごを受け入れ、写字生として育てているという。拾われた孤児たちは、世界じゅうから集められた豊富な知識に囲まれて成長する。待遇もよく、技能を高く評価され、図書館にとどまるよう奨励される。もし出ていくなら、独力で道を切りひらかなければならない。ほかの誰も必要としてはくれないだろうから。

ケインは喉に例の棘が刺さりはじめるのを感じた。この場所で、波音が聞こえないほど海抜高く広がる平原で、考えるだけでも耐えられない行動に出なければならない。未来を思うとき、かろうじて一片のなぐさめとなったのは、魔法の力を持つこの強大な王国だった。ここを自分と娘のために手に入れてくれ、とアクシスに頼もう。この国でなら、やっと仮面をとることができる。ふたりのあいだに生まれた娘も、おおやけに認めてもらえる。アクシスと子どもに、死ぬまで好きなだけ愛情をそそぐことができるのだ。

ひたすらその思いにすがらなければ、なすべきことをする勇気は出なかっただろう。根気よく待っていると、書物がつまった荷物を携え、お決まりの地味な服装をした親切そうな司書が、馬に乗って崖沿いの道を宮殿へ向かうところが目についた。そこで、崖のふちにのびた丈の高い草の上に赤ん坊を置き、立ちあがった。ふいに、ケインと子どものあいだに説明のつかない空白が生じ、ふたりとも声をあげた。母は娘の名を叫び、娘は唯一知っている言葉を泣きわめいた。涙がにじんで空も草もかすみ、きらきらと舞う風が、痛いほどまばゆい色彩の渦に変わった。あっけにとられた司書の目の前で、ケインは崖の下に身を投げた。問答無用で距離を置かなければ、子どもをひったくってしまったかもしれない。もう一度手放すよりは、名もなく貧しく、思い出だけを山ほど持ち、ともに幾多の世界をさすらうほうを選んで。

ケインは、娘が王立図書館に住みかを見つけたと確認するまでとどまり、すぐにレインを離れた。それから、手ぶらでギラリアッドに戻っていった。そこではアクシスが、いなくなったケインをひどく案じ、宮殿に閉じこもって帰りを待っていた。

海に突き出た平原のへりに娘を置いてきて以来、ぞっとするような空虚さがつきまとって離れない。空白に足を踏み入れたアクシスは、二本の腕を満たしてくれても、うずきつづける心の穴はふさいでくれなかった。涙も言葉も出てこない。くちづけられ、たどたどしく問いかけられているあいだ、相手にしがみついてふるえているしかなかった。とうとう、アクシスは少し身を引き、顔をのぞきこんできた。

「子どもはどこにいる?」

すると、ケインは泣いた。バルトリア海があふれて蛇川が逆流し、エベンの野が塩水に浸かるほどの涙を流した。ふたりの秘密の言葉でいきさつを話すと、棘のひとつひとつが喉を引き裂いた。

「ほかにできることがなかった」くりかえし、くりかえし言う。「ほかにどうしたらいいか、わからなかったの」

アクシスはその体を抱きしめた。最初はなにも理解していなかったが、そのうちやっと、いままで気づいていなかった不可能な事柄が見えてきた。子どもを育てる異形の魔法使い。エベンで鬱屈している妃を尻目に、公然と皇帝のかたわらで戦い、恋愛詩と叙事詩の題材となる愛人。あとに残していけず、戦場から戦場へと連れまわされて、飛び交う矢を避けながら歩き方を学ぶ子ども。

「ほかにどうしたらいいか、わからなかった」

ふたりがかりでギラリアッドじゅうの涙をしぼりつくしたあと、消耗しきって、互いの愛情になぐさめを見出したことで、悲嘆はいくぶん薄れた。そのときになってようやく、ケインはレイン王国に対する計画を伝えた。

「あの国がほしいの」と告げる。「わたしたち三人のために。時がきたら手に入れてください。ただし、勝利を収めて消え失せるのではなく、学者や魔術師を重んじるあの王国を、あなたの帝国の一部にして。わたしのために」

「そうしよう」アクシスはあっさりと答えた。常に理解できるわけではなくとも、ケインの見通しを信頼していたからだ。「そのときが訪れたと、どうしてわかる?」

「あの子が大きくなったら読むように、書き残したものがあるの。確実に手もとに届くようとりはからっておきます。あれは本人の過去と素姓を語るもの、生まれながらの権利として受け継ぐべきものだから。それに、わたしとあなた、ふたりの個人的な歴史でもある。あの子が読んで内容を理解したら、知らせてくれるでしょう。そのときがくれば、みずから時の門をひらき、夜の皇帝を呼び寄せるはず。十二邦を制圧したら、あの子をレインの女王として即位させてください。わたしたちの娘は、あなたの名のもとに国を統べることになるでしょう」

エベンの獅子は、ケインの望みの前にこうべをたれ、その手を口もとに持ちあげた。

「では、そのときがくるのはいつだ?」

「いまです」と、わたしは教えた。

なぜなら、あなたがこれを読む未来のいまこそ、そのときだから。わたしの娘、わたしたちの娘、エベンの子にして、この世に知られるかぎり、もっとも広大な帝国の子。エベンの獅子と仮面の女魔法使いの、時を超えた絆から生まれた娘。あなたこそ、開放された時の門すべての継承者。

門をあけて。

わたしたちを呼んで。

自分の名を思い出して。

26

ネペンテスは思い出した。

頭のなかで、食堂の銅鑼《どら》さながらに本名が鳴り響いている。無慈悲に、執拗に尾を引くこだま。夢のなかで聞いた名だ。母が姿を消す前に崖のふちで口にした名。それ以前にも、さまざまな場所で、たびたび呼びかけられた名前に違いなかった。

「そうだった」とあえぐように言い、ひらいた本を膝の上に落として、ずるずると石の床にへたりこむ。その名前はいつでもそこにあった。記憶のあわいにたえずつきまとっていた。こうしてはっきり耳にしてみると、欠かさず訪れる朝のようになじみ深い響きだった。「そうだった」

それから、ぴたりと動きを止めた。食料置き場でいきなり光に照らされたネズミのようだ。まばたきする勇気さえなかった。なにか巨大な存在の視界に捕捉され、黄金のひとみで油断なく見すえられている。

脳裏の茨《いばら》がねじれて詩になった。(獅子の目は時を超え)と、思い出させてくる。(異なる時を見る／汝の時なれば用心せよ……)

現実のはずがないのに、と麻痺したように考える。ありえないのに。「ボーン」みぶるいさえできず、そう呼びかけた。いまにも絶え入りそうな声だった。まるで、誰かが宮殿をひょいと持ちあげ、下にあるものをのぞきこんだように、むきだしにされた気がする。「ボーン」と、ふたたび懇願したが、おびえきっていて、虫のようにかぼそい音しかしぼりだせなかった。目覚めたまま悪夢にとらわれ、助けを求める先はどこにもなく、悲鳴をあげることすらできない。ボーンはきっと、ヴィヴェイに見つかったか、ひとりで逃げたのだろう。そうやっていなくなれば、ネペンテスの身の安全が保証できるとでもいうのだろうか。あるいはボーン自身の。いや、レイドリーもクロイソス師も、レインの女王その人も、それこそ十二邦全体が、天空を裂いて流れこんでくる、数知れない兵士たちに蹂躙《じゅうりん》されようとしているのだ。

「ボーン」ネペンテスはささやいた。「助けて。レイドリー。どこにいるの？　あたし、どうしたらいいかわからない。どうすればいいかわからない」

そのとき、室内に誰かがいることに気づいた。机代わりの石板の山に腰かけ、こちらにおとらず真剣に上を見つめている。まるでその少女も、もうすぐ屋根が落ちてくると思っているかのようだ。ネペンテスはぎょっとしてとびあがった。ようやく、喉の奥から金切り声がほとばしる。淡い色の髪をした見知らぬ相手は、石板からすべりおりると、近づいてきて隣にしゃがみこんだ。図書館の写字生のひとりではないかと記憶を探ったが、心あたりがない。なぜか風に乱れた恰好で、くしゃくしゃの髪に挿した真珠のピンがまがっていた。上品な服装からすると、学者のふりをして楽しんでいる高貴な身分のご令嬢だろう。古代の遺物のなかで迷ってしまったに違いない。

「どなたですか?」ネペンテスは当惑して問いただした。

少女は薄い青のひとみでこちらをながめた。甘やかされた貴族のお嬢さまにしては、ずいぶん用心深く秘密めいたまなざしだ。それから、口をひらいた。「わたしはレインの女王だ」

ネペンテスは、もつれた言葉のようなものをのみくだした。気がつくと、女王が座っているのは、茨文字を訳した原稿のわきだった。これほど宮殿の地下深く、古代の闇のなかにまでおりてきたのなら、それが理由に違いない。

「あの——」ようやく、そう押し出す。「お読みになったんですか——」

「うん。全部読んだ。名前を思い出したんだな」

「はい」声がひどくゆれた。「でも、どうしようもないんです。あたしが名前を思い出す前に時を戻すことなんか、できるわけがないし」急に息を吸いこみ、女王を横目で見る。「あたしを見てたんですね。姿を消して。魔術師みたいに」女王はうなずいた。小さな青白い顔は、硬貨に刻まれたおもてとはたいして似ていなかった。子どもと女性の中間で、まだ輪郭がぼやけているという雰囲気だ。「魔術師なんですか?」まさかという気分で、ネペンテスはたずねた。

「おまえも、わたしの予想とは違う」女王は答えた。質問そのものより、頭のなかで考えたことのほうに反応したらしい。「十二邦をおびやかす茨について、夢見人から警告を受けたんだ」

ネペンテスは口もとをひきつらせ、絶望してかすかなうめき声をもらした。夢見人が危機を見てとったのなら、一縷《いちる》の望みもない。茨の紡いでいるものがただの物語で、夜の皇帝は古ぼけた詩の断片にすぎないという可能性は、これっぽっちも残っていないのだ。「茨を探しに出かけたら、ここで見つかった。この国にそれほど悪意を持っていて、しかもわたし自身の宮殿にいる相手が、いったいどういう存在なのか、まったくわからなかった。だから、身を隠しておそろしい魔法使いを待っていたんだ。そうしたらおまえだった」

「あたしはみなしごの書記です」ネペンテスは小声で言った。「これまでずっと、図書館で暮らしてきたんです。魔法なんて、魚や茨を言葉に変えるぐらいしか知りません」

「違うだろう」女王は指摘した。「みなしごじゃない。いまとなっては」

ネペンテスは目を閉じた。また隠れようとしたのだ。「すみません」氷のような指の隙間から、そうつぶやく。「ほんとうに申し訳ありません。あたしにはわからないんです――あのふたりを止める方法があるのかどうか――アクシスとケインを――」

「そのほうがいいのか？　母親にもう一度会えるし、父親を知ることもできるのに。贅沢に暮らせて、大切に守ってもらえる。時の流れのどの地点にも行けるし、望む知識はなんでも手に入る。レインの女王にもなれるんだ」

ネペンテスは目をひらき、言葉もなく若い女王を凝視した。平原と海の猛り狂う風が石の壁にしみこみ、このせまい部屋まで侵入してきたかのように、骨の髄まで凍えて、がたがたふるえていた。ようやく、とぎれとぎれに言う。「あたしは父親を知りません。母は、まだはいはいもできないころに死にました。あたしの知ってる家族は司書たちだけです。あたしの家は図書館で、本のなか以外、行きたいと思ったところなんてありません。ほかのものが手に入ったらなんて、想像したこともなかった。ボーンは別かもしれないけど。それでいきなり、侵略が趣味の三千歳の皇帝と、時を超えて移動できる魔法使いが、あたしのことを娘だって言って、女王さまにしたがってるんです。そんな人たちのことなんて、なんとも思ってません！ あたしはむしろ、自分が知ってる世界にいたい――本とインク壺と、言葉とレイドリーとボーンと――そのほうがいいんです。もし選択肢があるなら。でも、そんなものはないでしょう」

女王はまた天井を見あげた。これまでのところ、動いてはいない。「わたしは午後じゅう、ここでおまえを待ってたんだ。おかげで考える時間があった」

「ケインに対抗することなんて、誰にもできません」のみこんだ涙で喉が痛んだ。「その本をお読みになったでしょう。わかるはずです」

戸口で足音がして、またとびあがる。女王もぎょっとしたらしく、ぱっと消え失せた。表情を硬くし、口もとをこわばらせたレイドリーが近づいてきて、暗い目つきで見おろした。

「レイドリー」ネペンテスは、期待せずにたずねた。「見つかった――」

「いや、なんにも。どうも、厄介なことになったような気がする」

「ほんとにそうなってるから。茨の本の結末は、アクシスとケインをここへ呼び寄せるの」

「まさか」レイドリーは声をもらした。顔色がゆでたアーモンドのように白っぽくなる。

「ほんとうなの」

「正確にはどう書いてあるんだい？ そのまま教えてくれないか」

ネペンテスは、床の真ん中にうずくまったまま読み聞かせた。レイドリーはがっくりと隣に座りこみ、無言で耳をかたむけた。

その短い一節が終わったとき、そっと言う。「きみのことを、とてもかわいがっていたんだね」

「置き去りにしたじゃない。あたしの世界はここなんだから」

「ほしいものは手に入れる人だよ。きみを取り戻したがっているんだ」

「レイドリー」と、泣き声をあげる。

「レインの女王になりたくないのかい?」

「そんなこと、考えるのもやめて!」ネペンテスは荒々しく言ってから、相手のまなざしにふっと夢見るような色が浮かぶのを目にした。「そんなふうにあたしを見ないでよ! あたしは砂漠のお姫さまなんかじゃない。レインの王さまのためにある王立図書館の書記なの」

「どっちみちレインは内戦寸前じゃないか。誰が始めたって違いはなさそうだけど」

「黙って」埃にまぎれてどこかにいるはずの女王を意識して、ネペンテスは鋭く制止したが、レイドリーはかまわず、頭に浮かぶことをぺらぺらしゃべりつづけた。

「考えてもごらんよ。お母さんがそばで国を治めるのを手伝ってくれるんだ。この地下で洞穴のコウモリみたいに暮らすかわりに、世界を見てまわることができる。ありとあらゆる国々に旅をして、叙事詩が誕生するときに居合わせることもできるんだ――無味乾燥な現実が、想像力で彩られる時点に」

「レイドリー――」ネペンテスは歯を食いしばった。「どうしてそういうことを言ってくるわけ? 本気でそんな生活をしてほしいと思ってるわけじゃないでしょ。あたしのほうは、信じられないほどはなやかな人生を送るかもしれないけど、そっちはどうなるの？」

「たぶん、ずっとここにいるだろうな。ケインが図書館を破壊させるとは思えないし、実際、翻訳ができる人間を評価しているしね」

目が乾いてひりひり痛んだ。「万が一選べるとしたって、あたしがそんな未来を望むなんて、どうして思えるの？」

「どうしてきみを責められる？」レイドリーは率直に問い返した。「歴史ってものは、強大な力がごちゃごちゃ入れ替わって動いていくんだ。多すぎる人数で家を建ててるみたいに、いろいろな選択をしながら。土台のところで置き間違えた石が、屋根に近い別の石の重みではずれることもある。たとえ茨が力を失って、きみの身になにも起こらなかったとしても、アーミンの仕掛けた戦が十二邦を大混乱に陥れて、最終的には権力が第一邦から第九邦へ移ることになるかもしれない。小国乱立の状態になることだってありうる。十年後には、また籠城の準備をしながら、今日違う選択をしておけばよかったと願ってるかもしれないよ」

「選択の余地なんかないもの」ネペンテスは陰鬱《いんうつ》に言った。それから、レイドリーの手をとると、その顔は見たこともないような濃い葡萄酒色に染まった。「でも、これだけはわかってる。レイドリーは何年もあたしを知ってた。ずっと好きでいてくれた。そのほうが、歯も生えないうちに崖っぷちに置き去りにして、司書に拾わせるような母親より、あたしにとっては大切なの」

「まあね」レイドリーは、あのはにかむような微笑をちらりとのぞかせて、ぶっきらぼうに言

「そう言ってもらえれば、きみが絹の服を着て、孔雀に囲まれてるとき、いい思い出になるよ」

「やめて――」

「どうしてきみがそれを望まないのかわからないな。ほんのちょっぴりでも実現する可能性があるなら――」

「だって、そもそも違う世界にいる人なんだもの！」ネペンテスは叫んだ。「ケインはいまのあたしには茨でしかないの。本のなかの言葉、頁の上の文字。たとえ現実になったって、どうやってお互いに話ができるの？　それに、なんだかすごく淋しそうに聞こえる。ありとあらゆる世界の人に囲まれてても、誰も知り合いはいないし、あたしを知ってる人だっていないんだから。みんなこっちの歴史は知らないでしょ、まだ存在してないから。でも、むこうの歴史は古すぎて、せいぜい詩のなかにしか残ってない。まるで、夢や幻と暮らしてるみたいになりそう。だったらあたしは、自分が知ってる唯一の世界に賭けたほうがいいし――」

「あれは誰だい？」レイドリーがあっけにとられたようにさえぎった。

「あたしたちの歴史はいま作られてるところなの。シールのアーミンがすぐそこに迫ってて――」女王がふたたび姿を現し、そばで熱心に聞き入っているのに気づく。「ああ。こちらはレインの女王さま。茨について警告を受けて、ここまで探しにおりてきたの」

レイドリーはぽかんと見つめた。「硬貨には似てないみたいだけど」

「わかってる」女王が答えた。

レイドリーはまた赤くなった。「すみません。どう――どうお話しすべきか心得ていないものですから――それに、もうさんざんまずいことを口走ってるみたいですし」

「どうせ関係ないだろう」女王は淡々と応じた。「こうなったら。わたしがこの先長く女王でいるとはかぎらないみたいだし」

「それは」レイドリーは両手で自分の腕をぐっとつかんだ。「それは」とくりかえした声は、平静さを失いかけているかのようにゆらいでいた。「じゃあ、事実なんですね？　僕らはほんとうに、攻めこまれる寸前なんですね」

「そうらしい」

「それなら、なにか――なにか――そうだ」と提案する。「ヴィヴェイさまはどうなんですか？　攻撃を止められないでしょうか」

「おまえは別の結果を望んでいるんじゃなかったのか」女王は指摘した。

「あれはただ、頭のなかで考えていただけです」レイドリーは茫然と言った。「学者特有のおしゃべりというか。ほんとうは、毎日ネペンテスと会える平凡な世界のほうがいいんです」

「なるほど」若々しい声から、わずかによそよそしさが薄れた。「わたしの図書館で、反乱をあおっている者がいると疑いたくはないな」

「もちろんです。どちらかといえば、避けがたい運命を甘んじて受け入れるつもりでした。そうなんですか？」おどおどと目をみひらいて問いかける。「避けられないんでしょうか」

「そうみたいね」ネペンテスは硬い声音で言った。

「学院の魔術師たちは？　なにかできないんですか」

「たぶん」と女王。

「それにヴィヴェイさまは――きっとケインに負けないぐらいお年を召しているはずですし――考えがおありかもしれませんよ」

「たずねてみよう」女王は答えた。「本人がしばらくここで話を聞いていたようだから」

レイドリーは目を閉じ、その上に片手をあてた。ネペンテスのほうは、うずくまっていた床からようやく身を起こした。どう見てもヴィヴェイとは思えない輪郭が、ひとりでに宙に展開していく。ネペンテスも目をつぶり、足を踏み出した。すっかり姿が現れる前に、心が認識したものへと。

「ボーン」

その腕に抱きしめられると、心身を封じていた氷が融けていくのがわかった。「ヴィヴェイのところに行ったんだよ」と話しかけてくるのが聞こえた。「あの茨が、俺たち全員を物語のなかに閉じこめることになるんじゃないかって、不安でたまらなくなってさ」

「そうなってるみたい。とにかく、いまはボーンがそばにいるもの。一緒にいて」と、ネペンテスは頼みこんだ。「なにがあっても。約束して――」

まわした腕に力がこもった。「きみが望むかぎり」と、ボーンはこちらの髪に顔をうずめて誓った。「そばにいる」

「さて」と、ヴィヴェイが声を出した。おそろしく辛辣な口ぶりに、全員の注目が集まった。

忘れられた幾多の王国の埃っぽい遺物に囲まれて、すっくと立つ姿。薄暗がりのなか、長い銀髪から、怒りと抑圧された力の火花が散ったようだった。「これほど長い人生においても――もっとも、あなたが考えるほど長くはありませんけれどね、レイドリー――王立図書館の底から、レインに仕掛けられた戦に対処したことなど、一度たりともありませんよ。あいにくですが、次になにをすべきか、わたくしには糸口さえつかめておりません」

「わたしにはわかる」と、レインの女王が言った。「隠れる方法なら知ってるから」

27

女王は森のなかで、天空の裂け目から無数の兵士が平原へ流れこんでいくのを見守っていた。軍勢は、割れた壺からこぼれたインクさながらに、その光景を映している透きとおった池の水を汚し、緑の平原も、空そのものさえ黒く染めていく。あとからあとからやってくる。森の中心深く身をひそめ、ぼろぼろの切り株か苔《こけ》むした盛り土のような、なかば幻めいた姿になったテッサラは、自分のものではない恐怖を意識した。切り離されたような感覚だった。丸太の下でふるえている野ウサギか、木の葉にもぐったハタネズミか。まばたきひとつしない池のひとみを目のかわりにして、自国に集結しつつある異質な魔法をながめる。ひそかに張りめぐらされた細い思考の根が、なじみ深い周囲の力と結びつけてくれていた。眠っている人の夢を垣間見るようだ。魔術師たちとヴィヴェイ、ボーンまでが加わって、学院や王宮、平原の民、城壁内の貴族や召使いを包みこむ、なにもない空気の幻影を織りあげている。度肝をぬかれて、ありえないことを理解しようと見つめている人々の姿さえ、魔術師たちの心の奥に隠されているのだ。みずからが夢だと知らない夢。

夜の皇帝は池の水面《みなも》にくっきりと現れた。冠を戴いた人影は、平原の中央に馬を進めると、あたかも風の流れに乗ったように、配下の軍勢が草の上に降り立つのを待った。その隣に随う、長身のほっそりとした姿が、テッサラの目を惹いた。兵士全員が顔を布で覆っている。だが、髪から足もとまで黒ずくめの騎手は、影のように皇帝のかたわらによりそっていた。アクシスが口をひらくまでは、魔術師とかけた術がケインにひとめで見破られずにすむかどうか、判断するすべはない。

テッサラには呪文がありありと見えた。現実の上に押しかぶせた魔法。アクシスの軍隊はなおも続き、洪水のように小さな森を取り巻いた。だが、呪文に覆われているせいで、一見すると、生物のいない森の残骸だけがあるように見える。軍隊が導かれてきたのは、ケインでさえ予見できなかった遠い未来であるかのようだ。魔力はすべて乾あがり、木は枯れている。残っているのは切り株と、折れた幹の銀色に光る骨格だけだ。死に絶えた森の真ん中には、崩れかけた壁の一部が立ち、かつて空の学院があった場所をいまなお守っていた。この数世紀のうちによそへ引っ越してしまった、といわんばかりだ。気配さえ残っていない。

テッサラの目であるちっぽけな池には、森の上で雲と空の幻にくるみこまれた建物が、鮮明に映っていた。フェイランの巧妙な導きで、学院はおのれの複雑な迷宮の中心を見出し、内部の空間を裏返して外側へ広げると、自分自身を包み隠したのだ。ケインがそれを見ぬいているのかどうかはわからない。のっぺりと目のない、絹に隠れた黒い頭が、左右に動いた。見るというより、においを嗅いでいるようだ。

レインの王宮は、まだ崖ぎわにそびえていた。以前は、平原を見おろして小山のようにそそりたつ、入り組んだ壮大な建造物だったのかもしれない。いまでは、あけっぱなしの門が蝶番でぶらさがり、ゆっくりと落ちていくところだった。壁がかたむいて、牧草や雑草や、何層も上から落下した天井の石でふさがれた、内側の部屋がのぞいている。壊れた塔からぬけおちた石材が、中庭や屋根のない外の建物にうず高く積もっていた。ひびの入った壁の上に階段が突き出し、宙でとぎれている。宮殿はまるで、レインの歴史より長い歳月朽ち果てていたようだった。ふたたび平原にのみこまれつつあるのだ。遅い午後の陽射しで金色に染まった広い壁に沿って、花をつけた蔓《つる》が信じがたい高さまで這いあがっていた。大きなラッパ形の花々が、塩からい空気に向かってひらいている。昔はよかった存在の、苦々しい過去から引き出してきた、ひとひらの思い出のように。

ついに、空からふりそそぐ兵士の流れが止まった。崖のへりからはるかな丘陵地までを埋めつくしている。その丘のむこうから、さっぱり状況に気づいていないシールのアーミンが進軍してきているのだ。皇帝軍を吐き出した暗黒は、いまや青空を横切ってぱっくりと口をひらいた亀裂となっていた。ときおり馬が尾をふり、兵士の襟もとの布が風にはためく以外、平原では動くものひとつない。誰も口をきかなかった。

やがて、冠を戴いた戦士は、宮殿の廃墟から隣の影へと視線を移した。なにか言ったのかどうかわからない。ケインはそちらを見なかった。古びた石の建物の中心に、全神経を集中しているようだ。と、いきなり馬からおりた。できるものなら、テッサラは目をぱちくりさせていただろう。池は静まり返ったまま注視していた。ある思考が頭に浮かんでくる。しばらくぶりに現れた意味のある単語だった。

茨《いばら》。

二枚の壁にはさまれて陰になった片隅から、棘《とげ》だらけの蔓がするすると上にのびてくる。つぎつぎと葉を出し、花をつけて生長しながら。幻影から花を咲かせる術に、テッサラは見とれてしまった。心を奪われるあまり、まだ不安も湧いてこない。図書館に置いてある本の茨だろうか、と首をひねる。あの魔法はケイン自身の呪文だ。誰も本人の目をくらますことはできない。それとも、あれはケインの娘の心に根づいた茨なのだろうか？

森からの疑問の声を聞きつけたかのように、仮面の女魔法使いは、見えない顔を木立に向けた。

つかの間、テッサラは隠してある体を思い出した。いまはあわてふためいて隠れ処《かくが》からとびだし、やみくもに逃げ出したがっている。だが、テッサラの魔法がその体を朽木や苔や羊歯《しだ》の皮で覆っていた。髪はおのずから根を張り、心は深海の魚のように漂っている。鏡の水面は、この世でもっとも危険なふたつの顔を映したまま、夜の皇帝が仮面の黒絹をはぎとったときにも波立つことはなかった。

テッサラは、獅子のおもてをまのあたりにした。

それは、悠久の砂漠と太陽から鍛えあげられたように見えた。幅広く、こがね色で、仮借なく、エベンの粗い砂にも似て無慈悲だった。大きなひとみは黄みがかった金で、不可解な景色になにを考えているのか、内心が読めない。戦の伴侶に視線を向けていたが、相手はなおも、見えないおもてで森を凝視している。アクシスのまなざしを感じたのか、ケインは首をめぐらすと、なにごとか話しかけた。おそらくは、その日、世界のどの場所でも口にされることのない言葉で。

そして、消え失せた。

その姿は即座に池のほとりに出現した。水面に映った自分の影が消える瞬間さえ見えたのではないか、と思うほどだ。ヴェールに包まれた頭がまた視界に入った。今度はぞっとするほど間近で、水のなかをのぞきこんでいる。波ひとつ立たない池のひとみが、まばたきもせずに見返した。

ふたたび、ケインはそっと声を出した。今回は耳に届いたが、意味がまったく通じなかった。森の奥深く身を隠した女王は、ふるえることすらできなかった。だが、なにを言ったにせよ、テッサラの正体が暴かれることはなかった。そこにいることを知っていたとしても、女魔法使いは気にもとめなかった。テッサラは待った。ケインもだ。池のそばの切り株に腰をおろす。両手がヴェールへと動き、一瞬、人目にふれない木々のなかにいるので、取り去るつもりかと思った。だが、習慣に押しとどめられたらしい。その目にどちらの森が映っているのか、テッサラには推測がつかなかった。枯れて折れまがった灰色の木々か、それとも、まつげは草の葉、指は茸となった女王の意識が、表層のすぐ下にくまなく拡散している、生きた森か。いったい女魔法使いはなにを待っているのだろう、といぶかる。

永遠とも感じられる一瞬がすぎた。そのあいだ、皇帝と軍隊さえ動かなかった。それから、平原のむこうの城壁を伝う花の咲いた茨が、忽然と消えた。

もう一度姿を現したものの、いつ平原を横切ったのか、誰の目にもとまらなかったほどの早業だった。負けずおとらずすみやかに、蔓に囲まれた秘密の言葉があきらかになる――ネペンテス。

その髪には茨が数本からんでいた。爪がちょうど棘からかたちづくられたところだ。ヴェールに覆われた目鼻のない頭を前にして、ネペンテスはなかば恍惚とし、なかば愕然としているようだった。口からかぼそい声がもれる。女魔法使いはすばやく手をあげ、絹をひっぱった。はがすのは容易ではなかった。あまりにも長い期間、厳重に身をよろいすぎていたからだ。だが、蝶がさなぎから出てくるように少しずつ、ヴェールはゆるんで分かれ、顔があらわになった。

ネペンテスはまじまじと見つめた。池もだ。若い書記と三千歳の母親と、ふたりはよく似ていた。間隔のあいた双眸《そうぼう》、彫りが深く優美な造作、ゆたかな黒髪。ケインの目は煙るようにくすんでいるが、ネペンテスのひとみは森の緑を映していた。母の波打つ髪はきっちりと編んであるが、娘の髪は奔放に腰まで広がり、解けた呪文になお縛られているのか、棘のついた小枝があちこちにひっかかっている。

女魔法使いは、娘に意味のわからないことを言った。ネペンテスは、おびえて狼狽しきった顔つきになっただけだった。その刹那《せつな》、ケインはようやく気づいたらしい。崖の上から時間の霧の奥へとびこんだとき、どれほど遠大な距離がふたりを隔《へだ》てることになったのかを。手をのばすと、茨の小枝のひとつをやさしく娘の髪からはずし、掲げてみせた。それは指のなかでしなやかにまがり、見慣れた茨文字の形になった。

「〝わたしは〟」ひどくふるえる声で、ネペンテスが訳した。「〝あなたの。ために。きた〟」一歩あとずさり、半狂乱になって首をふったので、髪が目の前にひるがえった。「違う。違う。あなたがきたのは征服するため、破壊するためでしょ。あなたもあたしの父親も、望めばどんな世界でも手に入ると思ってるんだから。どうして歓迎してもらえるなんて思いこめるの？　こんなに年月がたってから、あたしの知ってる世界を奪うために戻ってきて、それで感謝してもらえるって、本気で考えてるわけ？」

ケインは、言語の助けなしにその台詞《せりふ》を理解したようだった。娘の表情から、声に含まれた苦痛と激情から、心で聴きとったのだ。ふいに苦悩に満ちた顔になり、もう一度よじれた茨の若枝を示す。

「〝あなたに。あげる。どんなもの――〟」ネペンテスの声は、その単語でとぎれた。追いつめられた獣のように目をみはって、また後ろにさがる。「ここにあるものは、あなたたちのものじゃないでしょ。あげるものなんて、この世界ではひとつも持ってないじゃない！　帰ってよ！　こっちのことはほっといて！　王国をあげたいっていうけど、あたしのことを知りもしないのに。あなたは古代人なの。幽霊なの。この世界の存在じゃないの。あなたなんか知らない――」茨がふたたびしゃべった。棘が女魔法使いの指先にひっかかり、血がにじむほどの勢いだった。「〝わたしは。あなたの。母。あなたは――〟置いていったくせに！　あたしはね、あなたがいなくても生きていけるようになったの。あなたがいなくても、誰かを好きになることができたんだから。戻ってくるのが遅すぎたの。お願い」なおもよろよろと後退しながら、ネペンテスは両手を握りしめた。「お願い。ここから出ていって。あなたが好きなのはアクスでしょ。一緒にいればいいじゃない。あたしのことは忘れて、帰って」

ケインは声を出した。その単語を耳にして、ネペンテスは激しくかぶりをふった。「違う。それはあたしの名前じゃない。ネペンテスがあたしの名前だもの」

「ネペンテス」女魔法使いは言った。その声もふるえていた。ネペンテスは動きを止め、手をもみしぼったまま、無言で相手を見つめた。またもや話しだした茨の言葉を翻訳する。

「〝見捨て。ないで。わたしを〟」

「アクシスがいるでしょ」ネペンテスはささやいた。「時の流れだってなんだって、ほしいものは全部持ってるのに――」茨が文字を綴《つづ》りはじめたので、言葉を切る。

「〝ケインは。言っている〟」と伝えてくる。「〝わたしには。名前が。ない。話すことが。できない〟」

ネペンテスはまた黙りこんだ。平原からあらためて呼び声がかかり、女魔法使いは少しのあいだ顔をそむけた。ひとみが妙な感じに光っている。泣きそうになっているかのようだ、とテッサラは思った。ケインは古代の言語でなにか言ったが、手にした茨は沈黙していた。

ネペンテスは口をひらいた。死に絶えた森のなか、音にならないほどかすかな声だった。「ほんとうの名前は、なんていうの？」

皇帝が重ねて呼んだ。女魔法使いは顔をゆがめ、どうすべきか決めかねて、必死のおももちで森と平原を見比べた。

それから、ひとこともなく茨を落とし、ヴェールを頭に巻きつけるなり、ぱっと消えた。

ネペンテスは、立ちつくしたその場で茨を生やしはじめた。ケインの呪文から生えたのか、それとも自分のおびえた心から育ったのか。葉や花をびっしりとつけ、もつれあった巨大な繁《しげ》みは、枯れた森とはふつりあいな命ある異物となった。たとえ魔力を持たない者が茨に気づいても、もはや棘の内側にひそんだ娘には気づかないだろう。

テッサラは、生きた領土が皇帝に暴露されることを覚悟した。きっといまにも、地をゆるがす無数の蹄が平原から押し寄せてくるに違いない。

待つしかない。おだやかな風が池にさざなみを立てた。茨がそよぎ、宙に新たな文字を描く。ついに、大軍は動きだした。とほうもない規模の渦巻が、平原全体をのろのろと横切っていく。池の視界は暗くなり、長いこと影に包まれていた。もう空も見えない。映るのはただ、テッサラの王国を突っ切って、ひたすら行進していく兵士たちだけだ。ぎざぎざした青空の端がのぞくまでは、どの方角に向かっているのかさえ見当がつかなかった。流れが逆になったとわかったのは、そのときだった。夜の軍隊は、平原の上空に浮かんだ、はてしない時の領土へと戻りつつあったのだ。

軍勢が消え失せてからも、テッサラはじっとしていた。誰ひとり、ぴくりともしなかった。古い廃墟はまだ崖の上で崩れているし、空の学院はおりてこようとしない。緑の茨も、無難な茨の姿を保っている。森も枯れたままだ。太陽だけが動き続けていた。海を見おろす壊れた塔の陰に、じりじりと沈んでいく。

そのとき、平原で鳥が鳴いた。最初、テッサラにはそう聞こえた。だが、耳慣れない鳴き声はだんだん高く大きくなっていく。そして、音の連なりが形をとったとたん、ふいに人の声に変わった。

「ネペンテス」懸命に訴えた名は、ごおっと平原を吹きぬけた風の翼に運ばれていった。「ネペンテス！　ネペンテス！」

茨がゆれた。ただひとり平原にとどまった人影が、テッサラの目に映った。女は呼びかけながらヴェールをほどいた。風にさらわれた布は黒い鳥のように舞いあがり、気流から気流へと受け渡されて、記憶にしか残らないほどの高みへと昇っていく。

「ネペンテス！」

ネペンテスは茨をふりすてた。繁みはぐんぐん縮まって体内に消え、その姿は平原の母をめざして、葉っぱと花びらをはらはらと背後に散らしながら駆けていった。


あとになって、空の学院の奥深くで魔術師たちに囲まれたエベンの女魔法使いは、レインの女王に自分のしたことを説明した。その言葉は茨の文字で綴られ、ネペンテスが訳した。テッサラは、ふたりが紙の上で近々と顔をよせあっているようすをながめた。姉妹のようにそっくりで、どちらも時を超越していると同時に、幾千年の歴史を背負っているようだった。

「皇帝陛下には、軍隊を導く先を誤り、未来に行きすぎてしまったと説明しました」ネペンテスの声で、茨は語った。「娘を残してきた王国に戻れるよう、正しい道筋を探すので、そのあいだギラリアッドに戻っていてくださいとお願いしたのです。信じてもらえました。あの人はどんなときでもわたしを信頼していたから。二度と会うことはないでしょう」文字が中断し、ペン先にインクが涙のようにふくれあがった。しずくが落ちる前に、ペンはふたたび紙にふれた。「あの人には、みずから時の門をひらくことはできません。自分の時間、自分の世界に閉じこめられたままになります。それでも伝説と詩歌を織りあげる人生を送るかもしれませんが、いままでよりは予想しやすい形になるはずです。

アクシスとケインについては、これ以上なにひとつ加わることはないでしょう」

ペンは先ほどより長く沈黙した。そのあいだ女魔法使いは、ペン先の下にある白紙のなかに、過去と未来を読みとっているようだった。ようやく、書きはじめる。「潮時でした。わたしにはなにも自分のものがなかった。名前さえも」ネペンテスは、まるでおのれの人生のこだまを耳にしたかのように、つかの間母親を見つめた。「わたしにはアクシスと子どもしかいなかったのです。今日、両方と一緒にいることは不可能だと悟りました。どちらかを選ばなければなりませんでした」テッサラに目を向けてから、先を続ける。「わたしを恐れる必要はありません。戦場でしたことは、すべてアクシスのためだったのですから。自分のために望んだのは、あの人だけです。それと、わたしたちの娘。

このレインでなら、顔に陽射しをあびて歩むことができる。話しかけてくる人に応えることができる。娘の言葉を学ぶことも、生まれたときに与えられた名前で呼ばれることも。

この地では、わたしはもはやみずからの秘密ではありません。ここにいさせてもらえますか？」

テッサラは、周囲の沈黙を吟味した。魔術師たちは女王の答えを待っている。伝わってくるのは、平静さ、驚愕、それに強烈な好奇心だ。空気をかき乱す不信も異議も感じられない。ネペンテスを見やったが、その顔に浮かんだ色はあきらかだった。まだ茫然としているようだが、おおむね、本の頁から出現した女性を喜んで人生に受け入れるつもりでいるらしい。最後に、ヴィヴェイの意見を訊いてみる。

あなたが女王陛下です、と魔術師のひとみは告げた。あなたがお決めください。

女王はネペンテスに言った。「母上に、歓迎する、と伝えてかまわない」

「ありがとうございます」ネペンテスは息をつき、ペンをとりあげると、渦巻く茨でたどたどしく言葉を綴った。母親はその文字を見なかった。澄みきった、どこまでも静謐なひとみでテッサラを凝視する。やがて女王が、おのが領土にどれほど伝説的な力を呼びこむことになったのか、はたと気づくまで。

すると、女魔法使いは頭をさげた。女王はぼうっとしてネペンテスに言い添えた。「母上がここの言葉を学んでいるあいだ、おまえは魔術師たちと学院にいるといい」

ネペンテスがちらりとボーンに目をやると、笑顔が応じた。そこで、もう一度言った。「ありがとうございます。ほんとうに——あんなに迷惑をおかけしたのに。ほんとうに寛大なおはからいです」

「おまえの母上の犠牲がなければ、わたしは王冠をかぶっていないだろうから」テッサラは率直に答えた。「借りがあるんだ」

「まことに」フェイランが満足げに口をはさんだ。「このご婦人は、学院にとっても図書館にとっても、なみなみならぬ財産となることでしょうな」

「そういえば」テッサラは言った。急に疲労をおぼえた。ふたたび苔に覆われて、なにも考えず、森いっぱいに広がりたくてたまらなくなる。「まだシールのアーミンの問題がある」

「そちらは、数時間前に問題ではなくなりました」ヴィヴェイがやんわりと教えた。「アクシスが現れる前、ガーヴィンと連絡をとって、国王軍に警告するようにと伝えたのです。戦闘が不可避の事態になるまで、誰にも見つからないよう、地形を利用して身を隠せと。それ以上は説明いたしませんでした。わたくしは別に——正確にはどういった経緯だったのか想像もつきませんが……どうやら、アーミンは今日の午後、アクシス軍が空から馬を進めているときに、平原の先にある東の山脈の丘陵地に到着したらしいのです。ガーヴィンの話では、平原で待ち構えていた光景をひとめ見るなり、アーミンの部隊は一目散に第二邦めざして駆け戻ったとか。ガーヴィンはまったく狐につままれたようでしたよ。いまだにきちんと説明していないのですが……アーミンはおそらく、レイン十二邦から逃げ出すまで足を止めないでしょう。一族の者をどうするかご判断いただかなければなりませんが、今日は結構です。なにしろ、夢見人の平原でわれわれを侵略しようとした相手を、誰もがまのあたりにしたのですから。おかげで、各邦の支配者たちも、内戦でこの国を弱体化させる前に思いなおすことでしょう。しかも、陛下がいかにしてレインを救ったかという話を聞けば――」

「隠したんだ」テッサラはきっぱりとさえぎった。

「ともかく、誰もそれ以上のことは思いつきませんでしたよ。陛下は茨を発見され、レインへの恐るべき脅威を看破されました。いたずらに周章狼狽せず、敵の裏をかかれたのです。そのうえ、今日の午後お使いになった魔法だけでも、みごとなものでした。レインの歴代の国王陛下のうちでも、あれほどの離れ業が可能だった方は、わずか三人にすぎません。全邦国がこぞって陛下の勇気に感謝申し上げるべきでしょう」

その台詞に仰天して、テッサラはまじまじと相手を見た。ネペンテスの母親が、ふたたびペンをインクに浸した。せっせと動くペン先に、全員の目が集中する。ネペンテスが訳した。

「わたしがいなくとも、陛下はアクシスを出しぬいておられたでしょう」と、茨は告げた。

「夜の皇帝を打ち負かした君主は、歴史上はじめてです」

女王は、人の輪にふるえが走るのを感じた。誰かがはっとあることを思い出した、という感覚だ。源をたどると、それはヴィヴェイだった。ぼんやりと宙に視線をすえ、淡い色のひとみが物思いに沈んでいる。

「いま、ふと思い出したのです」テッサラの無言の問いかけを聞きとり、曖昧《あいまい》に説明する。

「陛下の治世が、まだ始まりもしないうちに終わりを迎えるかと思われたとき、平原にいた占い師が、虹の七色の水晶と、豚の関節の骨で予見したことを……」どんな予見だったにせよ、ヴィヴェイの声音には、父王が逝去してからというもの、ずっと耳にしていなかった力強さがよみがえっていた。「魔法とは」とつぶやく。「ごくささやかな、まったく思いもよらないものごとにひそんでいる……わたくしには、そのことを指摘してもらう必要があったようですね」ネペンテスの母親は、テッサラに目をとめたまま、茨なしでも理解できたかのように、ほんのりと微笑した。王宮にはなお混乱と動揺の気配が満ちている。その空気に引き寄せられ、女王は立ちあがった。

「行って説明したほうがよさそうだ」と言ってから、まばたきした。茨の本に三千歳の皇帝、みなしごの書記、時を超える通路、山のような古代の詩篇。そのすべてを、わかりやすい言葉に置き換えるという作業の厖大《ぼうだい》さに思い至ったのだ。「どうやって説明すればいい?」

「なにか思いつかれるでしょう」ヴィヴェイがきびきびと応じ、いつものように次の騒動の渦中についていくため、身を起こした。「ただ、そもそもの始まりから話しだして、どの方向であろうとも、希望へつながる道をお進みください」

訳者あとがき

本書は、パトリシア・A・マキリップが二〇〇四年に発表した長編、*Alphabet of Thorn* の全訳である。

海に臨《のぞ》む巨大な断崖にそびえたつ宮殿。その地下の図書館に暮らす翻訳者のネペンテスは、赤ん坊のころ司書たちに拾われ、両親の顔を知らない。ある日、魔術師の学院から、謎の文字で記された書物を預かって解読することになる。茨を思わせる不思議な文字が紡ぎ出すのは、古代の覇王アクシスと、仮面の魔法使いケインの物語だった。なぜかその話に強く惹きつけられたネペンテスは、どんどん翻訳作業にのめりこんでいく。

一方、宮殿のあるじたる若き女王テッサラは、急死した父にかわって王位を継いだばかりだ。相談役の女魔術師ヴィヴェイは、いつもぼうっとしている女王に苛立ちを隠せず、貴族たちのあいだでは反乱の噂がささやかれはじめる。そんなとき、宮殿の地下深く眠っていた〈夢見人〉が目覚め、王国の危機を警告する……

海を見おろす崖に根を生やしたような王宮と、幻影に満ちた森の上に浮かぶ空の学院。現代の王国レイン十二邦と、古代世界の大帝国エベン。孤児と女王、覇王と魔法使い――この作品を一読すると、実にさまざまな形で対になった存在が登場することに気づく。そして、時間も空間も超え、常に両者を結びつけているのが、茨の形をした謎の文字である。

マキリップという作家は、緻密《ちみつ》で具体的な描写によって異世界に現実感を添えるのではなく、五感にふれるもの、内心に息づくものをそのまま言葉のタペストリーとして織りあげるような、感性に訴える文章を書く。その幻想の魔術を味わうことは、もちろん欠かせない楽しみなのだが、一方で、ゆるぎない構成力も見逃せない。『茨文字の魔法』は、まさにその点で、マキリップの本領が発揮された作品ではないだろうか。物語は、孤児ネペンテス、女王テッサラ、仮面の魔法使いケインを軸にした一見ばらばらな三種類のエピソードが、徐々につながりを深めてゆき、クライマックスで一点に収束する、という作りになっている。構造そのものが、根元で分かれ、渦巻き状に広がって、ふたたび頂点でからみあう、茨の蔓のイメージに重なっているのだ。

もうひとつの特徴は、この作品が、基本的に女性たちの物語になっているということだろう。マキリップはもともと、魅力的な女性キャラクターを描くことでは定評がある。『妖女サイベルの呼び声』のサイベルをはじめ、堂々と主役を張る女性たちの存在感はもちろんだが、「イルスの竪琴」三部作のように男性が主人公だったり、『オドの魔法学校』のように主役級の登場人物が何人か出てきたりする作品であっても、女性陣のしなやかな強さが目を惹くということは疑問の余地がない（男性キャラクターだって充分に魅力的なのだが、どちらかといえば

「渋い」とか「通好み」の系統かもしれない、と思ってしまうのは訳者だけだろうか……）。ただ、『茨文字の魔法』の場合、とりわけ女性ならではの立場から書かれているという感が強い。内容の核心にふれてしまうことになるのでくわしくは述べないが、最終的に、物語の鍵を握る三人がそれぞれに選択する道は、おそらくその意味で重なりあっていると言える。

　第一回世界幻想文学大賞の受賞作家として、はじめてマキリップが日本に紹介されてから、ほぼ三十年がたつ。『影のオンブリア』での二度目の同賞受賞をきっかけに、ここ一年で『オドの魔法学校』、『ホアズブレスの龍追い人』（以上創元推理文庫）、『チェンジリング・シー』（小学館ルルル文庫）など、次々に邦訳が出版されている。幻想的な美しさと構成の妙を兼ねそなえたマキリップの作品が、日本でふたたび評価されつつあるのだとしたら、実に喜ばしいことである。

　末筆ながら、いろいろとお世話になった東京創元社の編集・校正の方々に、心より御礼申し上げる。また、この場を借りて、連日迷惑をかけた家族にも感謝したい。

　I would like to express my special thanks to the author, Patricia A. Mckillip, for patiently answering my questions.

訳者紹介　群馬県生まれ。英米文学翻訳家。主な訳書にジョーンズ「バビロンまでは何マイル」「うちの一階には鬼がいる！」、マキリップ「オドの魔法学校」、サーマン「夜に彷徨うもの」、ブリッグズ「裏切りの月に抱かれて」などがある。

検印
廃止

茨《いばら》文字の魔法

2009年1月9日　初版
2022年9月9日　4版

著者　パトリシア・A・マキリップ

訳者　原《はら》島《しま》文《ふみ》世《よ》

発行所　(株) 東京創元社
代表者　渋谷健太郎

162-0814/東京都新宿区新小川町1-5
電話　03・3268・8231-営業部
　　　03・3268・8204-編集部
URL　http://www.tsogen.co.jp
工友会印刷・本間製本

乱丁・落丁本は、ご面倒ですが小社までご送付ください。送料小社負担にてお取替えいたします。

ISBN978-4-488-52009-0　C0197

2022年復刊フェア

◆ミステリ◆

『事件当夜は雨』（新カバー）
ヒラリー・ウォー／吉田誠一訳
雨夜の殺人を捜査するフェローズ署長。警察小説の雄の代表作。

『スターヴェルの悲劇』（新カバー）
F・W・クロフツ／大庭忠男訳
荒野の屋敷で起きた焼死事件に挑むフレンチ警部。初期の傑作。

『五匹の赤い鰊《にしん》』（新カバー）
ドロシー・L・セイヤーズ／浅羽莢子訳
ピーター卿が六人の容疑者から犯人を推理する傑作謎解き長編。

『アブナー伯父の事件簿』
M・D・ポースト／菊池光訳
アメリカ開拓時代を舞台に名探偵アブナーの活躍を描く全14編。

『冬そして夜』
S・J・ローザン／直良和美訳
私立探偵ビル＆リディア最高傑作とも称されるMWA賞受賞作。

『鈍い球音』（新カバー）
天藤真
野球監督の消失事件に端を発する『大誘拐』著者の傑作長編。

◆ファンタジイ◆

『茨《いばら》文字の魔法』
パトリシア・A・マキリップ／原島文世訳
王立図書館で働く少女が王国の危機と闘う魔法と伝説の物語。

『怪奇クラブ』（新カバー）
アーサー・マッケン／平井呈一訳
妖しき戦慄と陶酔に満ちた怪奇の数々を、名翻訳家の筆で贈る。

◆SF◆

『SF ベスト・オブ・ザ・ベスト』上下
ジュディス・メリル編／浅倉久志他訳
『年刊SF傑作選』の未訳分5巻から厳選した傑作中の傑作集。